古典文獻研究輯刊

十一編

曾永義 主編

第29冊

中國民間故事及其技巧研究（下）

徐華龍 著

國家圖書館出版品預行編目資料

中國民間故事及其技巧研究（下）／徐華龍 著 — 初版 — 新
北市：花木蘭文化出版社，2015〔民 104〕
目 2+188 面；19×26 公分
（古典文學研究輯刊 十一編；第 29 冊）
ISBN 978-986-404-137-4（精裝）
1. 民間故事 2. 文學評論
820.8   103027562

ISBN-978-986-404-137-4

9 789864 041374

古典文學研究輯刊
十一編 第二九冊   ISBN：978-986-404-137-4

中國民間故事及其技巧研究（下）

作 者 徐華龍
主 編 曾永義
總 編 輯 杜潔祥
副總編輯 楊嘉樂
編 輯 許郁翎
出 版 花木蘭文化出版社
社 長 高小娟
聯絡地址 235 新北市中和區中安街七二號十三樓
        電話：02-2923-1455 ／傳真：02-2923-1452
網 址 http://www.huamulan.tw 信箱 hml 810518@gmail.com
印 刷 普羅文化出版廣告事業
初 版 2015 年 3 月
定 價 十一編 29 冊（精裝）台幣 52,000 元

中國民間故事及其技巧研究（下）

徐華龍　著

目

次

海 洋 篇

魚的靈性

　　生活裡魚有各種各樣的種類，而民間傳說裡的魚不但有各種各樣的種類，而且還有不同的靈性。所謂靈性，是動物在馴化後具有的智能和靈異，但在民間創作中，魚卻是無需進行任何的馴化，就會有種種智能的存在，這就是魚的民間故事的魅力之所在。

一、表現種種

1、預示作用

　　在中國人傳統的觀念裡，魚是可以預示未來的。

　　過去在科學不發達的時期，人們認為地震是鰲魚翻身。鰲是傳說中的海中巨大的魚類。《玉篇·魚部》：「鰲，魚名。」後來，由於鰲魚是生活在水裡的動物，為了防止火災，人們就將鰲魚放置在房屋上。明陸容《菽園雜記》載：「鰲魚，其形似龍，好吞火，故立於屋脊上。」另外，人們還認為鰲魚具有非常大的力量，能夠攪得天翻地覆。李白《猛虎行》就有這樣的描寫：「巨鰲未斬海水動，魚龍奔走安得寧。」

　　民間傳說《鰲魚眨眼地動山搖》：傳說我們這裡原來是汪洋大海，到後來西方佛主朝老鷹說：「你到東大湖去，長出塊地方給人住。」老鷹很為難：「那裡天連水，水連天的，我去了怎麼辦呢？」佛主抓了一把泥說：「你把它啣在嘴裡，東湖上有條鰲魚，你落到它身上，把泥一吐就行了。」老鷹啣著泥飛到東湖，瞟見水裡真有條鰲魚，就收翅落到它背上，一張嘴把泥吐掉了。從此，大海裡到處長出泥土，變成大塊陸地，漸漸就有人住了。再說那鰲魚挨壓在泥底下，身子不好動，只好眨眨眼睛。俗話說：「鰲魚眼睛眨一眨，地動

山搖房屋塌」，這就是現在說的鬧地震啦。萬一它翻個身的話，這一帶又要變成大海，所以佛主派個神仙站在它頭上，鎮住它不准翻身哩。〔註1〕

由此可見，鰲魚能夠製造地震不是空穴來風，它是長期以後所形成的觀念。同樣的觀念在其他國家也有。古代日本認為，日本島下面住著大鯰魚，一旦鯰魚不高興了，只要將尾巴一掃，於是日本就要發生一次地震。這裡雖然不是鰲魚，而是鯰魚，但都是同是魚類。

鯉魚跳龍門則是將這種預示作用演義到了登峰造極的地步，並且家家戶戶都知曉的神話故事。《埤雅·釋魚》：「俗說魚躍龍門，過而為龍，唯鯉或然。」在古代傳說中，這個鯉魚是黃河裡的生物，它跳過龍門，就會變化成龍。如今它已經成為人們日常口語，比喻中舉、升官等飛黃騰達之事。也比喻逆流前進，奮發向上。

2、變化作用

在現實生活裡，人與魚是無法互相變化的，但是在民間創作裡，人們盡可以發揮想像，將現實生活不可能做到的事情變為事實。這樣的變化就會產生無窮變換的境界，而這種境界正是人們所需要的審美要求。

人變魚的故事，在民間創作裡有很多，也都有精彩之處，京族《灰老魚的故事》可算是一個。這個故事說的是，有個叫萬力的人，由於做生活成為富人之後，蓋了新房。一天，他到省城看見一個美麗的姑娘，就娶其為妾。他帶著新婚之妾坐船還鄉，一路上貪圖酒色，盡情取樂，忘記了家中患難與共的妻子，更忘了十年前被他賣掉的女兒。有一天，他無事時問起那姑娘的身世，勾起了姑娘的心事。姑娘哭著向他訴說自己的不幸。從自己家的原籍開始，講到自己童年的家境，自己的被賣以及自己親生父母生離死別的情景。她無意中說出了她父親的名字叫萬力。他聽著聽著，臉色大變，慘叫一聲，暈倒在船上。原來伴他尋歡的姑娘，竟是自己的親生女。他醒過來，羞容滿面，無地自容，一頭扎入海裡。他死後變成了一條魚，時時浮出水面，「呼呼」地慪大氣。京家稱這種魚為灰老魚。〔註2〕

這是人變魚的故事，也有相反的，那就是魚也會變成人。最著名的是被改編成為越劇的《追魚》，書生張珍與丞相金寵之女牡丹指腹為婚，不幸親亡家敗。金寵藉口三代不招白衣婿，命張珍在碧波潭畔草廬攻讀，讀書聲感動

〔註1〕《如皋縣民間故事選》第4頁，中國民間文藝出版社1989年版。
〔註2〕《京族文學史》第33頁，廣西教育出版社1993年版。

了鯉魚精，變作牡丹小姐與之相會。一日張珍遇眞牡丹，被誣爲賊，逐出金府。鯉魚精與張珍同返故鄉，中途又被相府捉回，於是眞假牡丹難分。金寵先請包公斷案，鯉魚精使龜精變作假包公，造成眞假包公不能明斷。金寵又請張天師捉妖，在鯉魚精敗於天兵之際，幸得觀音相救，但她不願成仙，甘落紅塵與張珍結合。其中的鯉魚由於成精，而有變化成人的本領。當然這是進行改編的藝術品種，同樣非常吸引人，這裡最重要的一個文化因子就是鯉魚精，它的變化產生了各種的戲劇矛盾和戲劇衝突，也是這一劇本最本質的靈魂。

在民間原創故事裡，美人魚就是非常典型的魚變化的人的故事，特別是丹麥作家安徒生創作的童話《美人魚》，更是打動了人的心，留下難以磨滅的印象。從中世紀到各大洋的海上航路開通以來，遠航歸來的水手們常常說到奇異的美人魚，一種半人半魚的海洋生物。1718 年，阿姆斯特丹出版了一本有關印度洋海生動物的著作，有很多插圖，對東印度群島的美人魚也有詳細的描述。據該書記載，美人魚又被稱爲海妻，是狀如美女的怪物，在近安邦納（Amboina）省的婆羅洲島的海中捕獲。長五十九英寸，身體形狀與鰻相若。被捕之後，置於裝滿水的大桶中，活了四天零七小時。應該說，美人魚是故事是航海業發達的結果，如果人類沒有進入許多航海冒險，就不可能有美人魚傳說的出現。種種這些傳說，將美人魚更加神秘化了，也正是這樣的神秘化的過程，產生了美人魚的傳說，而這樣的傳說，要遠比現實裡的眞實更美好。到了 19 世紀，逐漸揭去了美人魚的神秘面紗。一些動物學家宣稱，美人魚就是產於太平洋，印度洋中一種名叫儒民的海生哺乳動物。如果用非常現實的結論來看待美人魚的故事，那麼這個故事也就沒有了價值，也就沒有現在流傳十分廣泛的美人魚故事了。

3、育人作用

魚會孕育人，在現實裡不會有人相信，但是傳說中卻將這種令人難以相信的神話變爲了事實。尼泊爾民間故事《右肩擔太陽左肩擔月亮的男孩》：從前，有個國王和一個年輕的姑娘生了個孩子，其他王后非常妒忌，要害死年輕的王后和孩子。年輕王后在牲口棚裡的生活是非常苦的。她可以忍受被逐出的恥辱以及繁重的勞動，但卻不能忍受失去孩子的痛苦。不過，她的孩子命裡注定是不會死的。接生婆把他仍入池塘時，一條大魚馬上接住，吞進肚子裡。於是，孩子就住在魚的肚子裡。魚像母親一樣，關心他，餵養他，使

他長大。魚自己要吃東西時，就把孩子放出來。孩子躺在岸上，右肩上的太陽和左肩上的月亮向四周發出光燦奪目的光芒。後來，有一個王后發現這種光芒，知道孩子還活著，於是王后們暗中打聽是誰隱藏了孩子。她們看到池塘裡有一條大魚，在自己吃食時，把孩子放出來，然後又藏在自己肚子裡，在水中不見了。「好，你這個恩人，你等著吧！」大王后叫道，「你要為自己的行為付出代價了！」於是，國王的妻子們去見王宮的醫生，買通了他，答應給他一大筆錢。晚上，大家都睡覺了，王宮裡女人們住的房間裡發出可怕的叫聲。國王嚇壞了，下令叫醫生來，問他是什麼魔鬼在折磨他的妻子。過了一會兒，醫生跑來報告國王說：「國王啊，花園的池塘裡有一條大魚，它就是剛才不安的原因。因為它不是魚，是披著魚皮的魔鬼，要救你的妻子只有一個辦法：盡快把這怪物殺死，用它的血給王后們擦身子。」天一亮，國王就立即下令去捉池塘裡的大魚。這條魚根本不是普通的魚。它知道了王后們的陰謀，知道自己將無法得救了，它就開始想如何保護孩子，把他交給誰。它終於想起在王宮馬廄裡有一匹飛馬，魚叫馬到池塘裡來，把全部事情都向它說了：它怎樣救了孩子，怎樣把他養大，而現在王后們又怎樣想害死他，等等。然後，它把孩子委託給飛馬，叫飛馬像對待自己的孩子一樣關心、撫養他。早晨，王后的僕人們來了。他們在池塘裡撒了網，拖上來一條大魚，接著，他們把魚抬到王宮裡，剖開了魚肚子，但是，魚肚子裡一無所有。王后們知道，魚欺騙了她們，把孩子藏了起來，不過，她們不知道該到哪裡去找孩子。〔註3〕

這裡可知，魚是人的生命懷孕者。

4、騎乘作用

魚可以用來乘坐，這是神話的想像，但是人們依然相信不疑。《九鯉湖仙》：「九鯉湖乃是福建興化府仙遊縣內。何通判妻林氏生有九子，皆瞽目，止有大公子一目不瞽。其父一日見之大怒，欲害之。其母知覺，速命人引九子逃至仙遊縣東北山中修煉，名曰九仙山。又居湖側煉丹，丹成各乘赤鯉而去，故名。九鯉廟在湖上，最靈驗，每大比歲，各郡中士子祈夢於此，信若曹蔡。」〔註4〕

〔註3〕 《亞洲童話》16～17頁，上海文藝出版社1991年版。
〔註4〕 《繪圖三教源流搜神大全》第318頁，上海古籍出版社1990年版。

二、產生的原因

魚為什麼會有靈性，其產生的原因有：

1、魚是圖騰

魚曾經是人類的圖騰，是人的同類而受到尊重。《民俗學手冊》有記載：「在斐濟群島的維提島上，土著居民們肯它地說他們的第八代或第九代祖先是一條鱔魚或諸如此類的其他動物。」（第 21 頁）由於魚是一種圖騰，在很多民族裡，他們是不吃魚的，即使是非常飢餓的情況下也是如此。過去在青海等地就有這樣的習俗存在。這當然並不一定是圖騰，但一定與魚的神聖信仰有關。過去，家家戶戶在除夕的時候，吃飯要上一條魚，而且這魚不會被吃掉，據說是年年有餘的習俗影響，在沒有魚的地方，還會用木頭製作的魚來替代。我認為，這種文化的繼承，是私有制的遺存，而不是早期人們所固有的文化現象。魚在餐桌的供奉，是早期人類圖騰文化，是人與魚之間屬於同類的一種被遺忘的文化記憶。由於年代久遠，圖騰文化的記憶早已經模糊不清，再加上後來文化的進入，特別是私有制觀念的存在，魚也同樣也被利用，成為另外一種文化的符號。年年有餘就是非常強烈的符號之一。古代半坡人在許多陶盆上都畫有魚紋和網紋圖案，這應與當時的圖騰崇拜和經濟生活有關，半坡人在河谷階地營建聚落，過著以農業生產為主的定居生活，兼營採集和漁獵，這種魚紋裝飾是他們生活的寫照。人頭上奇特的裝束，大概是在進行某種宗教活動的化妝形象，而稍有變形的魚紋很可能是代表人格化的獨立神靈——魚神，表達出人們以魚為圖騰崇拜的主題。

2、早期漁獵文化的記憶

根據專家研究，人類早期使用的工具上都刻有魚的符號和圖案。比如穿孔棍棒的裝飾非常奇特，在 50 件保存完好的器具中，不同主題的比例——在 30 個實例中，手柄的裝飾（除了柄端呈雄性性器官的形狀外）是A組、C組或D組的動物象徵：馬，羱羊，雄鹿，母鹿，馴鹿，猛獁，貓科動物，熊，男人，魚，蛇，鳥，分叉符號。投矛器是一種有彎鉤或無彎鉤的器具，據人種史的一些例證，它被看作是用來投擲投槍的。這種用途只不過是僅此可能而已。可以肯定的是，這種器具用馴鹿的角製成，將角剖開，加以切削，盡量不損傷一旦在彎鉤地方施加壓力而承受彎力的部位。在一般情況下，投矛器只刻有一種動物，而且形象的分派並無明顯的選擇性。在 30 件投矛器中（有

效統計的下限），計有：馬爲 9 件，馴鹿爲 3 件，貓科動物爲 1 件，羱羊爲 6 件，野牛爲 3 件，猛獁爲 1 件，魚爲 4 件，鳥爲 2 件，男人爲 1 件。另外，投槍的裝飾簡單粗略，往往難以理解，顯而易見的主題均屬於 A 組、C 組或 D 組動物，或 a 組符號：大量的馬，魚和分叉符號，雄鹿，母鹿，馴鹿、犀牛。魚叉也是如此，魚和分叉符號最多。這種裝飾方向可能將投槍與雄性象徵一視同仁。我們已看到在壁畫藝術中傷口極有可能是一種雌性象徵。大魚叉是些分叉的小器具，其一頭繫有一塊木樺或一段鬃毛。其用途尚不明瞭，其象徵意義也含糊不清，對其工藝來說，唯能確信的是，這肯定不是什麼大魚叉。〔註5〕

很顯然，這些工具上的魚的印記和抓魚的器具是早期人類認識魚類的記憶。

3、生活的特殊環境

黎族、瑤族、水族、苗族、彝族等少數民族由於他們特殊的生活環境，與魚都有千絲萬縷的聯繫。其中赫哲族與魚的關係更是密切。他們荣餚離不開魚，而且吃魚的方法很多，有的時候把魚穿在烤叉上燒烤食用的，有的時候將魚蒸熟而食的。赫哲人喜食生魚，也喜歡熟吃，「炒魚毛」就是赫哲族的一道風味佳餚，可口味美，而且能儲存時間很長。除了吃之外，他們穿的衣服也多半是用魚皮、狍皮和鹿皮製成。男子大多穿大襟式狍皮大衣，衣襟上綴兩排用鯰魚骨做的紐扣，女子多穿魚皮或鹿皮長衣，式樣很像旗袍。男女都穿魚皮套褲以及狍皮、鹿皮和魚皮製的鞋子。用魚皮做衣服是赫哲族婦女的一大特長。這些吃、穿、用等魚和魚製品來做與他們的生活環境是分不開的。

在他們生活的地方，大多數是河流港汊分布，各種各樣的魚類資源十分豐富，取之不盡，再加上人們巧奪天工的製作工藝和手段，就將環境裡的資源變成了生活中的用品和產品。而這種轉化，或許就在人們腦海裡，產生魚是有靈性的奇異想法，這就是很自然了。

4、生產方式

在長期生產實踐過程中，人們學會了捕捉魚的工具，並且形成一套經驗和積累。而且，漁業在國家的稅賦方面，漁稅早在漢代已經成爲一大宗收入：

〔註5〕《史前宗教》第 145、146、151 頁，上海文藝出版社 1990 年版。

今所考者，漢時漁稅蓋爲國宗收入大宗。

百官表少府屬官有海丞主海稅。

食貨志言，耿壽昌請增海租三倍。

武帝時壟斷一切商民之利，曾實行國營漁業。

食貨志言，武帝時縣官嘗自漁，海魚不出，後復予民，魚始

出。〔註6〕

在少數民族中，特別是居住在湖泊、河邊、沿海的一些民族，漁業更是他們重要的生產方式和主要的生活來源。京族從事淺海捕撈作業、雜海漁業以及深海捕撈作業。淺海捕撈作業，運用漁箔，拉網、塞網、鱟網、鯊魚網、連絲網、刺網、大蝦繒、墨魚籠、魚鈎、小漁船等，在淺海捕魚蝦蟹鱟。在雜海作業用沙蟲鍬、蚶蜊刨、餐耙等在海灘挖沙蟲、捉蚶蜊、捕蟹。深海作業用大漁船、竹筏、圍網、孤網等到深海捕魚。正是這樣的生產方式決定了他們的民間口頭創作大多數與海洋裡的魚類有關。在舟山漁島，人們也從事漁業生產，他們所接觸的了解的一般都是與海、海裡的生物以及相關的知識，也很自然地將這些內容作爲口頭交流的東西。

而在口頭進行交流中，除了生產經驗之外，更多的是民間傳說，這些根據各人不同喜好和不同體驗的傳說，更加重了魚傳說的神奇色彩和靈異感覺，也就更加吸引人，也就更加快了它的流傳。

5、禁忌原因

眾所周知，漁業生產有許多禁忌，這些禁忌在人們生產過程中，爲大家所共同遵守，不可逾越。

在先秦時期，就有各種漁業生產的禁止內容：

第一，禁止使用網眼過密的魚網。《管子·八觀》云：「江河雖廣，池澤雖博，魚鱉雖多，網罟必有正。船網不可一財而成也。非私草木愛魚鱉也。惡廢民於生穀也。」此意：江河湖海雖大，魚類資源是有限的，因此對網眼作必要的限制。這樣做的目的，是爲了保護魚鱉的生長。

第二，禁止過度捕撈。《荀子·王制》：「汙池淵沼川澤，謹其時禁，故魚鱉優多而百姓有餘用也。」又如，《呂氏春秋·孝行覽·義賞》載雍季對晉文公說：「竭澤而漁，豈不獲得？而明年無魚。」歷史證明，過度捕撈對於魚類的生長帶來不利的影響，會造成魚類資料的枯寂，這樣慘痛的教訓，古人有

〔註6〕瞿兌之《漢代風俗制度史》第26頁，上海文藝出版社1991年影印本。

很深刻的總結。特別禁止捕捉小魚。在《國語·魯語下》裡就有「魚禁鯤鮞」的記載。鯤是魚子，鮞是未長成的小魚。《孟子·梁惠王上》：「數罟（密網）不入汙池，魚鱉不可勝食也。」《淮南子·道應訓》載季子（當為孚子，也作宓子）治理單父三年之後，打漁的人把捕到小魚又放回水中。

第三，禁止在魚類懷孕時捕魚。據《荀子·王制》，魚鱉之類懷孕生育的時節，魚網、毒藥不要帶到池澤裡去，就是為了不夭折它們的滋生，不斷絕它們的成長。又據《禮記·月令》等的記載，這時規定一年之中，春季、秋季和冬季為捕魚季節，夏季魚類繁殖，禁止捕撈。

所謂禁止使用網眼過密的魚網、禁止過度捕撈、禁止在魚類懷孕時捕魚，這是從今天的眼光來進行闡述的觀點，其實，在那個時代未必有這樣清晰的科學的生態觀念，我以為，更多的是認為，魚也與人類一樣是有生命的，是有靈性的；如果不這樣的禁止，沒有這樣的忌諱，就會給自己帶來不好的後果。因此，人人都必須要遵守這樣的規定，不可逾越雷池於一步，久而久之，就形成了民間的禁忌。事實上，生活裡的各種各樣的禁止行為，大多數與禁忌有關。

由於有了民間的禁忌，人們對於魚的崇敬和禁忌，就變成思想的一部分，隨著時間的推移，慢慢地關於魚的神話和傳說，就會越來神奇。而這些神奇的口頭創作，在一定程度上又反過來制約了人們的行為、思想，並且融合日常的生活中去。

三、社會意義

1、識別作用

魚的外部形狀是一定特徵的，而人們要認識它，就必須抓住其主要特徵，只有這樣才能夠認識某種魚。

在魚的民間傳說裡，外部特徵往往是故事描寫的對象。大家知道，黃魚的外形是黃色的，而且腦袋裡有石頭。這些特徵在它的傳說中被敘說得活靈活現，在這中間，靈異的故事令人記憶深刻，難以忘懷。《驕傲的黃魚》：黃魚在群魚游泳大比賽中，得了個第一名，被龍王封為黃甲將軍。它身穿黃金袍，嘴套金環圈，認為自己了不起，從此便抖起來了，還橫衝直撞，欺負小魚，鬧得群魚不得安寧。許多受過黃魚欺負的魚，紛紛到老章魚家裡告狀。希望有威望的老章魚能出面，約束約束驕傲的黃魚。老章魚對黃魚的作為早

有所聞，又見大家說的誠懇，就答應了大家的要求。他找到了黃魚告誡說：
「靠假本領是不能過日子的，只會害自己；就是有眞本領，也應該謙虛，幫
助別人才對。可不能欺負小魚呀！」黃魚看老章魚來教訓自己，心中很不舒
服，翻了翻眼珠子，愛理不理的。後來，乾脆甩起尾巴，晃晃頭，不等老章
魚把話說完就走了。有一天，風平浪靜，碧海似鏡，老章魚帶著墨魚、電鰻
等群魚，在水中玩耍。他們時而在珊瑚中追逐，時兒在海藻裡遊戲，親熱得
像一家人一樣。只有黃魚在一旁顯得很孤獨，黃魚很不是滋味。於是，心裡
冒出了壞水。「哼，別那麼高興，我倒要治一治你們。」黃魚悄悄遊到墨魚
身旁，想咬住它的長鬚，捉弄一番。墨魚正玩得高興，忽然，覺得有團金光
向自己射來，趕忙口吐黑煙，一個急倒退，跳出黑水中。黃魚眼前頓時顯得
一團漆黑。但是他又不甘心讓墨魚逃脫，就緊迫不放，在黑煙彌漫的黑水中，
亂闖一通。這一來，可糟了，沒追著墨魚，反而撞在電鰻魚身上。電鰻魚冷
不防被黃魚撞了一下，墨煙彌漫又看不清，他以爲是什麼凶魚來吃自己了，
就運足力氣，放出電來。黃魚一觸電，渾身麻木，身不自主，猛一下驚竄出
丈外遠，恰好撞在老章魚的吸盤上。老章魚見前面的墨魚突然放出墨煙，電
鰻魚又放了電，心裡頓時警惕起來，伸開八條鋼爪般的長鬚準備迎戰。這時，
黃魚正投入他那鋼爪內，老章魚來不及細看是什麼東西，料想這一定是凶
魚，便用那鋼爪緊緊卡住他，用盡全身力氣，狠狠地朝礁石上摔去，只聽見
「啊！」黃魚大叫一聲，腦殼皮被摔破，鮮血直流，昏了過去。等到黃魚甦
醒過來了。他發現自己的頭上，就留了坑坑洼洼的痕跡，頭骨裡面兩顆雪白
的珠子，就是水尖魚接骨時嵌進去的。〔註7〕

　　這樣的傳說，講敘起來使得人們更加能夠記住黃魚的特點，並且把它印
記在腦海裡。有了這樣的記憶以後，就不會將黃魚與其他魚類混淆起來，而
且能夠在生活中更好地進行識別。

　　這樣的傳統最本質的東西，就是魚的靈性在起作用，因爲有了靈性，魚
才會像人那樣具有思想、動作和智慧。傳說裡的這樣魚使出的各種各樣的本
領，是人賦予它的靈性，因此在一定程度上來說，魚的靈性是人的智慧的眞
實反映。類似這樣的傳說在民間有許多，是爲了將人類關於魚的知識進行傳
播，從而更好地這一口耳相傳的非物質文化內容進行不斷地繼承下去。

〔註7〕　《民間文學》1980 年第 9 期。

2、道德觀念

魚類傳說故事裡，不僅傳達的是魚類的信息，而且還有很多因此而引發的社會層面的內容，其中有關道德觀念方面的傳說就有很多，從中可以看出人們的思想道德所有的境界。

在杭嘉湖一帶，魚蝦究竟有多少種類？老漁民會說：「七十二種半。」因為有一種魚，只有一隻眼睛，嘴生在肚皮邊上，一面長著雪白的魚鱗，一面卻不見一片魚鱗。漁民叫這種魚為「半面魚」，只算它半種。這半面魚怎麼來的呢？有一段故事。相傳很早以前，太湖邊上住著一個人家，只有母子兩人，依靠耥（tang）螺螄摸河蚌度日。有一天，耥到了一條筷子般長的魚，兒子阿水感到稀奇，捧在手裡逗著玩。他玩著玩著突然那條魚眼淚汪汪，就把那條魚放了。阿水長到十七歲的時候，冬天，阿水媽突然得了病，臥病不起。一天，一個走方郎中給阿水媽看了病，開了一張方子交給阿水說：「這是我家祖傳秘方，心誠方能見效。」阿水問道：「這方子裡開的是些什麼藥？」郎中答道：「鮮魚湯煎蒗草。」阿水一聽，有些犯難：這數九寒天，到哪裡去弄到鮮魚和蒗草？為了母親的病，他肩了耥網來到湖邊，湖面上已結了厚厚一層冰，怎能耥得到鮮魚和蒗草？他想起郎中的話：「心誠方能見效。」就咬緊牙關，脫掉身上的棉衣，躺在冰上臥冰。他凍得牙齒打顫，渾身發紫，也不動搖。阿水躺在冰上臥了一天一夜，終於被他臥開了一個冰窟，還沒等他取來耥網，忽從冰窟裡跳出了一條魚，嘴裡還銜著一根蒗草。阿水一見魚，又想起了什麼，他拿起了隨身帶的小刀，從魚身上剖下了一半肉，將剩下的半條魚，仍舊放到湖裡。阿水媽吃了魚和蒗草，病果然好了。從那以後，剩下的那半條魚，就在湖裡活了下來，成了今天的半面魚。〔註8〕

放掉已經被抓到的魚，本可以做一魚餚，但是由於憐憫，終於將其放生。善有善報，這是中國人的傳統道德，正是這樣一種道德觀念的支配下，才會有《半面魚》故事的產生。所謂放生，是指信佛的人為發善心、積陰德而把別人捉住的活鳥、活魚等買來放掉。其實在這裡也可以理解為是對一切生命的尊重，由於對別人生命的尊重，同樣也會得到回報。其更深層次的意義，還可以理解是對傳統道德觀念的演化，更提高了這種傳統道德的意義：那就是幫助別人，也會得到別人的幫助。這是非常樸實的道德觀和價值觀。這樣樸素的思想道德觀念被宗教所吸收，變成了他們的教義，從而反過來成為左

〔註8〕 《半面魚》，《海龜飛上天》第8～9頁，少年兒童出版社1983年版。

右或者指導人們思想、行爲的基本標準。

3、身體價值

所謂身體，是現代人審美所需要的對象之一，而其價值是多方面的；對於魚來說，其身體的價值，過去僅僅在於滿足人們的飲食要求，但是在民間文學裡，魚的身體事實可以變化的，同樣也是一種審美價值之所在。

太湖裡出產一種小魚，通身雪白，晶瑩可愛，沒有人不喜歡這種小魚的。據說，它是孟姜女變的。傳說，秦始皇看見孟姜女，就被她迷住了，急著要和她結婚。孟姜女一口答允，只是提了個條件：「搭個孝棚三十里，祭過丈夫再嫁你。」秦始皇聽到有了確切回音，也就同意了她的要求。秦始皇一面派人搭孝棚，一面在選黃道吉日，準備等孟姜女一祭過丈夫，立即搶上龍船來成親。那知曉，孟姜女在孝棚裡日夜大哭，那天強拉硬拖地送上龍船後，還是哭個不停。秦始皇見她白衣白裙，連衣服都不換一換，大發雷霆，眼睛睜得像銅鈴。孟姜女睬也不睬他，更是痛哭失聲，哭得兩眼出血，哭得天昏地黑，哭得太湖水漲，一下浪高三丈。就在秦始皇驚慌失措的時候，她一躍而起，跳進了太湖。秦始皇急急下令打撈，只見孟姜女已化成萬千條雪白的小魚，游到湖心去了。這種小魚，因爲都是孟姜女的白衣白裙變的，所以條條潔白無瑕，柔軟如帶，人們就叫它爲銀魚。據說這種魚只有太湖才有。〔註9〕

這裡所說的銀魚是孟姜女的衣裙所變，在其他的民間口頭傳說中，就直接說是孟姜女身體變的。我以爲這樣的說法更可信可靠。上述整理有一定的時代痕跡，也有加工的色彩，從一般推理的角度而言，孟姜女的衣裙變魚，不如，孟姜女的身體變魚，更能夠說得通些。孟姜女的白皮嫩肉轉化成爲雪白的銀魚，更有一種直接的轉化條件和基礎。

這也可以反映出，魚是有靈性的，而這種靈性之源來自於人的身體。

4、魚是歷史

魚是中國人的生活歷史。

在新石器時期的考古資料中，經常可見骨魚鏢、陶網墜等漁具，居住遺址中也出土有大量的魚骨，以及河蚌、蛤蜊、螺獅殼等遺物，可證明魚等水生物對中國先民的生活是多麼重要。今天，發展以養魚爲主的水產養殖業，仍是沿海沿江沿河等地區的一項重要經濟活動。

〔註9〕《無錫的傳說》第161～163頁，上海文藝出版社1983年版。

　　人面魚紋彩陶盆，20 世紀 50 年代陝西省西安市半穀村出土，高 16.5 厘米口徑 39.8 厘米。彩陶是在陶器表現以紅黑赭白等色作畫後燒成，彩畫永不掉落。此盆由細泥紅陶製成，敞口捲唇，盆內壁用黑彩繪出兩組對稱的人面魚紋。人面概括成圓形，額的左半部塗成黑色，右半部爲黑色半弧形，可能是當時的紋面習俗。眼睛細而平直，鼻梁挺直，神態安詳，嘴旁分置兩個變形魚紋，魚頭與人嘴外廓重合，加上兩耳旁相對的兩條小魚，構成形象奇特的人魚合體，表現出豐富的想像力，人頭頂的尖狀角形物，可能是髮髻，加上魚鰭形的裝飾，顯得威武華麗。這裡的人面魚紋彩陶盆，說明一個十分基本的事實，那就是魚已經成爲人們生活中一個很重要的東西。因爲很重要就會產生將人與魚複合成爲新的圖案，如今出土的陶盆上的人面魚紋彩就是一種反映。

　　魚與江南文化緊密相連。

　　在江南，魚與地方的文化緊緊相連。這是由於這裡的人生活在水鄉，生產、生活都離不開魚。《漢書・五行志》;「吳地以船爲家，以魚爲食。」《舊唐書・李尙眞傳》:「江南水鄉，採捕爲業，魚鱉之利，黎元所資，土地使然，有自來矣」。因此吳地人民特別感激魚、崇拜魚，謳歌魚，以致把自己也稱作「魚」。「吳」的本字即是「魚」。據文字學研究，最早的甲骨文「吳」字，正是魚的象形字。故在古籍文獻中也多有「吳」、「魚」相通，如上引《漢書・五行志》中，載有「城猶國也，其一門曰楚門，一門曰魚門，」這個「魚門」，即是「吳門」。時至今日，吳語中「吳」、「魚」讀音不分，依舊完全相同。〔註10〕

　　人們將自己的姓說成是魚，由此可見，魚與人之間感情如何之深。

　　另外，以魚爲對象的各色烹調食品，以魚爲題材的諺語、歌謠、繪畫、繡品、燈彩等民間藝術，以及有關魚的崇拜、禁忌、祭祝等民俗活動，更是集中反映了吳地人民對富裕、和諧、美好生活的熱切嚮往，匯成了豐富多采、獨具一格的「魚文化」的歷史。

〔註10〕《吳文化資源研究與開發》第 154 頁，江蘇人民出版社 1984 年版。

麻姑爲海上神仙考

　　現在麻姑作爲女壽星的形象早已深入人心。《破除迷信全書》卷九記載：「世俗既迷信這些事，也以爲麻姑是長生不死的神仙，因此每逢爲婦女祝壽時，就必寫出麻姑獻壽數字，或是繪出麻姑的形狀，手捧蟠桃，以爲祝壽的吉利。」〔註1〕

　　但是，在歷史的長河裡所產生的麻姑文化也是精彩紛呈，豐富繁雜。魏晉南北朝時期，東晉葛洪的《神仙傳》就有最早的記載，隨之《抱朴子》、《雲笈七籤》，以及志書如《南城縣志》、《麻姑山志》等有關於麻姑的記載。由於這些資料出自不同的年代、不同的學派，他們各持己說，造成如今的麻姑文化繁雜無序，甚至相互混淆的現象，因此有必要進行梳理，以期找出眞正面目，考出其最初的人物原型，尋找出新的核心價值。

泥人張雕塑的麻姑

〔註1〕 引自宗力、劉群《中國民間諸神》第 724 頁，河北人民出版社 1987 年版。

一、誰是麻姑？

或許有人說，麻姑就是舉辦壽宴上進行表演的壽星，其實這是有失偏頗的。在歷史記載裡，麻姑並非是只有一個人物。

1、富陽女

如《太平廣記》卷一百三十一引《齊諧記》所記麻姑，為東晉孝武帝太元（376～396）時人，「富陽民麻姑者，好噉膾。華本者，好噉鱉臛。二人相善。麻姑見一鱉，大如釜蓋，頭尾猶是大蛇，繫之。經一月，盡變鱉，便取作臛，報華本食之，非常味美。麻姑不肯食，華本強令食之。麻姑遂噉一臠，便大惡心，吐逆委頓，遂生病，喉中有物，塞喉不下。開口向本，本見有一蛇頭，開口吐舌。本驚而走，姑僅免。本後於宅得一蛇，大二圍，長五六尺，打殺作膾，喚麻姑。麻姑得食甚美，苦求此魚。本因醉，喚家人捧蛇皮肉來。麻姑見之，嘔血而死。」

2、黎瓊仙

《古今圖書集成・神異典》卷二百七十引《太平清話》所記的麻姑有名有姓，且為唐代宮女：「姓黎，字瓊仙，唐放出宮人也」。

3、後趙麻秋女

《古今圖書集成・神異典》卷二百三十七引《登州府志》所記麻姑，為「後趙麻秋女，或云建昌人，修道於牟州東南姑餘山，飛升，政和中封真人」。建昌，在遼西地區。此麻姑，雖是後趙人，但只是個修煉道姑而已，與後面所說的麻姑不同，故另列一位。

4、麻秋之女

清褚人獲《堅瓠秘集》卷三引《一統志》記載：「麻姑，麻秋之女也。秋為人猛悍，築城嚴酷，督責工人，晝夜不止，惟雞鳴乃息。姑有息民之心，乃假作雞鳴，群雞相仿而啼，眾工役得以休息。父知後，欲撻之，麻姑逃入山中，竟得仙而去。」《列仙全傳》亦記載：麻姑是北趙十六國有名的殘暴將領麻秋的女兒。由於麻秋生性暴虐，在役使百姓築城時，晝夜不讓休息，只有在雞叫時才使其稍作休息。麻姑同情百姓，自學口技，常常學雞叫，這樣別的雞也就跟著叫，民工就可以早早休息，後來被他的父親發現，父親想打麻姑，麻姑因為害怕便逃到仙姑洞修道，後來從橋上升天成仙。

就其內容而言，這是中國最早的「半夜雞叫」原型。

這裡所說的麻秋曾被後趙王石虎命爲征東將軍，還任過涼州刺史。他性格暴戾好殺，在民間其凶殘的一面家喻戶曉。《辭海》載。趙石虎以麻將軍秋帥師。秋，胡人，暴戾好殺……有兒蹄，母輒恐之日：「麻胡來！」蹄聲即絕。可以看出，麻秋不是一般的殘酷，而是載入史冊的暴戾好殺之人。其女爲麻姑，當爲另外一說。

5、胡馬秋之女

《歷代神仙史》記載：「麻姑，晉石勒時，胡馬秋之女。秋猛悍，人畏之，築長城嚴酷，晝夜不止。惟至雞鳴少息。姑賢，懷恤民之念，常假作雞鳴，群雞亦鳴，工得早止。後父覺，擬欲撻之。姑懼而逃，入仙姑洞修道。人因名其縣曰麻城。姑後於城北石橋升，追者不及，今望仙橋即其遺跡。」〔註2〕這裡的麻姑，則爲晉石勒時胡馬秋之女，與前面所說麻秋女略有不同，故另作一麻姑形象。

6、秦始皇女

傳說秦始皇有個女兒，因臉上長得滿是麻子，大家都叫她「麻姑」。麻姑雖相貌不俊，但聰明伶俐、心地善良。在秦始皇修築萬里長城時，爲了加快工程進度，他派了大批的士兵做監工，只要誰幹得慢，就用皮鞭拼命抽打。這還不算，殘暴的秦始皇還用棍子把太陽支上，不讓它落下，三天當一天。他又命女兒麻姑到工地去宣讀他的聖旨，讓苦工們三天吃一頓飯。麻姑來到工地一看，被餓死、累死、打死的苦工成千上萬，她心裡說不出的難過。於是，她就把聖旨中的「三天吃一頓飯」讀成「一天吃三頓飯」。事後，秦始皇知道了這件事兒，將麻姑推出午門斬首。麻姑被殺的消息傳到修長城的工地，苦工們無不痛哭流涕、義憤填膺。人們的哭聲衝上九霄，哭得蒼天也受了感動，不禁下起雨來。因爲麻姑被殺這天，正是農曆七月十五日，所以人們爲紀念她，把這天定爲「麻姑節」。

這則傳說，與麻秋之女的傳說，同工異曲之妙。只不過這裡藉助的秦始皇。由於秦始皇知名度更高，其殘程度天下共知，因此麻姑的故事就越能夠傳播出去。

7、丹陽麻姑

《異苑》卷五載：「秦時丹陽縣湖側有梅（一作麻）姑廟。姑生時有道

〔註2〕 《歷代神仙史》第 220 頁，上海宏善書局 1936 年。

術，能著履行水上。後負道法，婿怒殺之，投屍於水，乃隨流波漂至今廟處鈴（嶺）下」。這裡的麻（梅）姑，很明顯地表示了其道教的身份，道行甚高，能夠「著履行水上」，但她違背「道法」，而被丈夫所殺。可見，這裡的麻姑是一位挑戰道教法規的人物。雖然如此，麻姑依然被民間視爲神靈而被崇祀。其原因就在於，人們信仰的是法術高超的神祇，由於其法術高超可以爲民消災祈福，而不在乎其是哪個教派的人或神。

8、伶人麻姑

民間還有另一種說法，說麻姑是唐代人，她出身微賤，但從小聰明絕頂，心靈手巧，成人後知書能文，嫁給了一個唱戲的「伶人」爲妻。後來，丈夫被一個姓李的刺史害死，麻姑就淪爲李的小妾。因遭李的大老婆妒忌，在這一年的七月十五被暗殺。當時天下著綿綿細雨，那情景是極爲淒涼的。「七月十五麻姑節」的成因，是由於人們同情這位無辜被害的麻姑，她的悲慘身世令人淚下。民間紀念她，實際上是寄託了人民群眾對受侮辱、受損害的弱女子的深摯同情。〔註3〕

從以上這些麻姑來看，都不是麻姑的最早的原型，而是麻姑之後的衍生出來的同名的麻姑。

而葛洪《神仙傳‧王遠》裡記載的麻姑，才是眞正與傳統的眞正意義上「麻姑獻壽」裡的麻姑相符。其傳曰：「麻姑至，蔡經亦舉家見之，是好女子，年十八九許。頂中作髻，餘髮垂至腰。其衣有文章，而非錦綺，光彩耀目，不可名狀，皆世所無有也。」〔註4〕這裡將麻姑道貌仙骨的樣子，表露無疑。的確，杜光庭《墉城集仙錄‧麻姑傳》一文裡，就在《傳》前冠上一句云：「麻姑者，乃上眞元君之亞也。」這是畫龍點睛的一筆，將其身份作了高度精彩的概括。

很顯然，麻姑的眞實面目是一道家的仙姑，而非普通女子的形象。特別是麻姑到達蔡經家之後與方平的對話中，可以看出麻姑是個經常到海上活動、關心海洋狀況的海上神仙，當是無疑。

二、麻姑原型

關於麻姑的形象，現在大都爲美麗女性，金釵羅衣，手拿壽桃，身邊有

〔註3〕《長城論壇》2011年5月1日，《麻姑節》。
〔註4〕晉葛洪撰，胡守爲校釋《神仙傳校釋》，中華書局2010年版。

鹿，這已經成爲藝術作品裡經常出現的形象。假如再深入研究一下就會發現，
其原型與此大相徑庭的。

武強年畫

　　麻姑最初原型爲鳥形，這與人們傳統腦海裡的形象差之甚遠，但卻在古
代典籍裡並不見這方面的文字。

　　《古小說鈎沈》輯《列異傳》：「神仙麻姑降東陽蔡經家，手爪長四寸。
經意曰：『此女子實好佳手，願得以搔背』。麻姑大怒。忽見經頓地，兩目流
血」。

　　此則記載，證明麻姑認爲，鳥爪是對其侮辱，就大怒。而蔡經頓地而亡，
又可見其巫力之強。

　　由於麻姑的鳥形手，因此也就引申出「搔背」的典故。此典出於晉葛洪
《神仙傳》。謂仙人麻姑手纖長似鳥爪，可搔背癢。在歷代作品裡，就出現像
唐李白《西岳雲台歌送丹丘子》詩「明星玉女備洒掃，麻姑搔背指爪輕」、金
王若虛《王內翰子端詩其小樂天甚矣漫賦三詩爲白傳解嘲》之三「妙理宜人
入肺肝，麻姑搔背豈勝鞭」、清孔尚任《桃花扇・會獄》「只愁今夜裡，少一
個麻姑搔背眠」等佳句。

　　其實，麻姑搔背，是道教文化發達之後所產生的現象，是在不斷強調麻
姑「搔背」之用，而掩蓋了麻姑之鳥形的最基本的形象。什麼是麻姑的最基
本的形象，那就是鳥形。因爲有了鳥形，才有了「搔背」的故事，才會使得
麻姑形象深入人心。麻姑具備鳥形，這是麻姑最初原型，千萬不可小覷其鳥

形。《述異記》卷上亦云：「濟陽山麻姑登仙處，俗說山上千年金雞鳴，玉犬吠」。這裡所說的金雞，同樣與鳥有著直接的聯繫，且不說就自然界來說，雞是鳥進化而來的，就其外形而言，鳥與雞的爪是相同的。《述異記》所說「金雞」只不過是道教文化的美飾而已，其背後真正的形象，還應該是鳥。

如果這個推理成立的話，那麼就可以看到這裡深藏著人類早期的信仰上的秘密。

在原始時代，鳥的信仰是普遍存在的現象，不僅存在於史前黃河流域一帶，而且在長江上游乃至下游的原始遺存中也有發現，如三星堆文化遺址的青銅人面鳥身像。在河姆渡文化遺址中，發現的鳥形雕刻更多，如雙鳥朝陽象牙雕刻、鳥形象牙雕刻、圓雕木鳥，甚至在進餐用的骨匕上也刻有雙頭連體的鳥紋圖像。可見，鳥的信仰在原始人的生活中是一十分常見的現象。

在早期人類的觀念裡，鳥是人類的祖先。無論是鳥直接降而生商人（《詩・商頌》：「天命玄鳥，降而生商」），還是誤吞鳥蛋而生人（《史記・殷本紀》：「殷契，母曰簡狄，有娀氏之女，為帝嚳次妃。……三人行浴，見玄鳥墮其卵，簡狄取吞之，因懷生契」。《史記・秦本紀》：「秦之先，帝顓頊之苗裔，孫曰女修。女修織，玄鳥隕卵，女修吞之，生子大業」），都是鳥是人類祖先的例證。

這種鳥文化的信仰，至今依然在原始文化的遺存中發現，其中最重要的一個內容是尊鳥、崇鳥。

在雲南滄源岩畫中，可以發現其中人物的肘部、膝部、頭上都裝飾上羽毛，有的還身披羽衣，被稱之為「鳥形人」。這種岩畫裡的鳥形人，暗藏著鳥為人的祖先的寓意。佤族《司崗里》神話說，達能（傳說中人和動物的創造者）創造了人並把人放在石洞裡，差（一種小鳥）從石洞旁飛過，首先知道了人要出來的消息。動物們決定幫助人打開石洞，但是大象、犀牛、野豬、麂子、熊、鸚鵡等等動物都沒有成功，是小米雀啄開了石洞，人才走了出來。這個神話，要告訴人們的潛台詞，就在於鳥為人類的出現及繁衍作了不可磨滅的貢獻；或者說沒有鳥就沒有人這樣至今已被人們遺忘的故事。

據傳，滿族之所以發祥，與鳥（神鵲、烏鴉）直接有關。《皇清開國方略》、《滿洲源流考》等書均有記載。長白山之東北布庫里山下，一泊名布勒瑚里，初，天降三仙女浴於泊。長名恩古倫，次名正古倫，三名佛古倫。浴畢上岸，有神鵲銜一朱果置佛古倫衣上，色甚鮮妍，佛古倫愛之不忍釋手，

果入腹中,即感而生孕。這是清朝始祖的神人合一的歷史,就依賴於神鵲(即鳥)的護佑。傳說,一次愛新覺羅的先祖樊察(一說是努爾哈赤)被人追趕,接連累死兩匹戰馬,在一片毫無遮擋的曠野,突然一群喜鵲(一說鳥鴉,古人視鴉鵲爲同類)從天而降,齊刷刷落在被追趕者身上,追兵也影影糊糊覺得地上躺個人,只當老鴰叼屍,就過去了。爲感念鴉鵲救祖之德,滿族舊俗,各家每逢祭祀祖先時,都要在院中立一根丈二神桿,俗稱察羅桿子或鎖龍桿,上裝錫斗,把米和切碎的豬腸、豬肚放在錫斗裡,讓鳥鴉和喜鵲來吃,傳說神桿係老罕王努爾哈赤當年挖人參時所用的工具即索撥棍,錫斗是鋪蓋和餐具,桿下三神石是支鍋石頭,桿後影壁牆是背人參時用的背夾子。〔註5〕

在畬族傳統習俗中,「鳳凰」是使用率很高的專用語之一,如服飾中的「鳳冠」、「鳳凰裝」,髮式中的「鳳凰頭」、「鳳凰髻」,婚聯中的「鳳凰到此」橫批,婚禮中的「鳳凰蛋」以及傳說中的祖居地「鳳凰山」等等。〔註6〕而鳳凰是一種想像出來的飛禽,而非現實裡的鳥類,在中國人的心目中,它象徵著吉祥如意。爲什麼一個民族的民俗文化要用鳳凰來展示,這與他們的鳥文化觀念是緊緊結合在一起的,其深層次的無意識就是其民族是從鳥演化而來,而鳳凰只是其外在的表現形式而已。

鳥是人們生活的一部分,在東夷先民的器物裡也可以發現。他們把燒水、煮飯的陶器塑造成了鳳鳥或某一部位的形狀屢見不鮮。在山東出土的器物裡有各種各樣的鳥形器陶鼎。陶鼎口沿下有三個堆塑條,給人的感覺就像鳥冠,腹下部有一條凸棱紋,足呈鳥喙形。另外一座戰國晚期的墓葬裡,發現一件玉質圓潤的玉劍摽。玉劍摽頂部有一小鳥,雙翅展開,栩栩如生。這些,足見鳥不僅存在於人們精神層面上,而且更多地表現在日常生活的各種器物之中。根據文獻記載,東方一帶東夷族就有鳥崇拜的傳說。如《漢書·地理志》:「冀州鳥夷。」《大戴禮記·五帝德》說:「東方鳥夷民。」東夷先民用鳥來稱呼自己的氏族,可見其與鳥的關係是如何之密切。

東夷的先人還曾經用鳥來命名官職,這在歷史上也有記載。《左傳·昭公十七年》載,郯子朝見昭公,昭公問他東夷人的祖先少皞以鳥名官是怎麼回事,曰:「我高祖少皞摯之立也,鳳鳥適至,故紀於鳥,爲鳥師而鳥名:鳳鳥氏,歷正也;玄鳥氏,司分者也;伯趙氏,司至者也;青鳥氏,司啓者也;

〔註5〕 施立學《滿族鳥崇拜及飼鳥俗》,《吉林日報》2003年4月19日第7版。
〔註6〕 黃向春《畬族的鳳凰崇拜及其淵源》,《廣西民族研究》1996年第4期。

丹鳥氏，司閉者也。祝鳩氏，司徒也；鴡鳩氏，司馬也；鳲鳩氏，司空也；爽鳩氏，司寇也；鶻鳩氏，司事也。五鳩，鳩民者也。五雉，爲五工正，利器用，正度量，夷民者也。九扈，爲九農正，扈民無淫者也。自顓頊以來，不能紀遠，乃紀於近。爲民師而命以民事，則不能故也。」從這段記載可知，少皞設置了五鳥、五鳩、五雉、九扈等二十四種官職。郯子是郯國國君，春秋時郯國在今山東郯城縣，郯子所說的是少皞部落鳥圖騰制度的有關情況。這些更加證明了東夷先民與鳥文化具有千絲萬縷的聯繫。

　　以後官職雖然不再利用鳥來稱呼，但是依然有痕跡。例如明代文官服補子上就有鳥的形象，文官一品用仙鶴，二品用錦雞，三品用孔雀，四品用雲雁，五品用白鷴（一種產於我國南部的觀賞鳥），六品用鷺鷥，七品用鸂鶒（古時指像鴛鴦似的一種水鳥），八品用黃鸝，九品用鵪鶉，雜職用練鵲。〔註7〕這些都是以鳥來命名官職的遺跡。人們雖然已經不太關心其原始意義，但是從根本上來說，鳥在人們的潛意識中是根深蒂固的，這是無容諱言的事實。

　　將鳥稱之爲人類祖先，在民間口語裡亦可印證，所謂「鳥人」就是一例，只不過其演化成爲詈語而已。如《水滸傳》第二二回：「那漢氣將起來，把宋江劈胸揪住，大喝道：『你是甚麼鳥人，敢來消遣我！』」《二刻拍案驚奇》卷十四：「大夫大吼一聲道：『這是什麼鳥人？躲在這底下。』」這些都是例證。

　　爲什麼將鳥視爲祖先？是因爲鳥的另外一層含義，是表示男性生殖器。關於這一點，很多考古、民俗材料可以證明，許多專家都做過考證，有了不少新的發現。郭沫若在論道「玄鳥生商」神話時認爲：「玄鳥舊說以爲燕子」，「玄鳥就是鳳凰」。「但無論是鳳或燕，我相信這傳說是生殖器的象徵，鳥直到現在都是（男性）生殖器的別名」。〔註8〕還有人認爲：《水滸傳》中李逵口中之「鳥」，今天四川人俗語中的「雀雀」，河南人俗語中的「鴨子」，甚至英人俚語中的 cock（公雞），也都是指男根。遠古先民將鳥作爲男根的象徵，是毋容置疑的。〔註9〕由於材料太多，在此不贅。

　　另外，鳥與海也是緊密關聯。《莊子‧逍遙遊第一》說：「北冥有魚，其名爲鯤，鯤之大，不知其幾千里也。化而爲鳥，其名爲鵬。鵬之背，不知其

〔註7〕　見《有道詞典》「官員的補子」。
〔註8〕　《郭沫若全集‧考古編》第1卷第40頁，科學出版社1982年版。
〔註9〕　趙國華《生殖崇拜文化論》第256頁，中國社會科學出版社1990年版。

幾千里也。怒而飛，其翼若垂天之雲。是鳥也，海運則將徙於南冥。……水擊三千里，摶扶搖而上者九萬里，將以六月息者也。」關於鵬鳥的神話崇拜，就出於此處。而這一神話的眞正價值，就在於將鳥與海緊緊地聯繫在一起，成爲鳥與海洋最緊密結合的象徵，影響後人的思維與想像。

到這裡，再重新回到《列異傳》裡：由於蔡經說麻姑「實好佳手，願得以搔背」之後。麻姑大怒。爲什麼麻姑大怒？這說明蔡經讚揚她「佳手」不是對麻姑的讚美而是在揭麻姑的過去的「傷疤」，這時候已是飄逸洒脫、無所不能的神仙，豈能讓別人知道自己具有鳥爪的事實，因此蔡經就不得不死了。不認可自己是鳥的形象，麻姑形象的重要轉型，是其從麻姑原型的鳥形，變化成爲人形的很一個關鍵，以後，麻姑才眞正具有美女的形象。

《南城縣麻姑山仙壇記》亦載：麻姑手似鳥爪，蔡經心中念言：「背痒時，得此爪以把背，乃佳也。」方平已知經心中念言，即使人牽經鞭之，曰：「麻姑者，神人，汝何忽謂其爪可以把背邪？」見鞭著經背，亦不見有人持鞭者。方平告經曰：「吾鞭不可妄得也。」這裡，雖然還保留了麻姑有爪的事實，但是搔背改用鞭子，而不再是用爪，這也從另外一個側面證實了麻姑成爲神仙之後，其鳥爪的外形慢慢被淡化，只不過麻姑凶殘的一面也同時被掩蓋了，蔡經也不再倒地而亡了。

有人認爲：從麻姑的女兒身和「麻姑鳥爪」的外貌來看，神女麻姑在一定程度上帶有遠古時期女性崇拜與圖騰崇拜的痕跡，而當時神仙信仰與神仙傳說的盛行，也爲葛洪撰述麻姑等神仙傳記提供了豐富素材。這一觀點，也有一定道理。所謂「遠古時期女性崇拜」一說，似乎說得遠了些，畢竟神仙信仰與女性崇拜相差甚遠，難以比較。

以上所述，可以得知麻姑的原型之所以是鳥，就因爲鳥是中國文化中最具有文化底蘊的一部分，其中暗藏了人與鳥的深刻關聯。如果沒有人與鳥之間的神秘關聯，那麼麻姑獻壽的內在邏輯也就不存在了。

三、麻姑是海上神仙

爲什麼說麻姑是海上神仙？

首先，由於麻姑是一位與海打交道的仙人。

1、曾經生活在海邊

據記載，一說麻姑是王方平的妹妹。《歷代神仙史》載云：「麻姑仙人，

或云王方平之妹。」〔註10〕而方平，根據《神仙傳》記載：後漢王遠字方平，東海人。舉孝廉，除郎中。明天文圖讖學。桓帝問以災祥，題宮門四百餘字。帝令人削之，墨入板裡。後去官隱去。魏青龍初飛升於平都山。見《廣成先生神仙傳》。按平都山，今之豐都縣也。又《新都志》，方平常採藥於縣之真多山，有題名雲，王方平採藥此山。童子歌，玉爐三澗雪，信宿乃行。

　　王方平，東漢時人，名遠、字方平。漢桓帝時做過官，精通天文、河圖、道讖學。後來辭官隱去，在豐都平都山升天成仙。《神仙傳》所說的王方平是「東海人」，應該在今天連雲港一帶，是海一定關聯的人，儘管他後來成仙是在豐都，但與海的聯繫無可否認的。

　　《廣異記》也記載了一個名叫王方平的人「純孝」的神異故事：「太原王方平，性至孝。其父有疾危篤，方平侍奉藥餌，不解帶者逾月。其後侍疾疲極，偶於父床邊坐睡，夢二鬼相語，欲入其父腹中。一鬼曰：「若何為入？」一鬼曰：「待食漿水粥，可隨粥而入。」既約，方平驚覺，作穿碗，以指承之，置小瓶於其下。候父啜，乃去承指。粥入瓶中，以物蓋上，於釜中煮之百沸一視，乃滿瓶是肉。父因疾愈，議者以為純孝所致也。」

　　這個王方平不是麻姑的兄長或者同道之人，故不加評說。

　　而海洋歷來是神仙喜歡的地方，有記載：「盧眉娘，唐順宗時南海所貢，年十四，其眉如線而長，故號眉娘。工巧無比，能於一尺綃上，繡法華經七卷，字如半栗大，而點畫分明，細於毫髮，又作飛仙蓋，以絲一縷，為蓋五重，中有十洲三島，天人玉女，台殿麟鳳，無不備具。每日食胡麻飯二三合。上賜金鳳。眉娘不願住禁中，度為黃冠，賜號逍遙大師，後化去，香氣滿室。將葬，覺棺輕，視之唯履在焉。後有人見盧逍遙乘紫雲遊於海上。」〔註11〕這位盧眉娘是南海地方送進皇宮的，後來她修道成功而再回到海上，這也是與海結緣的一種自然表現。

　　2、見證了海洋的變化

　　《神仙傳》記載的王方平為「東海人」，在此《傳》裡同樣看到，麻姑也提及「東海」一詞：「麻姑自說云：『接侍〔註12〕以來，已見東海三為桑田。』」

〔註10〕《歷代神仙史》第214頁，上海宏善書局1936年版。
〔註11〕《歷代神仙史》第229頁，上海宏善書局1936年版。
〔註12〕關於「接侍」一詞，很多書籍裡往往被誤認為「接待」。如《歷代神仙史》載：「姑曰：『接待以來，東海三為桑田。向到蓬萊，水淺於往者略半也。豈將復為陵陸乎。』」第214頁。

這是巧合嗎？如果是，另當別論；如果不是，那有哪些需要表達的信息，或者哪些至今未被破解的內容？

這裡需要說明的：（一）東海是麻姑與王方平的家鄉，是沒有問題的。我國古代對東海的別稱是渤海。《初學記》卷六：「東海之別有渤澥，故東海共稱渤海，又通謂之滄海。」（二）而這裡所說的「東海」，是指陸地，還是海洋，這無須思考。因爲他們是無所不能的神仙，未必像凡人一樣生活在陸地上，也可以在天空上，也一樣行走自如，所以陸地、海洋都無所顧忌。

麻姑說的「東海三爲桑田」，其本意是指，麻姑行走之快，非凡無比，這表現的神仙的威力。在「接」（接待）和「侍」（侍候）之間的瞬間，就能夠看到海水退後，形成了陸地，人們在那裡種田、收獲。而且這種狀況，反覆三次。可見麻姑本領之大。

唐代撫州刺史顏真卿的《有唐撫州南城縣麻姑山仙壇記》字牌

後來，將「東海三爲桑田」被衍生成爲人世間之巨大變化，卻忘記其原本之意。這可能是《神仙傳》原本不曾想到的吧。

其次，麻姑在很短的瞬間，能夠多次看見東海變桑田的盛景，事實上沒有數千年的歷史是不可能的。因此，民間將她作爲長壽的象徵，並對其事跡不斷演繹發展，使其成爲一個家喻戶曉的女壽星，無論宮廷還是鄉間都對其進行仰慕與祭拜。由於麻姑在民間有著廣泛而深刻的影響，歷代帝王都對她加封褒獎。唐玄宗下詔在麻姑山上建立了正式廟宇。北宋元豐六年宋神宗趙頊封麻姑爲「清眞夫人」；北宋元佑元年宋哲宗趙煦封麻姑爲「妙寂眞人」；

北宋宣和六年宋徽宗趙佶加封麻姑爲「眞寂沖應元君」；南宋嘉熙元年宋理宗趙昀封麻姑爲「眞寂沖應仁知妙濟元君」。而這一切都與人們追求長壽的觀念分不開。有專家說：《神仙傳》中之麻姑，原是親見「東海三爲桑田」的仙人，是長壽不死者，故後世多以之象徵長壽，至遲在明代即有畫家作「麻姑獻壽圖」，以爲人祝壽之禮品。〔註13〕

第三，不僅麻姑是長壽的象徵，而且海洋也是長壽之地。

1、海上有長壽之草

東方朔撰《十洲記》記載：

> 祖洲近在東海之中，地方五百里，去西岸七萬里。上有不死之草，草形如菰苗，長三四尺，人已死三日者，以草覆之，皆當時活也，服之令人長生。昔秦始皇大苑中，多枉死者橫道，有鳥如烏狀，銜此草覆死人面，當時起坐而自活也。有司聞奏，始皇遣使者齎草以問北郭鬼谷先生。鬼谷先生云：「此草是東海祖洲上，有不死之草，生瓊田中，或名爲養神芝。其葉似菰苗，叢生，一株可活一人。」始皇於是慨然言曰：「可採得否？」乃使使者徐福發童男童女五百人，率攝樓船等入海尋祖洲，遂不返。福，道士也，字君房，後亦得道也。

祖洲之地生長不死之草，具有神奇的效果，而且能夠使人死而復生，難怪秦始皇聞知之後，派人去尋找不死之草，就是爲了自己長壽不死。

《十洲記》還載：「其北海外，又有鍾山。在北海之子地，隔弱水之北一萬九千里，高一萬三千里，上方七千里，周旋三萬里。自生玉芝及神草四十餘種」，這裡所說的神草等，都是海上生長的，而且數量之多也是令人垂涎不已的。

2、海上有仙酒

海上有仙酒，好像是一荒誕不經的事情，但是酒在現實生活裡，它不僅僅是道家生活裡的普通飲品，也道家孜孜不倦追求的一種理想境界。仙酒更能夠使人長壽，這樣酒當然受到歡迎，即使是在海上依然令人嚮往。東方朔撰《十洲記》記載：「瀛洲在東海中，地方四千里，大抵是對會稽，去西岸七十萬里。上生神芝仙草。又有玉石，高且千丈。出泉如酒，味甘，名之爲玉

醴泉，飲之，數升輒醉，令人長生。」雖然這種酒不是糧食釀造的，而是泉水如酒，「數升輒醉」，這樣的好酒還能夠「令人長生」，再說其離會稽七十萬里的海上，怎麼不令人神往。

3、海上有蓬萊

蓬萊是一仙島，古有記載。《山海經・海內北經》中就有「蓬萊山在海中」之句；《列子・湯問》亦有「渤海之東有五山焉，一日岱輿，二日員嶠，三日方壺，四日瀛洲，五日蓬萊」的記載。《海內十洲記》亦載：「蓬丘，蓬萊山是也。對東海之東北岸，周回五千里。外別有圓海繞山，圓海水正黑，而謂之冥海也。無風而洪波百丈，不可得往來。上有九老丈人，九天眞王宮，蓋太上眞人所居。唯飛仙有能到其處耳。」

蓬萊仙島就是麻姑居住的地方。在《神仙傳》裡：麻姑就說過：「向間〔註14〕蓬萊，水乃淺於往昔，會時略半也，豈將復爲陵陸乎？」如果將此話翻成現代漢語，可爲：麻姑「過去居飪在蓬萊島時，發現海水少於以往，這次再見時，海水更是少於過去，海洋難道又要變成陸地了嗎？」

在這裡，「向間」一詞，可作「過去居住」解。「向」，有「從前」之意。如《莊子・山水》：「向也不恕而今也恕，向也虛而今也實。」陶淵明《桃花源記》：「尋向所志。」而「間」，是一會意字，古寫作「閑」，「間」是後起字。金文，從門，從月，從中可以清楚地看到其本意。段玉裁《說文解字注》：「開門月入，門有縫而月光可入。」因此，將「間」引申爲居住，也無不可。

由此可見，麻姑曾經居住在蓬萊，否則又如何能夠細微注意到海水的漲漲落落，又如何去關心海水退卻而去形成陸地的尷尬情形。其背後的潛台詞是，麻姑更關心她的居住地蓬萊仙島的生存安全。特別是麻姑在剛剛見到方平的時候，就「自說」（亦作「自言」）這段話語，可見其擔心的程度是何等之大。其後，「方平笑曰：聖人畢言，海中行復揚塵也。」譯成白話，「聖人都已經說了，東海馬上就要揚起灰塵了」。〔註15〕這種擔心，就顯得不以爲怪了。如果海水變成陸地，蓬萊仙島的環境則被完全破壞，道家修身養性的天地也就不存在，麻姑的家也不復存在，更重要的是蓬萊仙島是一種道家文化與精神的象徵，如果它眞的消失，那是對道家的一種毀滅性的打擊，難怪成

〔註14〕「間」，有書裡寫爲「到」，如內蒙古人民出版社 2003 年版，但筆者更傾向於「間」字。

〔註15〕葛洪《神仙傳》第 60 頁，內蒙古人民出版社 2003 年版。

為麻姑與方平見面的重要話題。

　　中國蓬萊有多處。山東蓬萊縣的來歷，就傳說與神仙有關。浙江的岱山也有蓬萊仙島。岱山古稱蓬萊仙島，早在四、五千年前就有人在島上繁衍生息。春秋戰國時期屬越國甬東地，據《史記・秦始皇本紀》記載：齊人徐市等上書，言海中有三神山，名曰蓬萊、方丈、瀛洲，仙人居之。請得齋戒，與童男女求之。於是遣徐市發童男女數千人入海求仙人。徐福曾到過「三神山」之一的蓬萊仙島，即今之岱山。〔註16〕

　　「八仙過海」傳說也與蓬萊緊密地聯繫在一起。八仙赴王母娘娘的蟠桃盛會歸來，在蓬萊閣上下棋，鐵拐李提議：我們何不乘著酒興飄洋過海遊玩一番呀？眾仙都同意，過海時以自身寶器作為渡海工具。誰知行至海中與龍三太子發生惡鬥，經過觀音菩薩出面調停，八仙順利飄洋過海去了。這個傳說證明，其八仙過海，就緣於蓬萊。呂洞賓就住在蓬萊仙島，有鍾離權《贈呂洞賓》詩為證：「得道高僧不易逢，幾時歸去願相從。自言住處連滄海，別是蓬萊第一峰」。《白雲觀志》則把呂洞賓列為「蓬萊派」，也都證明了這一點。由此可見，八仙與蓬萊的關係如何之緊密。

　　因此，可知八仙過海是典型的具有道教思想的傳說，其讓人相信：海上有仙境、不死草等人世間所沒有的東西，正因如此，會令人神往。「拿道家神學來解釋宇宙之冥想，去老莊時代不久即見之於淮南子（紀元前178～122），他把哲學混合於鬼神的幻境，記載著種種神話。道家的陰陽二元意識，在戰國時代已極流行，不久又擴大其領域，參入古代山東野人之神話，據稱曾夢見海外有仙山，高聳雲海間，因之秦始皇以為真，曾遣方士率領五百童男童女，入海往求長生不老之藥。由是此基於幻想的立腳點遂牢不可破，而一直到如今，道教以一種神教的姿態在民間獲得穩固之地位。」〔註17〕這段話是有道理的，特別是說到「古代山東野人之神話」，相信海上有長生不老之藥，與其生活在靠海地方有很大的關係。

　　第四，民間習俗、信仰則進一步證明麻姑是海上神仙。

　　晉葛洪《神仙傳》卷七：「麻姑，建昌人，修道於牟州東南餘姑山。三月三日西王母壽辰，麻姑在絳珠河畔以靈芝釀酒，為王母祝壽。」在這裡，麻

〔註16〕《百度百科》蓬萊仙島條。
〔註17〕林語堂《吾國與吾民》第153～154頁，朱融莊譯，世界新聞出版社1938年版。

姑用民間認爲的具有神奇仙草的靈芝來釀酒，獻給西王母作爲壽誕的禮物，因此被民眾視爲健康長壽的象徵。其實，這裡的靈芝與西王母同樣也是長壽健康的象徵。靈芝生長在山裡，治愈萬症，其功能應驗，靈通神效，故名靈芝，又名「不死藥」。

而西王母生活的地方，一面卻靠著海的「西海之南，流沙之濱，赤水之後，黑水之前，有大山，名崑崙之丘。有神，人面虎身，有文有尾，皆白，處之。其下有弱水之淵環之，其外有炎火之山，投物輒然。有人戴勝，虎齒，有豹尾，穴處，名曰西王母。」〔註18〕按照傳統來說，西王母是生活在崑崙山中，但是依照此段記載來看，崑崙的一面就靠在「西海」。現在通過衛星遙感技術可以看到崑崙山的東部有海，但遠離在萬里之外，《山海經》的創作者是無法測量這樣的距離，但是卻明明白白的記載了這樣的事實，不能不使人感到先人與海的情結是多麼深刻。

在浙江台州括蒼山，有「麻姑山」，其山巔稱爲「麻姑岩」、「丹霞洞」的地方，均傳說爲麻姑、王方平、蔡經等的神仙所隱居之所。於此，在葛洪《神仙傳》裡就明確地記載，括蒼山是麻姑、方平等人的修煉場所，故山上留下一些痕跡也在所難免。清光緒《仙居縣志》亦載：「麻姑岩，一名仙姑岩。巨石嵾谺，矯如人立。昔麻姑訪王方平、蔡經，嘗隱於此，故以名岩，其上有洞，旁有兩石相峙，高深各逾丈，俗呼風門，有麻姑像存焉。」眾所周知，台州地處浙江沿海中部，居山面海，而爲台州所轄的括蒼山當然也離海不遠了。這裡的麻姑與海同樣有著千絲萬縷的聯繫。

葫蘆島地區地處沿海，海岸線達數百公里，這裡的民眾同樣信仰麻姑，每年農曆7月15日要過麻姑節。按傳統習俗，在麻姑節來臨前，人們要燒紙祭拜逝去的親人，以表達思念之情。以致於隨著麻姑節的臨近，一些商販又把燒紙擺到街路兩旁，佔道經營，也有一些市民不顧禁令，把燒紙拿到城區路口焚燒，影響城市形象。〔註19〕清光緒二年《興平縣志》：十月朔祭先祖，焚紙加門，日「祭麻姑」。〔註20〕可見，麻姑信仰的地方在中國中部、西部地區都有，但大都在沿海地方，即使在河北、江西等地，從中國整體區域版圖來鳥瞰，它們都很接近靠東海、渤海等地方。

〔註18〕《山海經・大荒西經》卷十六。
〔註19〕《葫蘆島新聞網》2011年8月12日。
〔註20〕《中國地方志民俗資料匯編・西北卷》第14頁，書目文獻出版社1989年版。

四、餘　證

1、鳥會給人以長壽

　　關於此說，可在《山海經・海外東經》得到印證：「東方句芒，鳥身人面，乘兩龍。」句芒，其原型為鳥身人面，具有為人添壽的功能。《墨子・明鬼》：「昔者鄭穆公，當晝日中處乎廟，有神入門而左，鳥身，素服三絕，面狀正方。鄭穆公見之，乃恐懼奔。神曰：『無懼！帝享公明德，使予錫女壽十年有九，使若國家蕃昌，子孫茂，毋失鄭。』穆公再拜稽首，曰：『敢問神名？』曰：『予為句芒。』若以鄭穆公之所身見為儀，則鬼神之有，豈可疑哉！」這裡依然是句芒，它已成為神，給了秦穆公十九年的壽期。如前所說，麻姑的原型是鳥的話，麻姑祝壽，也就是用神鳥來祝壽，其內在的邏輯關係是順理成章。

句　芒

　　在清郭則澐《紅樓眞夢》第五十六回《舞彩衣瑛珠乍歸省，集金釵柳燕共超凡》裡就有麻姑變化成鳥而進行祝壽的情景：

　　　　一時小廝們移過檀几，几上放著香爐一座、清水一杯。那道士口中念念有詞，爐內沉香即時自熱，又取杯水吞了一口，向台上噴

去，好像一條白龍飛過，化成一片銀光。只見一個玉顏鳥爪的麻姑，穿著紫霞仙帔、碧暈仙衣，裊裊婷婷立在戲台之上。後面跟著十二個仙女，分爲兩排，一個個都有沉魚落雁之容，抱月飄煙之態，同時向王夫人歛衽下拜。麻姑拜罷起來，扔起碧綃巾，變成一隻青鳥，又從袖中取出一盤蟠桃，鮮紅可愛，放在青鳥背上。那青鳥便向壽堂正面飛來，一眨眼間，那盤蟠桃已放在正面紫檀長案之上。看著青鳥振翅飛回，到了麻姑手裡，仍化作碧綃巾，籠在袖中。少時，又向空中招手，飛下一隻白鶴，鶴背上馱著玉杯。麻姑取出袖中金壺，斟滿了百花仙釀，指引那鶴飛向王夫人面前勸飲。王夫人先不敢，那鶴只是不走，不得已舉杯乾了，頓覺滿口芬芳，精神倍長。隨後又飛下幾隻白鶴，照樣馱著玉杯，麻姑逐一斟滿，指引他飛向薛姨媽、李嬸娘幾位年高的面前。他們見王夫人先喝了，也都舉杯喝盡，那一群鶴飛回台上，麻姑舉手一揮，頓時不見。

這段描述，進一步可以證明：麻姑的原型是鳥，而且鳥也可用來祝壽。這種關係在《紅樓眞夢》作者的思想裡十分清晰，同樣也被老百姓所接受，否則就不可能有人來欣賞這樣的文字情節和舞台場面。

2、南山與海有關係

有一則《壽比南山的傳說》就從民眾的視角，清楚地表明了這樣的觀點。故事說：很久很久以前，有一年瓊州在地突然間天昏地黑，電閃電鳴，傾盆大雨直下了七天七夜。第八天，只聽轟隆一聲巨響，天崩地裂，瓊州脫離了中國大陸，成了一個島嶼。瓊州島上的生靈死的死，傷的傷。所有的河流都改了道，所有的山脈都變了形，有的河流和山脈因此也就消失了。奇怪的是，只有南山（今三亞市的鰲山，也叫南山）安然無恙，一棵草一棵樹也沒有被損壞，住在南山上的人一個也沒有受傷，更沒有死亡的，經歷了這次天崩地裂的南山人，都活了幾百歲，最後都成了仙。傳說到過南山的人有病去病，無病健身，個個長壽。所以人們常用壽比南山來祝福他人長壽。「壽比南山」這句話也就一直沿用至今。〔註21〕

這種傳說，打上了濃重的現代人的主題意識，但是其基本內核是有根據的。壽比南山一詞，出自《詩經・小雅・天保》：「如月之恆，如日之升，如南山之壽，不騫不崩。如松柏之茂，無不爾或承。」這裡的南山，指的是秦

〔註21〕見《中華文化網・傳統文化大全・神話傳說》。

嶺終南山。《詩經》產生於周代。周都爲鎬（今陝西西安），因此《詩經》南山特指西安城南的終南山（俗稱「南山」）。由於中國山岳眾多，叫南山的地方不勝枚舉，更有各種附會演繹，就產生「壽比南山」之說。而海南三亞的南山之傳說的流行，恰好證明了祝壽、獻壽也都與海洋相關。

雖然，這則傳說沒有提及麻姑，但神仙的地點從內陸的南山，換到了海邊的南山，是海洋文化意識增強的自然顯露，更是長壽由內陸向海洋延伸的表現，麻姑作爲與長壽相關的主體，《壽比南山的傳說》則有力地證明兩者之間的互相聯繫。

3、其　它

《龍文鞭影》七虞：「西山精衛，東海麻姑。」大家知道，《龍文鞭影》是古代非常有名的兒童啓蒙讀物，原名《蒙養故事》，明代萬歷時蕭良有撰。後經安徽人楊臣諍加以增訂。在這樣一部蒙學著作裡，強調「西山精衛」與「東海麻姑」的對仗，傳遞一種信息，那就是麻姑是東海之仙。

舊時，枕頭叫做麻姑剌。清袁枚《隨園詩話補遺》卷二：「近見梁孝廉素履繩《題汪亦滄日本國神海編》云：『通宵學枕麻姑剌，好向床前聽鬥牛。』其俗以木爲枕，號『麻姑剌』，直豎而不貼耳，故至老不聾。」郭沫若《讀〈隨園詩話〉札記》四八：「今案枕名『麻姑剌』即 makura（馬苦拉）。舊式者以木爲之。正面側面均呈梯形，高約八九寸。正面底部下闊約尺許，側面下闊約其半。上有軟墊呈圓棒狀，固定於木，以之枕於後腦凹下。蓋舊式日本女人梳『丸髻』，男子梳『曲髻』，頗費事，故用此木枕，以免損其髮式。所謂『至老不聾』云者，如非誤會，則欺人之談。」〔註22〕

稱之爲麻姑剌的枕頭，與麻姑神仙似乎有點風馬牛不相及，但試想一下，如果枕頭能夠將人帶進睡夢裡，不僅可以睡個好覺，而且還可以讓你在夢裡自然地飛翔，上天入地，無拘無束，想做什麼就做什麼，想要什麼就可以得到什麼，那不就是神仙的本領，不就是人們幻想世界的一種境地。從這一點來說，稱之爲麻姑剌的枕頭與神仙之道術也似乎有著一定相同的功效了。

綜上所述，麻姑爲海上神仙的結論，或當一說。

〔註22〕郭沫若《讀隨園詩話札記》，作家出版社 1962 年版。

海洋與神話
——《海洋社會學》的神話運用

地球是由陸地與海洋構成的。如果說，過去關心的陸地神話比較多話，而現在開始注意海洋神話，這是神話學的一大進步與重要發展。在《海洋社會學》一書裡，對於神話的研究與運作有了新的思路，其中不乏有其許多眞知灼見，與妙趣橫生的地方。

從神話的角度來闡述海洋社會學，是一很有見地的做法，雖然這不一定是第一次，但卻是有獨到的視野。這裡，不僅可以從遠古的神話裡，看出海洋文化、海洋社會、海洋經濟等的發展、變化，而且也能夠從海洋社會學裡，反映出現代神話學在其領域上的擴大和認知的提升。

一、神話運作的特點

《海洋社會學》中的神話運作是有其特點的，這些特點表現爲：

1、放在人類文明起源的基礎之上來談海洋文化

眾所周知，海洋是在人類出現之前就已經存在，而人類誕生的早期還沒有文字，也根本談不上有記載，而神話就是最早人類對於海洋的眞實記錄。洪水神話是人類遭受大災難的一次記憶。因此，大洪水是世界多個民族共同傳說，在人類學家的研究中發現，美索不達米亞、希臘、印度、中國、瑪雅等文明中，都有洪水滅世的傳說。例如《聖經》中就有諾亞方舟的故事。中國古籍《尚書‧堯典》中就記載上古之時，「湯湯洪水方割，浩浩懷山襄陵」；《孟子‧滕文公》云：「當堯之時，天下猶未平，洪水橫流，泛濫於天下」；

《淮南子‧天文訓》謂：「舜之時，共工振滔洪水。」其結論是：中國洪水神話反映遠古某個時期人類在遭到毀滅性洪水災異之後得以生存繁衍的故事。〔註1〕

　　洪水神話是早期人類集體的歷史記憶，至今保留在世界各國家與地區的神話裡，這不是偶然的事情，可以說明其是真實存在的。《山海經‧海內經》載：「鯀竊帝之息壤以堙洪水，不待帝命。帝令祝融殺鯀於羽郊。鯀復（腹）生禹，帝乃命禹卒布土以定九州。」這可能是最早的洪水神話。在印度《摩訶婆羅多》、《摩奴法典》等古籍裡也都有各種版本的洪水神話。在《百道梵書》裡說：摩奴在水池洗手，一條魚忽然跳到他手中，開口對他說：「好好照料我，我將保佑你。」並告訴他洪水將至。摩奴將魚養在陶鉢，並隨其長大而移至溝中，最後放入大海。後來在洪水來臨時，摩奴登舟，將舟繫於魚角，魚將其拉到北山，那裡後來被稱為「摩奴登陸處」。摩奴登陸後以黃油和牛奶、乳清、凝乳向神祭祀，從祭品中出現一個女人，她自稱是摩奴之女，後來與摩奴一起繁衍出他們的子孫。在馬來西亞，有一土著部落傳說：大地是一塊蓋在茫茫大水之上的外殼。在遠古的時候，大神 Pirman 打破了這塊外殼，世界被大洪水淹滅。但 Pirman 創造了一個男人和一個女人，將他們放在一條以 Pulai 木做成的船上，這條船完全被封著，沒有打開。兩人在船中漂浮顛簸了一段時間後，船終於停了下來。兩人從船側一點一點地弄開條通道來到陸地。

　　洪水神話往往與人類繁衍神話聯繫在一起，這就有了兄妹結婚的神話，如亞當與夏娃、伏羲與女媧的神話都是人類延續的傳說。因此，這些洪水神話說明一個事實：洪水並沒有消滅人類及其文明，相反的是，人類通過大洪水的洗禮，後代更加繁盛；人類社會也在洪水之後得到進一步的發展。

　　對於海洋社會學來說，海陸變遷並非只有人類出現之前的古地質年代才有，在古代神話中多有可怕的洪水之吻，這與地殼和海平面的變化引起的海陸變化有關係，表明人類親歷過滄桑變遷。〔註2〕對於洪水神話來說，它反映了人類的歷史與文明都與海洋有著密切的關係，海洋給人類帶來的不僅是災難，也是人類文明的萌動與崛起。

〔註1〕　《海洋社會學》第112頁，世界圖書出版公司2012年版。以下凡引用此書，不再注明出版單位。
〔註2〕　《海洋社會學》第112頁。

2、放在民俗文化的基礎上來談海洋文明

海洋是一個神奇的世界，「雲霧繚繞、一望無際、波濤洶湧、深幻莫測，加上不時出現的海市蜃樓，海洋總是喚起人們的想像，主體駕馭自然力的強烈慾望演化成為膾炙人口的神話故事如八仙過海等等。海外仙山、不老藥就成為中國大秦皇帝夢寐以求的寶地方物了。」〔註3〕

在這裡，傳說與現實交織在一起，表現的是神話後期的文化形態。

在少數民族之間，這種傳說與現實交織的海洋神話存在。布依族《十二層海》說：開天闢地時，造了十二層海，下海要走十二天。第一層是蝦子管的地方，它怕大魚吃。第二層住著石蚌，它怕人們捉。第三層游著鯉魚，十分歡快。第四層有海螺的家，美麗牢固。第五層裡，龍王女兒在唱歌。第六層住著龍王，他常騎著海馬出宮，紅鬍子龍開路，黑鬍子龍隨後；紅鬍子龍、黑鬍子龍還審案辦案，斬殺為非作歹的龍。第七層是犀牛住地，它常在石柱上磨角，誰惹它就刺誰。第八層有水鴨、水鵝，哪裡好它們住哪裡，哪裡不好它們就逃。第九層，龍王在那裡造井造水，送給人們吃和灌田。第十層，龍王女兒在繡花，曬花被、花綢。第十一層有三十八條路、四十八條街，龍匆匆忙忙趕場做生意。第十二層是海底，廣大無邊，千萬根石柱撐著大地。〔註4〕在納西族中流傳的《金沙江與玉龍山》神話也很有情趣：少女金沙江聽說東海王子在找她，就下決心到東海去，玉龍山老人陪伴著她。走到雲南麗江，老人睡著了，一睡就是是幾十萬年。少女從他的腳縫間鑽過去，一直流到東海，和王子結成了美滿的姻緣。在她身後，留下一條大江，人叫金沙江。〔註5〕這種擬人化的將金沙江義無反顧地奔向大海的神話，反映的是內陸人嚮往海洋的一種願望。

這種超現實的想像力，是人們不了解海洋的結果。人類對海洋充滿恐懼，這種既害怕又崇拜，產生了各種各樣的複雜心理。「近海的原始先民，面對一望無際且變幻莫測的海洋，誤以為大海受超自然力量所控制，因而萌發出樸素的信仰觀念，產生了海洋崇拜。海龍王成為最早佔據中國人類意識形態的海洋主宰者。中國隋朝開皇十四年（公元 594 年），文帝下詔祭四海，冊封了東海龍王、西海龍王、南海龍王和北海龍王。隨著時代的發展和變遷，

〔註3〕 《海洋社會學》第 116 頁。
〔註4〕 見劉城淮《中國上古神話通論》第 278 頁，雲南人民出版社 1992 年版。
〔註5〕 見劉城淮《中國上古神話通論》第 277～278 頁，雲南人民出版社 1992 年版。

人們臆造的海龍王滿足不了中國沿海居民對海洋信仰的願望和需求。因而，便相繼產生了在現實中確有其人而又將其神化的新海神，即觀音、媽祖和孫仙姑等。而媽祖成爲被朝廷敕封的『國家級』海洋女神，凡民間航海遇險化險爲夷者，人多歸功於媽祖，因而宋、元、明、清幾個朝代都對媽祖多次褒封，封號從『大人』、『天妃』、『天后』到『天上聖母』，神格越來越高，並列爲國家祀典。而且海神的職能能不斷地擴展且無所不管，囊括航海安全、漁業豐歉、男女婚配、生兒育女、袪病消災等等。」〔註6〕這裡，高度概括了海洋與人們信仰的關係作了地道的解說。

關於媽祖，在書中不止一次的提及。如「媽祖信仰在中國沿海地區影響廣泛」；〔註7〕還說「媽祖信仰，在台灣省很普遍。在大多數台灣同胞心目中，媽祖不但是戰勝風浪，與自然災害進行鬥爭的精神支柱，而且媽祖還代表了民族的根，是一種感情紐帶」〔註8〕等。

的確，媽祖是東南沿海一位重要的海神，這在古籍中經常看到，有的在一個地方就修建多個廟宇，可見其影響力之深遠。《古今圖書集成·方輿典》第660卷《江寧府部匯考》：天妃廟「在郭城門外上新河北岸，明洪武間建，二十二年重修。」還記載：天妃廟「四，一在縣東南五里，一在縣東南二十五里，一在縣東二十五里，一在縣東南三十里。」

根據宋以來的各種文獻記載，媽祖原爲福建地區一女子，死後被人尊奉爲神，特別是在海上遇到危險的時候，她會保佑眾人。清《長樂縣志》記：「相傳天后姓林，爲莆田都巡簡孚之女，生於五代之末，少而能知人禍福。室處三十載而卒。航海遇風禱之，累著靈驗」。因此可知，媽祖被奉爲海神，是民眾的一種祈求平安的願望。

除了崇拜之外，人們產生種種民俗活動。每年祭海時，由德高望重的老漁民牽頭，青壯漁民設祭壇，抬神像等，格外踴躍。〔註9〕造船時，先要把船底「龍骨」豎立起來，用紅布繫在龍骨上以辟邪，接近竣工時，最後一道工序便是在船頭裝上一對「船眼睛」，也叫「定彩」，在安龍目時選定吉時，備牲禮向諸神叩拜。……船主擇「黃道吉日」，進廟拜神。〔註10〕

〔註6〕 《海洋社會學》第191頁。
〔註7〕 《海洋社會學》第318頁。
〔註8〕 《海洋社會學》第332頁。
〔註9〕 《海洋社會學》第311頁。
〔註10〕 《海洋社會學》第317頁。

　　與此同時，漁民在拜神的時候，也有各種風俗與禁忌。海洋社會早期，海洋個體主要從事漁業生產活動，打魚、捕魚、抓魚、吃魚，其社會風俗以漁風漁俗、漁神信仰、漁業禁忌、漁船漁具等爲主要內容。〔註11〕

　　在捕魚的時候，有各種祭祝的儀式，用來表示對神靈的尊重。「世界各地都有著海洋韻味十足的民俗文化。例如捕魚節，它是漁民敬奉海神的節日，世界很多地方都有捕魚節。……無論哪個地區，捕魚節第一項活動無例外地要舉行隆重的祭海儀式。還有海神節，每年 2 月 2 日，是充滿神奇宗教色彩的巴西海神節。」〔註12〕

　　凡此種種，都顯示出人們對於海洋神靈的敬仰與崇拜。《海洋社會學》對此進行了非常形象的表述：海洋信仰和涉海民間信仰是涉海人群在面對浩淼無垠、變幻無常、神秘莫測的海洋和人類的無助時，爲充滿了凶險和挑戰的涉海生活找到精神護佑，或爲家庭進行祈福避凶，對神靈的信仰使人獲得精神上的慰藉。南海觀音崇拜香火旺盛。〔註 13〕這種表述，無疑是準確的。它將人與自然之間的關係表達得非常清楚。人們在浩瀚無際的海洋面前，無疑是十分渺小的，根本無法與之抗衡，只有求助海洋神靈的幫助，才能夠得以生存，於是產生祭祀來表達一種信仰。這種信仰，不是所謂的迷信，而是人類在於自然鬥爭的一種生存之道，是人與自然之間的一種心靈上的交往。

二、神話運作的妙趣

1、以神話來證明歷史

　　太平洋底部是否有人類文明，過去由於資料、認識的局限，沒有人提出過。其實，在我國典籍裡就有記載。《列子‧湯問》：「渤海之東，不知幾億萬里，有大壑焉，實惟無底之谷，其下無底，名曰歸墟。」所謂「墟」，就是一塊土地，只不過這裡原來有人住過而現已荒廢。所謂「歸墟」，表示的是太平洋上原來有人類文明的存在，只是地理巨變，而沉沒到海底，成爲「無底之谷」。《山海經‧大荒東經》則說得更明確：「東海之外大壑，少昊之國。少昊孺帝顓頊於此，棄其琴瑟。」這裡的「少昊之國」就在東海之外的太平洋上。

　　到了 20 世紀初，英國人種學家麥克米蘭‧布朗發現了曾經存在的人類文

〔註11〕《海洋社會學》第 462 頁。
〔註12〕《海洋社會學》第 80 頁。
〔註13〕《海洋社會學》第 318 頁。

明，提出太平洋中曾有過古大陸的觀點。他在《太平洋之謎》一書中首次提出遠古時期太平洋曾經有過一個高度文明發達的大陸。此後，有關這方面的著作屢見不鮮，以英國學者詹姆斯‧喬治瓦特的研究成果最有影響力。他通過大膽的假設、廣泛的調查、獨到的推理乃至自信的筆勾勒出遠古時期太平洋中姆大陸的概貌。關於消逝的姆大陸，喬治瓦特是這樣描述的：在遠古時期，太平洋中曾經存在過一個古大陸，它是人類文明的搖籃，鼎盛時期的人口約 6400 萬，生活在這個大陸上的居民有黃、白、黑各種膚色的人種，他們無貴賤之分，和睦相處。古大陸的國君名叫拉‧姆，他既是古大陸的最高統治者，又是最神聖的宗教領袖。姆大陸居民信奉單一的宗教。後來由於地震，這塊國土沉入太平洋。〔註14〕

在《海洋社會學》裡，以麻姑來說明：「在太平洋底部發現了曾經存在的人類文明，被稱爲『三海平原』。中國的渤海、黃海、東海的大部分地區在第四冰期變成陸地，而且是良好的平原地貌。」〔註15〕

麻姑是道教之神仙，在各種古籍及道教經典裡都有記載。

葛洪《神仙傳‧麻姑傳》曰：「漢孝恒帝時，神仙王遠，字方平，降於蔡經家，與經父母、兄弟相見。獨坐久之，即令人相訪（麻姑）。」繼云：「麻姑至，……是好女子，年十八九許。於頂中作髻，餘髮垂至腰。其衣有文章，而非錦綺，光彩耀目，不可名狀。入拜方平，方平爲之起立。坐定，召進行廚。麻姑自說云：接侍以來，已見東海三爲桑田。向到蓬萊，水又淺於往者會時略半也，豈將復還爲陵陸乎？方平笑曰：『聖人皆言海中復揚塵也。』」又說：「麻姑鳥爪。蔡經見之，心中念言，背大癢時，得此爪以爬背，當佳。方平已知（蔡）經心中所念，即使人牽經鞭之。謂曰：『麻姑神人也，汝何忽謂爪可以爬背耶？』但見鞭著經背，亦不見有人持鞭者。」「宴畢，方平、麻姑命駕，升天而去，簫鼓、道從如初焉。」

《神仙傳》中之麻姑，原是親見「東海三爲桑田」的仙人，是長壽不死者，故後世多以之象徵長壽，至遲在明代即有畫家作「麻姑獻壽圖」，以爲人祝壽之禮品。

爲什麼麻姑作爲壽星，不是沒有緣故的，因爲她非常長壽，所以能夠見證山海滄桑的變化，「東海三爲桑田」和「海中復揚塵也」，更成爲後世著名

〔註14〕《太平洋曾經有一塊大陸存在嗎》，soso 問問 2009 年 8 月 10 日。
〔註15〕見《海洋社會學》第 5 章《源遠流長：海洋社會的内在變遷》第 1 節《海洋社會的發生》（2）《滄桑巨變的海民沉浮》。

的「滄海桑田」和「東海揚塵」典故的來源。由此可見，麻姑在此進行舉例說明，是十分恰當不過的了。

2、以神話來證實現實

海洋裡有著許多寶藏，而且與人們的生活息息相關。如鹽就是一例。鹽是怎麼來的，民間有這樣的傳說：很久以前，在很遠很遠的地方，住著兩兄弟。一個很富有，一個很貧窮。富兄弟住在一個小島上，他是一個鹽商，他經營了很多年的鹽，掙了一大筆錢，另一個兄弟窮得連他妻子和孩子飯都吃不飽。後來窮兄弟得到一個神磨，他的壞兄弟用計換來了神磨，並在船上不停轉磨，鹽不斷地從磨里出來，越來越多，船沉入海裡，鹽依然不停地從磨里出來，最後把整個大海水都變得鹹了。這就是海水為什麼是鹹的原因。《世本‧氏姓篇》：「廩君乃乘土船從夷水到鹽陽，鹽水有神女謂廩君曰：「此地廣大，魚鹽所出，願留共居。廩君不許。」這裡所說的「從夷水到鹽陽」，一路是在海上行駛，其證：一是水是鹹的，有鹽；二是神女說她統轄的地方非常「廣大」。因此可以判斷這個神女乃是一位海中之神。

從海水裡提取鹽，最好的辦法就是燒煮。煮海為鹽，這是一則神話。但可以知道海鹽生產源遠流長，「傳說中國古代炎帝時宿沙氏煮海為鹽。《禹貢》更有鹽貢。春秋時魚鹽之利為富國之本。西漢時鹽鐵成為國家重要財賦收入，鹽田廣布海岸帶。」〔註16〕

宿沙氏在《世本》、《戰國策》、《呂氏春秋》、《逸周書》、《路史》等書中均有記載。許慎《說文解字》釋鹽曰：「鹵鹹也。從鹵，監聲。古者，宿沙初作煮海鹽。」也有人說：「中國古代鹽業史的開端，可以追溯到『夙（宿）沙氏初煮海鹽』」時期。〔註17〕宿沙氏可能是山東半島一個部落的首領，故《世本‧作篇》認為：他是炎帝神農氏的「諸侯」，也有稱他是黃帝的臣子，《太平御覽》又說他是春秋時代「齊靈公臣」。從古籍來看，他從海水裡，「煮乳煎成鹽，其色有青、紅、白、黑、紫五樣。」〔註18〕可知，宿沙氏初煮海鹽的記載看來是可信的。不僅如此，人們還建寺來紀念他。《路史‧後紀四》注云：「今安邑東南十里有鹽宗廟，呂忱云：宿沙氏煮鹽之神，謂之鹽宗，尊之也。」

〔註16〕《海洋社會學》第118頁。
〔註17〕郭正忠主編《中國鹽業史》，人民出版社1999年版。
〔註18〕明彭大翼《山堂肆考》羽集二卷。

　　海洋裡有魚類，可以供給人們的生存。中國的先民在遠古時代就已經開始海洋捕撈，已爲獲取在大洋和近海之間洄游的中、上層魚類，對海洋魚類習性的認識已有一定的水平。〔註19〕

　　於是捕撈帶動造船的發展。最早的在海上進行捕撈與渡水的工具，是葫蘆和筏子，這在神話裡早有記載。從古籍《物原》中所述「燧人氏以匏濟水，伏羲氏始乘桴（筏）」的傳說記載看，在距今 1 萬年前，以漁獵爲生的先人們與海洋發生了接觸，而且能夠利用樹幹進行近距離的海上漂浮。〔註20〕在書中，此條古籍所述多次引用，可見此記載十分珍貴。燧人氏和伏羲氏都是古代傳說中的人物。從歷史而言，燧人氏比伏羲氏更爲久遠。燧人氏，顧名思義，鑽木取火，屬於漁獵遊牧時期的氏族；而伏羲氏，則是是中華民族人文始祖，所處時代約爲新石器時代早期，他會結繩爲網，用來捕鳥打獵，還發明了瑟，創造了八卦，這些都說明伏羲氏要晚於燧人氏。正因爲如此，筏子遠比葫蘆來得更科學更先進。《周易》中所說：「伏羲氏刳木爲舟，剡木爲楫，舟楫之利，以濟不通，致遠於天下。」這裡，說的是「刳木爲舟」的「舟」，即獨木舟，其要比筏子要進步得多了。正由於如此，其「反映出我們的祖先對海洋利用的理性認識。」〔註21〕

　　居住在水邊的人利用船來捕撈與交通，是其生活的環境所決定。古代地中海邊的腓尼基族，他們是最早造船的人，而「腓尼基」其本意是造船者。〔註22〕在非洲許多沿海地區的民族，他們也都是利用獨木舟來進行船運與捕撈。這就說明，海洋環境決定了人們的生活、生存的狀態中，船是十分重要的工具。

　　無論是神話來說明歷史，還是神話證實現實，都有妙趣橫生的獨到之處：一是形象生動，寥寥數筆，就將文章的觀點闡述清楚。二是例證可靠，言之有據，擺脫乾枯的理論說教。

三、海洋神話的思考

1、不能固守原有的神話概念

　　神話是千百年以前人類想像的文化創造，但是作爲現代社會學科的一種

〔註19〕 《海洋社會學》第 9 頁。
〔註20〕 《海洋社會學》第 245 頁。
〔註21〕 《海洋社會學》第 245 頁。
〔註22〕 《海洋社會學》第 119 頁。

概念，人們對其解釋各不相同。

在本書裡，運用的是一種廣義神話學的概念。這是袁珂先生所堅持的觀點，早在 80 年代，就引起學術界的強烈反響，也引起人們的多次爭論。在《中國神話傳說詞典》一書的《出版說明》裡就這樣寫道：「這部詞典的一個特點是，它主要反映了袁珂先生目前的研究狀況及學術觀點。正如很多學術問題往往有不同見解一樣，對於袁先生的有些觀點，學術界可能有不同的看法。」這裡事實上也將當時的學術爭論做了一點透露。應該說對於這種廣義神話的見解，還是有很多學者是不能接受的。但是作為一種新的學術觀點，無疑是值得肯定的。至少對於解決懸而未決，或者在分類上模棱兩可的作了一個明確的劃斷，有積極意義的。在《海洋社會學》裡，基本根據的是袁珂先生的廣義神話的觀念來進行描述與論證的。將現代民間文化分類學中的神話（狹義）、傳說、鬼話、仙話、佛話、妖、怪、精等作品均納入囊中，這是學術上的一種開放的文化系統，體現了作者的匯聚千家之說為我所用的學術情懷。

「中國海洋宗教與海洋民間信仰具有多樣性，如龍王崇拜、觀音崇拜、媽祖崇拜；信龍母、洪聖水神；信船王等」，〔註23〕就是這種廣義神話概念的體現。

這種廣義神話的產生，與人們的海洋信仰有著直接的關係。當時海洋社會文化中開始形成的海神信仰，其內容便與海洋個體的漁業活動密切相關，他們活動中的許多要素都會成為海洋神靈的一個來源。如四海神、潮神、港神等隨海洋水體崇拜而產生，鯨魚、鱉魚等水族神是由對海洋水族的崇拜而產生，風神是對自然現象中的風崇拜而產生，海船以及船上的舵、錨、桅、漁網等的神靈化是將海洋交通、生產工具神靈化。〔註 24〕將與海洋相關的一切都神靈化，這是原始初民的一種樸素的信仰意識，至今一直保留在海洋文化中間。

一般來說，科學文明水平相對原始落後的民族，神話往往極其發達。在太平洋島嶼上居住著的眾多民族，分別創造了形形色色、難以數計的神話故事。他們用神話解釋人的由來，事物的起源，給各種現存的社會關係提供存在的依據。神話作為文化最重要的標誌之一，倍受人類學家的重視。透過構

〔註23〕《海洋社會學》第 320 頁。
〔註24〕《海洋社會學》第 463 頁。

築神話的思維結構和想像力，可以判斷文化發達程度與智慧水平。〔註 25〕此話有一定道理，神話畢竟是人類原始文化的遺存，而這種遺存以後還會有發展，會演化成爲其他概念，但是其本體依然是神話，這是毋容置疑的。

2、神話發達的地區，其文化的影響力也就巨大

神話是古老的文化記憶，反映的是這一地區人類的文明與歷史，而海洋神話則是人類與海洋之間文化的早期記錄。歷史證明：凡是海洋神話愈是發達，其文化的影響力也就愈大。古埃及、古希臘神話是舉世公認的，正由於如此，其文明在世界上同樣佔有很高的地位。希臘神話源於古老的愛琴文明，是西洋文明的始祖，具有卓越的天性和不凡的想像力。在那原始時代，他們對自然現象，對人的生老病死，都感到神秘和難解，於是有了幻想與想像。在這些幻想與想像中，出現了征服宇宙的英雄。

與此相聯繫的歷史是，「公元前 3000 年代初希臘愛琴海地區進入早期青銅器時代。公元前 2000 年代則爲中、晚期青銅器時代，先在克里特、後在希臘半島出現了最早的文明和國家，統稱愛琴文明。」〔註 26〕然而在多利亞人入侵愛琴文明後，希臘半島人口開始過剩，他們不得不向外（其中也包括向海外）尋拓生活空間。

這樣，就有了各種各樣與海相關的神話傳說。

希臘神話裡的波塞多（Poseidon）是海神、水神，是宙斯的哥哥。蓬托斯（「波濤」）在希臘神話中是象徵「大海之底」的男神，在希臘語裡，蓬托斯是波濤之意，所以蓬托斯的實質是一位海神。與之相關的，蓬托斯與母親該亞結合，生下了表徵海的各種屬性的諸多兒女：涅柔斯（海之友善）、陶瑪斯（海之奇觀）、福耳庫斯（海之憤怒）、刻托（海之危險）和歐律比亞（海之力量）。這些海神都是希臘人崇拜的對象。這些海神神話影響了整個世界文化史，也因此被稱之爲一個「神話時代」，可見其影響之烈。

在太平洋東岸的中國同樣是個神話發達的地區，有著豐富的神話資源。古典文獻中的神話層出不窮。《史記‧皇帝本紀》就記載有軒轅黃帝曾「東至於海」的傳說。《莊子‧逍遙遊》：「北冥有魚，其名爲鯤。」釋文：「北冥，本亦作溟，北海也。」可見，這就是一個關於海的神話。東方朔《十洲記》

〔註 25〕《太平洋島嶼的智慧：神秘的激情體驗》第 150 頁，浙江人民出版社 1994 年版。
〔註 26〕《海洋社會學》第 122 頁。

也說：「海水正黑而謂之冥海也。無風而洪波百丈。」宋王象之《輿地紀勝》卷 174：「昔有蜀士韋昉寶岩，夜泊涪陵江。忽遇龍女，遣騎迎入宮。後昉以狀元及第，十年後知簡州。龍女復遣（遺）書相迎，敕命昉充北海水仙。」等等，都說明在中國古籍裡，海洋神話同樣不勝枚舉。

其神話在東南亞等地區的影響同樣不可小視。「中國、日本、韓國和東南亞各國海洋族群主要信奉佛教和海龍王，中國浙江舟山群島的海洋群體大多信奉觀音娘娘，中國東南沿海各地海洋族群主要信奉媽祖娘娘等。值得注意的是，在眾多的海洋信仰之中，大多是天神或海神，只有媽祖娘娘是一位現實生活中的護航使者。……全世界有 4000 座媽祖廟，信眾達到 2 億人。尤其是每年媽祖誕辰的祭祀大典時，台灣海峽兩岸同袍共同朝拜媽祖，成為一件轟動民間的大事。」〔註 27〕由此可見，中國神話及其神話中的人物在世界各地的影響是巨大的，單從媽祖信仰與祭祀裡就可以看出。

只不過，中國的神話傳說的內涵，有的也過於深奧，以至於沒有得到應有的關注。如美人魚的神話就是一個例子。丹麥的美人魚的神話，在世界都有影響，其實中國的美人魚神話早就有之。《山海經・海內南經》：「氐國人在建木西，其為人人面而魚身，無足。」這可能是世界上最早的美人魚傳說的原型。只是中國的神話過於妖魔化，而沒有與社會的交往，也沒有人的情緒與感情，因此往往沒有得到民眾的認可，流傳空間也就十分狹隘。

在日本，徐福被日本人奉為農耕之神、蠶桑之神、紡織之神、醫藥之神、冶煉之神等等。〔註 28〕眾所周知，徐福是秦代人，為給秦始皇求得長生不老藥而東渡的。《三國志・吳書・吳主權傳》、《後漢書・東夷列傳》都有提及徐福東渡之事。是否到過日本，眾說紛紜。不管怎樣，傳說徐福到了日本，並被尊奉為神，是有道理的。「相傳徐福去後，日本開始了農耕文化，史稱『彌生時代』，由於徐福帶去了大批工匠能人，傳播了農耕技術、種桑養蠶技術、鋼鐵冶煉技術、醫藥技術，對日本社會發展做出了不朽的貢獻。」〔註 29〕可見，徐福神話，真切地反映了那個時代的歷史現實。

如今，現代生活裡，用神話來命名的產品、用品很多，同樣反映了海洋神話文化的影響力。舉例來說，巴哈姆特是阿拉伯神話裡的巨魚，它飄浮在

〔註 27〕《海洋社會學》第 486 頁。
〔註 28〕《海洋社會學》第 492 頁。
〔註 29〕《海洋社會學》第 492 頁。

一片沒有泡沫的汪洋大海上，在它的背上是一頭巨牛，牛背上扛著一座紅寶石山，山上有一天使，天使頭上是六重地獄，地獄之上是地球，地球上面是七重天堂。在巴哈姆特的身下是一望無際的海洋，海洋下面是黑暗的深淵，再下面是火的海洋，最下面爬著一條巨蛇。以巴哈姆特命名的有項鏈、吉他、網絡遊戲等。類似這樣的例子，不勝枚舉，其反映的是海洋神話依然會對現實社會產生或多或少的影響，當然，其影響程度的多少與神話本身的知名度和人們對其認知度有著直接的關聯。

當然任何事物都不可能十全十美，本文也有一點不足之處，那就是缺少中國著名的海洋神話的代表作「精衛填海」的詳細闡述和引用。精衛填海是中國海洋神話的典型之作，反映了中國人戰勝海洋的信心，並與之頑強鬥爭的行為，缺少對其進行分析、運用，無論如何是一種憾事。

鬼神信仰與媽祖崇拜

　　媽祖，也叫神女、龍女、夫人、天妃、天后等。

一、媽祖原型

　　在人們的印象裡，媽祖如同端莊、秀美、善良的女性，現在所見的媽祖雕塑、繪畫等藝術作品一般都採納這樣的形象。其實，媽祖的原型是鬼。

　　宋嘉定二年李俊甫《莆陽比事》卷七記載：「湄洲神女林氏，生而神異，能言人休咎。死，廟食焉。」

　　宋紹興二年《咸淳臨安志》卷七三《祠祀三》引丁伯桂《順濟聖妃廟記》：「莆陽湄洲林氏女，少能言人禍福，歿，廟祀之。號通神女，或曰龍女也。」〔註1〕

　　類似這樣媽祖生前與死後的記載，在很多典籍中都有，如「通賢神女，姓林氏，湄洲嶼人，初，以巫祝為事，能預知人福禍」，〔註2〕「湄洲神女林氏，生而神異，能言人休咎。死，廟食焉」。〔註3〕這些記載，都有兩個基本內容：一媽祖生前非凡，二其死後受人崇祝，而後者更是關鍵。《禮記‧祭義》云：「眾生必死，死必歸土，此之謂鬼。」《說文》亦云：「人所歸為鬼。」儘管如此，但人們還不太注意媽祖為鬼的信息，而往往僅將目光聚焦在媽祖為神的方面，其實從一定的角度上來說，這些記載更揭示了人們的從鬼到神的信仰軌跡。

〔註1〕　宋紹定二年《咸淳臨安志》卷七十三《祠祀三》。
〔註2〕　南宋紹興二十年廖鵬飛《聖墩祖廟重建順治廟記‧林氏族譜》。
〔註3〕　南宋嘉定二年《莆陽比事》卷七。

　　媽祖最初是一鬼，就是無容諱言的事實。中外文化史都有這樣一個規律，無論是神還是鬼都是人死後變化而成；如果沒有死的過程，就不可能出現鬼或者神。

　　為什麼媽祖是鬼，與福建地區的民間信仰直接相關。

　　福建是一個民間信仰濃厚的地區，特別是在偏遠的山上或海邊，鬼神信仰盛行彌漫。明萬曆《永安縣志》卷二《地理志》：「舊傳神仙往來其間，峰巒岳岫，不可勝數。神制鬼劃，高下相屬，煙雲出沒無時。」

　　在宋《臨汀志・祠廟》裡，有兩則人死變鬼的記載，可以證明福建的鬼神信仰：

> 洲湖潤德大王廟　在長汀縣南富文坊。莫詳封爵創始之由。長老相傳，漢末人以忠義死節此地，出為靈響，郡人為立小廟。忽一日山洪驟漲，廟流而下，止於南山之麓，後枕石屏，前瞰麻潭。後坊民欲移歸故址，舉莫能勝，始悟神安靈於此。

> 助威盤瑞二王廟　在長汀縣南駐扎寨。長老相傳，漢末人以身禦敵，死節城下，時有顯應，眾創廟宇，號「石固」。一日，廟前小澗漲溢，忽有神像乘流而至，自立於石固之左。眾異之，號「石猛大王」。後以息火功封左王為「石猛助威」，右王為「石固盤瑞」。宋朝元豐間創今廟。〔註4〕

　　明黃仲昭《八閩通志》卷五十八《祠廟》亦載：「閩俗好巫尚鬼，祠廟寄閭閻山野，在在有之。」

　　這些記載都說明一個事實，媽祖信仰之初是與鬼聯繫在一起的。人們不僅相信鬼，而且從事與鬼打交道的巫覡也很多，這些巫覡往往會與信眾密切聯繫而成為街頭一景。明萬曆蘇民望修《永安縣志》：「坊市婦女尚寺觀嬉遊者，師巫合伙而云禮金橋水懺者，坊市演戲則沿街塞巷搭小台以觀望者，此皆俗之蠹也。」〔註5〕由此可見，巫覡雖是一特殊群體，但已被一般民眾所接受所理解，儘管明《永安縣志》認為這是「俗之蠹」，說明了當時人們對待巫覡是認可的，能夠接受巫覡的禮拜，這是社會風氣使然的結果。更有人指出：「大凡吾郡人尚鬼而好巫章，醮無虛日，至於婦女，祈嗣保胎，及子長成，

〔註4〕　宋胡太初修，趙與沐纂《臨汀志・祠廟》，福建人民出版社1990年版。
〔註5〕　明萬曆《永安縣志》，載「日本藏中國罕見地方志叢刊」，書目文獻出版社1991年版。

祈賽以百數，其所禱諸神亦皆里嫗村媒之屬，而強附以姓名，尤大可笑也。」
〔註6〕話雖如此，但是無法改變人們相信鬼神的事實。

　　如果再從更大的地域角度來分析，福建隸屬越地，而越文化中鬼神信仰
非常濃厚，而且歷史久遠，對福建一帶人們的信仰產生作用。《淮南子》云：
「吳人鬼，越人禨。」《說文》曰：「禨，鬼俗也，從鬼幾聲。」《史記・封禪
書》亦說：「越人俗信鬼，而其祠皆見鬼，數有效。昔東甌王敬鬼，壽至百六
十歲，後世漫怠，故衰耗。」這些都說明越人信鬼，而且到了痴迷的程度。

　　在這樣的社會背景下，媽祖的信仰也不可能脫離如此濃烈的鬼神信仰的
文化氛圍，因此媽祖被打上鬼神的符號也是在所難免。明朱淛說：「世衰道
微，鬼怪百出，俗所敬信而承奉之者，莫如天妃，而莫知其所自始。宋元間，
吾莆海上黃螺港林氏之女，及笄蹈海而卒。俚語好怪，傳以為神，訛以傳訛，
誰從辯詰。」〔註7〕這裡，將天妃信仰的真實的社會因素表露無疑。其實，
其說未必準確。天妃信仰的存在，與「世衰道微」不一定有著內在關係。但
是天妃信仰的存在，的確有一些必然的客觀原因，例如對海的恐懼與懼怕，
應該是一個重要的原因，這也是不可否認的事實。由於人們對海洋的認知，
處於十分幼稚的階段，認為海洋是被一種神秘的力量所控制，而天妃則是被
認為是能夠掌控這種神秘力量的神靈，因此祈禱天妃就成為一種自覺的行
動。在這裡，朱淛所說的天妃「及笄蹈海而卒」，而「傳以為神」，其中最根
本的要素未加明說，那就是「死而為鬼然後才被傳為神」的民間信仰的根本
路徑。

　　這種精神層面的信仰支柱，是長期以來形成的，而且早在人類有了善惡
觀念之後，就存在鬼與神的分野。這種鬼神之區分，在普通百姓的觀念裡一
直存在。宋代湄洲林氏女死後即被尊為神靈，其原因有二：一是其生前有「神
異」，二是其死後能夠顯靈救人。故其被尊祀為神，是有廣泛的民間基礎的，
為其建廟就是最核心的表現之一。

　　天妃，「閩浙土人稱為媽祖，在洋遇險，祈求而應，故海船出入之口岸，
莫不建廟奉祀。而閩廣蘇州等處，廟貌輝煌，且內有樓閣、台池、山石、花
木，極其華藻。」〔註8〕為媽祖建廟，已經成為近海地區人們信仰的普遍習俗。

〔註6〕明朝謝肇淛著《五雜俎》卷十五《事部三》。
〔註7〕明朱淛《天馬山房遺稿》卷六《天妃辯》。
〔註8〕中國第一歷史檔案館等編選《清代媽祖檔案史料匯編》第31頁，中國檔案出

　　有一次清祖仁皇帝（康熙）南巡杭州，有大臣告訴他說：「凡近海之處，俱有大廟，商民往來祈福。獨杭州爲省會重地，控扼江海，未有專祀，現今寧邑已奉致建海神廟。」並且說：「天后臣愚以爲似宜止作，臣意將天主教堂改爲天后宮字樣。諸凡合式不用更造，只須裝塑神像，擇德行羽流，供奉香火。」〔註9〕這種將其他建築改建成爲媽祖廟的做法，既省錢還立竿見影，當然得到首肯。

　　眾所周知，民間建廟，是對民眾所敬奉的神靈的敬仰，而媽祖廟的建立，就標誌著媽祖從鬼改變爲神的最直接的表現。「閩海省湄洲廈島台灣俱屬閩海要地，各有創建廟宇崇奉天妃。」〔註10〕即使如此，民間對於媽祖是神是鬼，還有爭論不息。

　　在《媽祖廟內大鐘的故事》裡，人們對於媽祖是鬼神的看法有了一些改變，但是其爭辯的痕跡依然明晰可見：

　　以前在內埔鄉新北勢，有一位老婆婆的家中供奉著一尊觀音菩薩，因爲菩薩很靈驗，所以信徒也很多。媽祖廟內的乩童看了很嫉妒，就到處散播謠言，說老婆婆家中的觀音菩薩有邪魔附身，才會那麼靈驗。當這些話傳到老婆婆家人耳中時，他們感到相當煩惱，於是到大陸請一位道士來察看他們家的菩薩是否有鬼怪附身。之後，這位道士又去了福建湄洲，得知老婆婆家中的觀音及內埔媽祖廟的媽祖都是從湄洲請來的神明，因此絕非一般的妖魔鬼怪可以入侵附身的。可是這個消息被乩童知道後，就大罵他們一頓，說：「你到大陸請道士來調查媽祖廟的媽祖，就是對我們媽祖大不敬，要罰你捐一口鐘，以提醒後代人，只要對媽祖不敬，就合受到懲罰。」老婆婆的家人爲了表示歉意，就訂了一口大鐘，獻給內埔的媽祖廟，這就是內埔媽祖廟內大鐘的由來。〔註11〕

　　這裡，有非常明顯的民間宗教與道教、佛教的爭鬥，其核心依然是鬼神之爭。無論是老婆婆請道士來察看觀音是否有鬼怪附身，還是最後發現觀音、媽祖「絕非一般的妖魔鬼怪可以入侵附身的」結果來看，鬼神是這篇故事的

　　　版社 2003 年版。
〔註9〕中國第一歷史檔案館等編選《清代媽祖檔案史料匯編》第 37 頁，中國檔案出版社 2003 年版。
〔註10〕中國第一歷史檔案館等編選《清代媽祖檔案史料匯編》第 8 頁，中國檔案出版社 2003 年版。
〔註11〕陳麗娜《屏東後堆客家民間故事》42 頁，中國口傳文學學會 2006 年印刷。

核心與要點。只不過這則故事已經將媽祖的鬼的色彩略去，正面強調了其神的身份，而定製大鐘則是表示對過去認為媽祖是鬼神而做出的相應懲罰。事實上，這樣故事的演繹就大大提升了媽祖的地位與神性，同時也加大了媽祖與民間鬼神的區別。

在民間，將媽祖稱之為神，而且還注入社會的家族的特徵。

媽祖有妹妹，為臨水夫人廟內供奉的雲夫人。「羅源、長樂皆有臨水夫人廟，雲夫人，天妃之妹也。海上諸舶，祀之甚虔，然亦近淫矣。」〔註12〕這裡所說的雲夫人即天妃之妹，也是海上神靈之一。

另外，媽祖有屬下，如千里眼、順風耳等，還有晏公總管。明《永安縣志》卷三記載：「晏公廟，在縣治北門內。」所謂晏公，原是也是一個人。明王士禎《廣志繹》卷四載：「晏公名戌仔，亦臨江府之清江鎮人，濃眉虯髯，面黑如漆，生而疾惡太甚。元初以人材應選，入為文錦堂長，因疾歸，登舟遂奄然而逝，鄉人先見其騶從歸，一月訃至，開棺無所有，立廟祀之。」這裡所說的晏公原來個有名有姓的人，由於登舟而亡，故也可以稱之為鬼。後來傳說晏公為海上神靈，常年於海上興風作浪。後被媽祖收為部下，為其部下總管。〔註13〕

千里眼、順風耳，就是離婁和師曠。離婁則是傳說中的人物，能在很遠的地方看到動物身上細毛的毛尖。《孟子‧離婁上》：「孟子曰：『離婁之明，公輸子之巧，不以規矩，不能成方圓。』」焦循《正義》：「離婁，古之明目者，黃帝時人也。黃帝亡其玄珠，使離朱索之。離朱，離婁也，能視於百步之外，見秋毫之末。」師曠是春秋時期著名的音樂家，博學多才，尤精音樂，善彈琴，辨音力極強，卻是雙目失明的人，耳朵卻非常靈敏。因此民間附會出許多離婁能辨秋毫之末、師曠奏樂的神異故事，而這一切也都在發生在其死後，再加上《封神演義》等作品的傳播，更加使得千里眼、順風耳的故事老少皆知、家喻戶曉。

在《封神演義》中，商紂王有兩員大將，一個叫高明，一個叫高覺。這兩個人原是棋盤山上的桃精和柳鬼，有很多妖術。高明眼視千里，人稱千里眼；高覺耳聽八方，故名順風耳。商紂王把他倆差往前線，與周國姜子牙作

〔註12〕 明朝謝肇淛著《五雜俎》卷十五《事部三》。
〔註13〕 黃江平《上海的晏公信仰與海洋文化》，載《2012年上海海洋文化與民俗研討會論文集》（內部資料）。

戰。他們果真了得，施展本領，能把姜子牙每說一話，都被順風耳聽見；每行一事，都被千里眼看到，姜子牙屢屢設下計謀，都被他們識破。姜子牙好不心焦。楊戩請教玉鼎真人。真人告訴兩怪的來由，並授予滅怪之計。晚上，高明、高覺領兵來劫周營。姜子牙早有準備，先派三千人馬到棋盤山，把桃樹柳樹統統挖盡，放火焚燒，斷了妖根。然後眾兵將把千里眼、順風耳團團圍住。這時，他們神通難施。被姜子牙的打神鞭，把他們打得一命嗚呼，命歸西天。

同時，千里眼與順風耳也都是海神。在道教中，千里眼、順風耳是兩位守護神，他們的塑像一般安置在宮觀的大門口，同時又在他們的旁邊加了兩位武士，被稱為「四大海神」。

關於千里眼和順風耳的生平傳說有很多，有一種說法則與媽祖有關。順風耳、千里眼為兄弟，兄名高明，弟名高覺，作戰身亡，魂歸桃花山，原為擾亂地方、為害百姓的妖精，後來媽祖經過此山，高氏兄弟向媽祖逼婚，媽祖與其相約鬥法，敗則從之，勝則收其為僕，高氏同意，決戰結果，兄弟落敗，兩位神將終成媽祖之僕隨侍左右。關於這一點，民間傳說更加將此故事神奇化：

媽祖是五代十國督巡檢林願的女兒，又稱為「九娘」。媽祖出生時，滿堂祥光，滿月時，無哭聲，所以又稱為「默娘」。媽祖得道升天時，年二十八歲。在初得道時，曾遇到兩位想調戲她的人，媽祖將兩人收服，做為徒弟，就是現今身旁的探路先鋒——千里眼和順風耳。傳說中千里眼是柳樹精的化身，順風耳是桃花樹精的化身，所以他們的膚色分別是綠色及紅色。在許多廟宇所見到的媽祖金身，其膚色有金、紅、黑三種，這也各有緣故。民間習俗中，一般神明得道時往往用金身塑像。金臉媽祖，意味著媽祖神通廣大、貴氣、莊嚴。紅臉媽祖，是指媽祖成道時，正值青春年華容易害羞臉紅。漁夫在海上作業時常遇見妖魔鬼怪，媽祖為了保護及照顧漁民，便將自己的臉變成黑色，用來喝阻妖魔鬼怪，所以就有了黑臉媽祖的塑像。〔註14〕

《收高里鬼》一則民間傳說則體現了媽祖與鬼的關係：相傳媽祖在世時，有一個叫高里的地方出了一個妖怪，當地百姓受其害，染上百病，當地百姓前去求媽祖醫治，媽祖給求治者一符咒，叮囑百姓回去後，將符咒貼於病人

〔註14〕《媽祖的故事》，陳麗娜《屏東後堆客家民間故事》50頁，中國口傳文學學會2006年印刷。

床頭上。妖怪知符咒法力巨大，於是變成一隻鳥逃去，媽祖追出，見鳥藏在樹上，鳥嘴還噴出一團黑氣，媽祖口中念道：「此怪物不能留此，爲患鄉里」，追擊並將鳥抓獲。原來是一隻鷦鷯，媽祖用符水噴洒小鳥，小鳥落地變成一撮枯髮，媽祖取火燒之，枯髮現出小鬼原相。小鬼忙叩請媽祖收留，媽祖於是將它放在台下服役。〔註15〕

從上述這些文字記載裡，無論是媽祖的身邊的晏公、千里眼、順風耳等原型來看，還是「收高里鬼」來看，可以知道他們大都爲鬼神，與媽祖的鬼神身份是基本相符的。

二、從鬼變神

媽祖由鬼轉變成爲神，這是人們鬼神觀念的自然變化，也是提升一個文化層次的表現。

根據宋朝地方志記載：有個感應惠利夫人廟，即舊七娘廟，在清流縣東北一百二十里明溪，故墓在焉。紹興間，巡檢李宸移創寨側。傳者以昔有過客投宿驛中，聞吟詠聲，因使反之，且許爲傳播。果琅然再誦，客遂書其詩示壁間而去。「妾身本是良家女，少習女工及書史，笄年父母常趁歧，遂選良人職軍史。五季亂兮多寇盜，良人被令爲征討，因隨奔走到途間，忽染山嵐命喪夭。軍令嚴兮行緊急，命既歿兮難收拾，獨將骸骨葬明溪，夜長孤魂空寂寂。屈指經今二百年，四時絕祀長瀟然，未能超脫紅塵路，妾心積恨生雲煙。」自是鄉人敬而祀之。端平間，調寨兵戍建康。忽一日，旁近人聞廟中若有鉦鼓聲。後戍兵有書回，恰是日與虜會戰，始知其助威焉。〔註16〕

七娘廟的出現，是女性之鬼爲其軍人丈夫，死後被遺棄山中，而感到憤憤不平，這樣的女鬼當然受到當地民眾的敬仰而被祭祀，特別是其幫助政府「寨兵」戰勝虜寇，更加神奇，因此這位女性也就從鬼變成了神。

神，在人們的觀念中，一定會幫助好人，一定會有求必應。在這樣一種邏輯背景下，媽祖從鬼變成神，也是符合這樣一種文化思維的。「航海者有禱必應」〔註17〕宣和壬寅給事路公允迪載書使高麗，中流震風，入海沉溺，獨公所乘，神降於檣，獲安濟。」這裡的神，即指的是天妃。〔註18〕從鬼變成

〔註15〕《互動百科・媽祖》作者李三元。
〔註16〕宋胡太初修，趙與沐纂《臨汀志・祠廟》，福建人民出版社1990年版。
〔註17〕南宋《仙溪縣志》卷三《祠廟》。
〔註18〕丁伯桂《順濟聖妃廟記》，載宋紹定二年《咸淳臨安志》卷七十三《祠祀三》。

神的有一條基本規律，那就是鬼必須做好事才可能變成神，如果沒有這樣的過程，很難達到這樣的鬼神轉型。

在宋《臨汀志·祠廟》裡，類似的記載還有，如「洲湖潤德大王廟在長汀縣南富文坊。莫詳封爵創始之由。長老相傳，漢末人以忠義死節此地，出為靈響，郡人為立小廟，忽一日山洪驟漲，廟流而下，止於南山之麓，後枕石屏，前瞰麻潭。後坊民欲移歸故址，舉莫能勝，始悟神安靈於此。」〔註19〕再如：助威盤瑞二王廟在長汀縣南駐扎寨。長老相傳，漢末人以身禦敵，死節城下，時有顯應，眾創廟宇，號「石固」。一日，廟前小澗漲溢，忽有神像乘流而至，自立於石固之左。眾異之，號「石猛大王」。後以息火功封左王為「石猛助威」，右王為「石固盤瑞」。宋朝元豐間創今廟。〔註 20〕這些在長汀縣的廟宇裡，被祭祀的神靈都是漢末壯士。他們以忠義、禦敵而死，受到民眾的愛戴，這說明了生前是英雄，死後同樣會受到尊重，而被稱之為神。這是為神的另一個重要因素。

應該說，死後為神有兩個基本條件：一是生前是為國為地方做了好事的，二是死後依然為民眾做好事的。符合這樣的條件，才可能被祭祀，才可能被敬奉為神靈。

而媽祖就屬於這樣的同時符合上述兩個條件的神靈。人們開始建廟祭祀，東岳宮、天妃宮「二宮在貢川堡。」〔註21〕

媽祖成為人們崇信的偶像，特別是在航海遇到風險的時候，祈求媽祖的保佑，成為一種民族的共識。

清張學禮《使琉球錄》記載了他們出使琉球的情景，數次提及對媽祖的祭祀：

「二年四月，抵閩；督、撫設席於南台，閱視般只。其船形如梭子，上下三層，闊二丈二尺、長十八丈、高二丈三尺。桅艙左、右二門，中官廳，次房艙；後立天妃堂，船尾設戰台。桅桿，眾木湊合，高十八丈。俱川鐵裏；桿頭有斗，可容數人觀風瞭望。」在船上供奉媽祖，是清代新的規定。「水部尚書陳文龍嘉慶道光年間，冊封琉球均經使，臣恭請神像供奉舟中。」〔註22〕

〔註19〕宋胡太初修，趙與沐纂《臨汀志·祠廟》，福建人民出版社 1990 年版。
〔註20〕宋胡太初修，趙與沐纂《臨汀志·祠廟》，福建人民出版社 1990 年版。
〔註21〕明萬曆《永安縣志》卷八。
〔註22〕中國第一歷史檔案館等編選《清代媽祖檔案史料匯編》第 307 頁，中國檔案出版社 2003 年版。

　　《使琉球錄》還說：「初八日，迎供天妃像。二十日，過閩安鎮，鎮將李遣遊擊鄭洪以烏船百餘、兵三千護送出海，次猴嶼，祭天妃。二十二日，候風廣石，風訊不定，復回猴嶼；再過閩安，避風羅星塔下。閱十日，風訊定，再過猴嶼；見梅花所故城，荒榛瓦礫，滿目淒然。通官謝必振稟云：『天妃姓蔡，此地人；為父投海身亡，後封天妃，本朝定鼎，尚未封。』於是至廟行香，許事竣封。」後來，大典既竣，返航遇風浪，「船傾側將危，與副使王公登戰台，亟禱天妃」，終於順利返回大陸。

　　很顯然，這裡所描述的媽祖，完全是個海上航行的保護神。明朝謝肇淛著《五雜俎》之四《地部二》載：「海上有天妃神，甚威靈，航海者多深信不疑。若在風濤之中，忽見蝴蝶雙飛，或者夜半忽見紅燈閃爍，此乃危險的象徵，但終然可履險如夷，安然無恙。蓋天妃德配天地，澤庇萬民。」〔註23〕

　　到了清代，媽祖被提升至前所未有的高度，並將其全稱加封為六十四個字之多：護國庇民、靈妙昭應、宏仁普濟、福佑群生、誠感咸孚、顯神讚順、垂慈篤佑、安瀾利運、澤覃海寧、恬波宣德、導流衍慶、靖洋錫祉、恩周德溥、衛漕保泰、振武綏疆、嘉佑天后之神。

　　這是清代媽祖崇拜盛行的結果，特別是在靠近海洋的地方尤為如此。在「天后暨泗州鋪崇祀」中，就可以看到皇帝不斷給天妃加封的情景：「水部尚書陳文龍均為海洋正神，屢著靈顯，凡諸官商航海往返，無不仰藉神庥得以穩渡，恭查天后靈佑昭垂，歷徵顯應，溯自康乾年間，迭奉加封為『護國庇民妙靈昭應仁普濟福佑群生，誠感咸孚天后』之神。又乾隆五十三年台灣大功告成奉旨於福建湄洲天后神廟，舊有封號上加封『顯神讚順』四字，又嘉慶五年，冊封琉球，奉旨於福建湄洲天后廟，封號上加『垂慈篤佑』四字。道光六年辦理海運完竣，奉旨江蘇上海縣天后神廟，加封『安瀾利運』四字。道光十八年冊封琉球，奏奉諭旨，晉封『澤覃海宇』四字。咸豐二年，兩江督臣陸建瀛等奏，海運安穩獲邀神佑，奉旨於上海縣天后神廟，加封『導流衍慶』四字。咸豐三年，台灣餉船被風吹散，分泊南北各口起運，登岸未久即颶風大作，奉旨諭旨加封『靖洋錫祉，欽頒匾額。」〔註24〕如此等等，不一一贅述。在這段文字中，可以看出從康熙開始一直到咸豐，媽祖的封號不

〔註23〕明謝肇淛《五雜俎》125 頁，中華書局 1959 年版。
〔註24〕中國第一歷史檔案館等編選《清代媽祖檔案史料匯編》第 304～307 頁，中國檔案出版社 2003 年版。

斷加封，表達的是對媽祖的敬仰，而且每當遇到重大事件，都會對媽祖進行加祀，都反映了清代皇帝對媽祖的重視。

媽祖爲海上之神，這是歷史的客觀事實。「江河之神多祀蕭公、晏公，此皆著威靈，應受朝廷敕封者。……南方海上則祀天妃云。其他淫祠，固不可勝數也。」〔註25〕

明謝肇淛曾在《五雜俎》卷十五《事部三》中還明確認爲：「天妃，海神也，其謂之妃者，言其功德可以配天云爾，今祀之者，多作女人像貌，此與祀觀音大士者相同，習而不覺其非也。」並且天妃傳說，「一云：天妃是莆田林氏女，生而靈異，知人禍福，故沒而爲神。余考林氏生宋哲宗時，而海之有神則自古已然，豈至元佑後而始耶？姑筆之以存疑。」〔註26〕這裡，只不過認爲，海上有神的說法，不是宋「元佑」之後才產生的。此說很有見地，早在明代就有人持有這樣的觀點，難能可貴。

的確，海有海神，自古已然。既然海裡有神，就需要對神進行祭祀，這是中國的文化傳統，也是統治階級的思想共識。祭祀海神，就必須要國家最高統治機關來制定儀式、禮儀，就能夠顯示出對海洋的高度重視。

根據典籍記載，中國歷來都有對海祭祀的文化傳統，也都是以國家形式進行的。

在周代，有祭祀四海的國家方式。「周制以仲冬之月祭四海，將祀則飾黃駒。按《禮記·王制》：仲冬之月，命有司祈祀四海山川名源淵澤井泉。按《周禮·夏官》校人凡有事於四海山川，則飾黃駒。」〔註27〕

漢代，「宣帝神爵元年詔祀四海」。雖然在「《漢書·宣帝本紀》不載」，而在《漢書·郊祀志》卻有眞切記錄。「按《郊祀志》：神爵元年制詔太常，夫江海百川之大者也，今闕焉。無祀其令，祀官以禮爲歲事，以四時祀江海雒水，祈天下豐年焉。」〔註28〕

晉承漢制，但祭海時間發生變化，則是每年的兩季進行祭海：一在孟春，一在仲冬。「元帝建武元年，令以孟春仲冬祀海瀆。按《晉書·元帝本紀》不載。按《隋書·禮儀志》：建武元年令郡國有五岳者，置宰祝二人，及有四瀆

〔註25〕 明謝肇淛《五雜俎》435 頁，中華書局 1959 年版。
〔註26〕 明謝肇淛《五雜俎》435 頁，中華書局 1959 年版。
〔註27〕 《古今圖書集成·方輿彙編·山川典》第 309 卷《海部》。
〔註28〕 《古今圖書集成·方輿彙編·山川典》第 309 卷《海部》。

若海應祀者，皆以孟春仲冬祀之。」〔註29〕

　　到了隋代，祭海有了專門的巫師，還有一整套的祭祀禮儀，要灑掃，種植松柏等。「文帝開皇十四年詔東海南海並近海立祀。按《隋書・文帝本紀》不載。按《禮儀志》：開皇十四年閏七月詔東海於會稽縣界，南海於南海鎮南，並近海立祠，取側近巫一人，主知灑掃，並令多時蒔松柏。開皇十五年，東巡望祭海瀆。按《隋書・文帝本紀》開皇十五年三月己未至自東巡符望祭五岳海瀆。」〔註30〕

　　到了唐朝開元年間，規定每年都要祭海的常規，並且有了各種各樣的祭品及其相應的盛器：「元宗開元十四年定開元禮，立每歲祭海常規。按《唐書・元宗本紀》不載。按《禮樂志》：五岳四鎮歲一祭，各以五郊迎氣日祭之，東海於萊州，南海於廣州，西海及河於同州，北海及濟於河南。凡岳鎮海瀆，祭於其廟，無廟則為之壇，海瀆之壇於坎，廣一丈，四向為陛。又岳鎮海瀆，以山尊實醒齊皆二，以兩圭，有邸幣，如其方邑籩豆，十籩二簠（古代祭祀盛放穀物的器皿）二俎三牲，皆太牢。」〔註31〕

　　《古今圖書集成・方輿彙編・山川典》第 309 卷《海部》還有更加詳細的說明：「按《通典》：開元禮，岳鎮海瀆，每年一祭，祭前一日，岳令瀆清掃內外。又為瘞坎，於壇壬地方，深取足容物，海瀆則坎，內為壇，高丈四皆為陛。又祭海瀆無望瘞位。又祭海瀆，獻官拜訖，瀆令及齊郎以幣血沉於瀆。令退就位，餘皆與岳鎮用牲同。」「開元二十二年，定祭海瀆，用牲牢。按《唐書・元宗本紀》不載。按《舊唐書・元宗本紀》：開元二十二年春正月癸亥朔制，岳鎮海瀆用牲牢，餘並以酒醑充奠。」

　　宋金時期，祭海依然進行，只是不再那麼隆重。

　　宋「太祖乾德六年，有司請祭四海。按《宋書・太祖本紀》不載。按《圖書編》：宋初緣舊制祭止四岳。乾德六年有司請祭東海於萊州，南海於廣州，西海於河中，北海於孟州。」〔註32〕

　　金「世宗太定四年，定以四立日祭四海。」〔註33〕「按《禮志》大定四年禮官言，岳鎮海瀆當以五郊迎氣日祭之。詔依典禮以四立土王日，就本廟

〔註29〕《古今圖書集成・方輿彙編・山川典》第 309 卷《海部》。
〔註30〕《古今圖書集成・方輿彙編・山川典》第 309 卷《海部》。
〔註31〕《古今圖書集成・方輿彙編・山川典》第 309 卷《海部》。
〔註32〕《古今圖書集成・方輿彙編・山川典》第 309 卷《海部》。
〔註33〕《古今圖書集成・方輿彙編・山川典》第 309 卷《海部》。

致祭，其在他界者遙祀。立春祭東海於萊州，立夏望祭南海於萊州，立秋望祭河中府，立冬望祭北海於孟州。其封爵並仍唐宋之舊。」〔註34〕

由此可見，祭海是中國海洋文化的重要傳統，無論是普通百姓還是最高社會階層都懂得安撫海洋，以得到海洋的回報，至少能在遇到海上災難的時候，能夠逢凶化吉。而媽祖就是這樣一種海洋文化神靈。

媽祖既然是神靈，就不能夠讓人輕易指責，是否就要承擔應付的後果。

有一《捐鐘的是鍾佳齡》的傳說：清代壬辰科舉人鍾桂齡，內埔人。在他中舉回台省親途中，經江西龍虎山拜見張天師，談及其母奉祀之觀音像，問是何等神仙接受香煙？張天師引見一位乞食婆，指云是她，舉人疑訝不信。又問：內埔天后宮是何等神在任？張天師即引見湄洲媽祖。舉人回鄉即至媽祖宮參拜。告謝不信之罪。據傳舉人剛歸至鳳山時，突有一啞巴走入內埔天后宮權充乩童，開口說：「鍾舉人回來了。」眾人至感驚訝，隨至阿猴迎駕。大家擁著舉人座轎回來，將入莊時轎桿無故斷了，遂徒步入宮，該一啞童更傳聖母意旨，命鍾舉人捐贈一千台斤之大鐘二口，以贖其冒瀆之罪。啞童醒後又回復其原來之不能言語。〔註35〕

由於不信媽祖而遭遇種種不測，最後鍾舉人捐贈大鐘以贖罪，從此可以得知媽祖是不能隨便懷疑的。之所以造成這樣故事的原因，在於人們頭腦裡的鬼神觀念的根深蒂固是分不開的。在民眾的觀念中，鬼神是不能隨便懷疑的，否則會得到相應的報復或者懲罰。

三、媽祖祭祀

從元代開始，媽祖的地位有了明顯的提升，以國家的意志，將媽祖從福建地區的鬼神，上升為中國沿海一帶的神靈，祭祀更加成為隆重而專業，並形成一系列的祭祀儀式。或者也可以這樣明確地說，元代統治者將媽祖從鬼變成了神，將其納入國家祭祀的範疇。這是媽祖身份的重要改變，也是媽祖祭祀從民間行為轉為國家行為的重要轉型。

媽祖的轉型，不是元代的原創，而是承襲了中國帝皇的文化傳統。「《墨子‧明鬼》：古者聖王，必以鬼神為其務。故《尚書》、《夏書》，其次商周之書，語數鬼神之有也，重有重之。」〔註36〕因此可見，媽祖作為鬼神，之所

〔註34〕《古今圖書集成‧方輿彙編‧山川典》第309卷《海部》。
〔註35〕陳麗娜《屏東後堆客家民間故事》43頁，中國口傳文學學會2006年印刷。
〔註36〕《道教大辭典》673頁，浙江古籍出版社1990年版。

以被元代重視，就源於「古者聖王」的做法，只不過元代根據自己的文化特徵和社會要求，將媽祖的地位加以了提升，將其從地獄之鬼，改變成為天上之神。這是與以往帝皇關於鬼神信仰所具有的不同地方。

「至元十五年封南海神女爲天妃。」〔註37〕

爲什麼元代最高統治者要將媽祖稱之爲天妃？因爲這時的最高統治者是蒙古族，他們是天神的崇拜者。他們認爲，天神是最高的精神偶像。民國《新元史》卷 74《志》第 48《禮一》記載：「蒙古之禮，多從國之舊俗，春秋所謂狄道也。」「蒙古拜天之禮最重，國有大事則免冠解帶跪禱於天。」〔註38〕

謝肇淛《五雜組》卷之四《地部二》又云：「天妃者，言其功德，可以配天云耳，非女神也！」〔註39〕

這裡，從另外一個層面來證明媽祖功德，是如何之高大，而不僅僅媽祖是天神的妃子，故謝肇淛認爲媽祖非女神，也是一家之說。

但在元代將媽祖加封爲天妃，這本身是一種最高的榮譽，其原因則在於「天」是皇家最崇敬的對象，而媽祖在成爲自己心目中最高神靈的配偶的時候，媽祖也就成爲元代國家層面上的最值得崇拜的偶像了。

到了仁宗皇慶，「年定歲祀南海女神靈惠夫人。按《元史·仁宗本紀》不載。按《祭祀志》：南海女神靈惠夫人，皇慶以來歲遣使齎香遍祭，金幡一盒，銀一錠，付平江官漕司及本府官，用柔毛酒禮便服行事。祝文云：惟年月日皇帝特遣某官等致祭於護國庇民廣濟福惠明著天妃。」〔註40〕

這裡，需要說明的是，雖然《元史·仁宗本紀》不載每年祭祀天妃的事情，但並不等於沒有祭祀天妃這回事。這證明了元代統治者沒有放下架子，似乎想與祭祀鬼神劃清界限，幾乎所有的歷代帝皇都有這樣的習慣，在其本紀裡一般都沒有祭祀的記載，但是在《祭祀志》裡都會眞實地將這些內容記錄下來，否則就很難找到這樣非常具有民間色彩的文化信息了。

《古今圖書集成·方輿彙編·山川典》第 309 卷《海部》有很多元代祭祀天的記載，順手摘錄五條如下：

> 泰定三年兩祭海神。按《元史·泰定帝本紀》：泰定三年秋七

〔註37〕《古今圖書集成·方輿彙編·山川典》第 309 卷《海部》。
〔註38〕柯劭文《新元史》卷七十四《志》第四十八《禮一》，1082 頁，開明書局 1935 年版。
〔註39〕明謝肇淛《五雜組》125 頁，中華書局 1959 年版。
〔註40〕《古今圖書集成·方輿彙編·山川典》第 309 卷《海部》。

月遣使祀海神天妃。八月作天妃宮於海津鎮，鹽官州大風海溢，遣使祀海神。

泰定四年，遣使祀海神。按《元史·泰定帝本紀》：泰定四年秋七月遣使祝海神天妃。

致和元年正月遣使祭海神，加封號，三月再祭海神。按《元史·泰定帝本紀》：致和元年春正月甲申，遣使祀海神天妃，加封幸淵龍神福應昭惠公，三月甲申遣使戶部尚書李家奴往鹽官祀海神，乃集議修海岸。

文宗天曆二年十月加封海神天妃，賜廟額，十一月遣使再祀天妃。按《元史·文宗本紀》：天曆二年冬十月加封天妃，爲護國庇民廣濟福惠明著天妃，賜廟額曰：靈慈，遣使致祭，十一月戊午遣使代祀天妃。

順帝至正十四年詔加海神封號。按《元史·順帝本紀》：至正十四年冬十月甲辰詔加海神爲輔國護聖庇民廣濟福惠明著天妃。

《新元史》亦記載：「泰定四年六月，海溢，鹽官州告災，乃遣使祀海神。」〔註41〕「天曆元年，都水庸田司言：『八月十四日，祈請天妃入廟。』」〔註42〕前者，祭祀天妃，是由於海水泛濫，這好理解；後者，說八月十四日，祈請天妃進廟，其原因，也是海水泛濫。農曆八月十四前後正值大潮，容易引起水災，故要祭祀天妃。《古今圖書集成·方輿彙編·山川典》第 319 卷《海部》說得更清楚：「《河渠志》：天曆元年十一月都水庸田司言，八月十日至十九日正當大汛，潮勢不高，風平水穩，十四日祈請天妃入廟。」

這些都證明，祭祀天妃有著非常明確的功利性目的。

同時，以上這些文字，均說元代天妃祭祀，一是國家行爲，二是祭祀行爲，一般都與民眾的實際需要而進行的，如防止風災、修建海岸等。元代之所以不斷地加封天妃，其本意也是預防海洋性災難聯繫在一起的。

另外，由於地理的原因，金元時期的人對海洋特別重視。

《金史·本紀第一》：金之先，出靺鞨氏。靺鞨本號勿吉。勿吉，古肅慎地也。元魏時，勿吉有七部：曰粟末部、曰伯咄部、曰安車骨部、曰拂涅部、

〔註41〕 《新元史》卷 48《志》第 21，676 頁，開明書局 1935 年版。
〔註42〕 《新元史》卷 48《志》第 21，676 頁，開明書局 1935 年版。

曰號室部、曰黑水部、曰白山部。隋稱靺鞨，而七部並同。唐初，有黑水靺鞨、栗末靺鞨，其五部無聞。栗末靺鞨始附高麗，姓大氏。李勣破高麗，栗末靺鞨保東牟山。後爲渤海，稱王，傳十餘世。有文字、禮樂、官府、制度。有五京、十五府、六十二州。黑水靺鞨居肅愼地，東瀕海，南接高麗，亦附於高麗。嘗以兵十五萬眾助高麗拒唐太宗，敗於安市。開元中，來朝，置黑水府，以部長爲都督、刺史，置長史監之。賜都督姓李氏，名獻誠，領黑水經略使。其後渤海盛強，黑水役屬之，朝貢遂絕。五代時，契丹盡取渤海地，而黑水靺鞨附屬於契丹。其在南者籍契丹，號熟女直；其在北者不在契丹籍，號生女直。生女直地有混同江、長白山，混同江亦號黑龍江，所謂「白山黑水」是也。

這裡說的是金人祖先的風俗習慣與生活地域，都與海洋有關。《金史・列傳第三十七》：「高麗十人捕魚，大風飄其船抵海岸，曷蘇館人獲之，詔還其國。」這些文字說明的是，海洋是金國的一個組成部分，即使有漁民漂至海岸，也被認爲是侵犯邊界行爲，需要遣返回國。元代同樣如此，對於從海洋遇到風濤漂至中國的外國人一樣遣返。「《元史・仁宗本紀》：延祐四年冬十月海外婆邏公之民往賈海番，遇風濤，存者十四人漂至溫州永嘉縣，敕江浙省資遣還鄉。」〔註43〕

元滅金之後，這些土地都被劃爲元代版圖，其不僅有廣袤的陸地，同時也擁有一望無際的海洋。可以這樣說，向海洋索取是元代重要的價值取向，體現了當時統治階層希望海洋帶來利益的新思維，並反映出他們積極進取的向海精神。

元代爲什麼會崇祀媽祖，其原因有二，一是精神層面，二是現實層面。

從精神層面而言，可分爲三方面：

1、元代有祭祀的傳統

《元史・志第二十三・祭祀一》：「禮之有祭祀，其來遠矣。天子者，天地宗廟社稷之主，於郊社禘嘗有事守焉，以其義存乎報本，非有所爲而爲之。」這裡清楚地說明，元代上至皇帝下至臣民都有祭祀傳統，其祭祀的意義就在於要報答神祇，而不是用來故意做樣子的。這句話所要表明的意思，祭祀不是可有可無的事情，而是祖先傳承下來的文化，特別是在元代正史裡

〔註43〕《古今圖書集成・方輿彙編・山川典》第 319 卷《海部》。

表明這樣的態度，也說明元代統治者對祭祀的重視。《元史·志第二十五·祭祀三》更說到：「其祖宗祭享之禮，割牲、奠馬湩，以蒙古巫祝致辭，蓋國俗也。」將祖宗祭祀，納入「國俗」，並有蒙古巫覡來進行儀式祝禱，可見其時祭祀祖先鬼神的規格非常之高。

此外，元代還有一種國俗祭祀。「每歲十二月下旬擇日於西鎮國寺牆下，灑掃平地，太府監供彩幣，中尚監供細氊針線，武備寺（應為監）供弓箭、環刀，束稈草為人形一，為狗一，剪雜色彩段為之腸胃，選達官世家之貴重者交射之。射至糜爛，以羊酒祭之。祭畢，帝后及太子嬪妃並射者，各解所服衣，俾蒙古巫覡讚之。祝讚畢，遂以與之，名曰脫災。國俗謂之射草狗。」〔註44〕很明確，這是一種帶有原始宗教的祭祀習俗，也同樣帶有蒙古族騎射文化的特徵。

祭祀海神也是元代重要的祭祀活動。至元三年，定四海祭日及祭所。「按《祭祀志》：至元三年夏四月定歲祀岳鎮海瀆之制。正月立春日於萊州界，三月立夏日遙祭南海於萊州界，七月立秋日遙祭西海於河中府界，十月立冬日遙祭北海於登州界。祀官以所在守土官為之。既有江南乃罷遙祭。」〔註45〕

「《續文獻通考》：成化七年閏九月，命工部右侍郎李顒往江浙祭海神，修江岸。」〔註46〕《新元史》卷87《志》第54亦載：凡名山大川、忠臣義士之祠，所在有司祭之。大德三年，加封「浙西鹽官州海神曰靈威宏佑公」。這些記載，都說明祭祝海神也是元代重要的祭祝活動之一。

2、元代有加封的傳統

元代有加封習慣：盤古、伏羲、女媧、禹、堯、舜、湯、周公、狄仁傑、屈原、都進行加封。加封屈原為「忠節清烈公」，加封「漢關羽為顯靈義勇武安英濟王」，諸葛亮為「威烈神顯仁濟王」，張飛為「武義忠顯英烈靈惠助順王」，柳宗元為「文惠昭靈公」，顏真卿為「貞烈文忠公」，加封李冰為「聖德廣裕英惠王」，其子二郎神為「英烈昭惠靈顯仁裕王」，加封微子為「仁靖公」，箕子為「仁獻公」，比干為「仁顯忠烈公」等等。〔註47〕

到了至元十五年，元代政府對天妃進行加封。「泉州神女靈惠夫人，至元

〔註44〕《新元史》卷87《志》第54，1168頁，開明書局1935年版。
〔註45〕《古今圖書集成·方輿彙編·山川典》第309卷《海部》。
〔註46〕《古今圖書集成·方輿彙編·山川典》第309卷《海部》。
〔註47〕《新元史》第80卷《志》第54，第1部第1185頁，開明書局1935年版。

十五年，加號護國明著靈惠協己善虜顯慈天妃，天曆元年，加號護國庇民廣濟福惠明著天妃，賜廟號曰靈慈，直沽、平江、周涇、泉、福、興化等處皆有廟。皇慶以來，歲遣使齋香遍祭，金幡一，合銀一錠，付平江漕司及府官，用柔毛酒醴便服行事。祝文云：『維年月日，皇帝特遣某官等致祭於護國庇民廣濟福惠明著天妃。』」〔註48〕

這裡，將天妃加封爲「護國庇民廣濟福惠明著天妃」、「護國明著靈惠協己善虜顯慈天妃」等，同樣具有謚法等級之說，其中暗含著對天妃的尊崇。

《新元史》卷八十九《志》第五十六《禮九》：謚法分君謚，臣謚、后妃謚等。在皇帝的謚法的文字表述中，「神」爲最高級別，其餘依次爲：聖、文、武、成、康、獻、懿、章、穆、敬、元、昭、景、孝、宣、平、醒、莊、僖、肅、惠、安、明、定、簡、隱、翼、襄、哀、烈、威、愍、靈、幽、屬、德、質，等等，每個字都一定的含義。其中對靈，這樣解釋：「靈，亂而不損曰靈，好事鬼神曰靈，極知神事曰靈。」在后妃謚中，有「文、成、康、獻、懿、章、穆、敬、元、昭、孝、宣、平、莊、僖、恭、惠、安、明、定、簡、正、隱、哀、烈、勤、貞、靈、幽、屬、節、德、質、精、順、憲、忠、仁、禮、欽、良、微、柔、荒、惑、戾」〔註49〕在這裡，可以看出天妃加封名號裡，就有靈、明、惠等字，使用了許多皇室謚法，很顯然表達的是元代對天妃的尊崇與敬仰。

另外，元代政府還加封傳說中的河海諸王：「加封江瀆爲廣元順濟王，河瀆靈源宏濟王，淮瀆長源溥濟王，濟瀆清源善濟王，東海廣德靈會王，南海廣利靈孚王，西海廣閏靈通王，北海廣澤靈佑王。」〔註50〕

3、元代有敬天畏鬼的風俗

元代是個崇敬天，同時也是個害怕鬼的民族，這種風俗在北方地區已經流傳千百年。爲了敬天而畏鬼，必須要進行祭祀，還要請專門的巫覡去親見鬼神。而這種巫覡的特殊功能，是即使是至高無上的皇帝無法做到的事情。

《元史‧志第二十三‧祭祀一》：「北陲之俗，敬天而畏鬼，其巫祝每以爲能親見所祭者，而知其喜怒，故天子非有察於幽明之故、禮俗之辨，則未能親

〔註48〕《新元史》卷八十七《志》第五四，1185頁，開明書局1935年版。
〔註49〕《新元史》卷八十九《志》第五十六《禮九》，1205～1207頁，開明書局1935年版。
〔註50〕《新元史》卷八十七《志》第五四，1181～1182頁，開明書局1935年版。

格，豈其然歟？」這裡，則真實的記錄了人鬼相通的現象。

4、元代有專門祭祀海瀆習俗

將「岳鎮海瀆」作爲專門祭祀的對象，《元史・志第二十三・祭祀五》：岳鎮海瀆常祀。特別是「海瀆」的祭祀，是元代特有的文化。可以由皇帝遣使，拿上璽書去進行祭祀，稱之爲代祀。〔註51〕

根據《元史・志第二十三・祭祀五》記載：「岳鎮海瀆代祀，自中統二年始。凡十有九處，分五道。後乃以東岳、東海、東鎮、北鎮爲東道，中岳、淮瀆、濟瀆、北海、南岳、南海、南鎮爲南道，北岳、西岳、后土、河瀆、中鎮、西海、西鎮、江瀆爲西道。既而又以驛騎迂遠，復爲五道，道遣使二人，集賢院奏遣漢官，翰林院奏遣蒙古官，出璽書給驛以行。中統初，遣道士，或副以漢官。」另外對海瀆加以封號。至元二十八年春二月，「加封江瀆爲廣源順濟王，河瀆靈源弘濟王，淮瀆長源溥濟王，濟瀆清源善濟王，東海廣德靈會王，南海廣利靈孚王，西海廣潤靈通王，北海廣澤靈佑王。」

到了至元三年夏四月，定歲祀岳鎮海瀆之制。正月東岳，鎮、海瀆，土王日祀泰山於泰安州，沂山於益都府界，立春日祀東海於萊州界，大淮於唐州界。三月南岳，鎮、海瀆，立夏日遙祭衡山，土王日遙祭會稽山，皆於河南府界，立夏日遙祭南海，大江於萊州界。六月中岳、鎮，土王日祀嵩山於河南府界，霍山於平陽府界。七月西岳、鎮、海瀆，土王日祀華山於華州界，吳山於隴縣界，立秋日遙祭西海、大河於河中府界。十月北岳、鎮、海瀆，土王日祀恆山於曲陽縣界，醫巫閭於遼陽廣寧路界，立冬日遙祭北海於登州界，濟瀆於濟源縣。祀官，以所在守土官爲之。既有江南，乃罷遙祭。〔註52〕

元代之所以有這樣一系列祭祀海瀆的制度，就因爲河海在元代最高統治者的心目中有著非常重要的地位，同時，亦祈望神靈來護佑自己的疆土。

元代祭祀媽祖，還有一個現實層面的問題。

1、水利建設的需要

元代已經知道水利的重要，它關乎民眾的生命與財產，同時也會影響政

〔註51〕《元史・志第二十三・祭祀二》：其天子親遣使致祭者三：日社稷，日先農，日宣聖。而岳鎮海瀆，使者奉璽書即其處行事，稱代祀。其有司常祝者五：日社稷，日宣聖，日三皇，日岳鎮海瀆，日風師雨師。其非通祀者五：日武成王，日古帝王廟，日周公廟，日名山大川、忠臣義士之祠，日功臣之祠，而大臣家廟不與焉。

〔註52〕《元史・志第二十三・祭祀五》。

權的安危。因此多次有大臣上疏,要疏通河道、海道,這樣不僅便於漕船的運輸,而且也可以有效地抑制河水、海水的泛濫成災。

《元史・志第十七上・河渠二・黃河》:三十一年,御史台言:「膠、萊海道淺澀,不能行舟。」台官玉速帖木兒奏:「阿八失所開河,省遣牙亦速失來,謂漕船泛河則失少,泛海則損多。」既而漕臣囊加鷗、萬戶孫偉又言:「漕海舟疾且便。」右丞麥術丁又奏:「幹奴兀奴鷗凡三移文,言阿八失所開河,益少損多,不便轉漕。水手軍人二萬,舟千艘,見閑不用,如得之,可歲漕百萬石。昨奉旨,候忙古鷗來共議,海道便,則阿八失河可廢。今忙古鷗已自海道運糧回,有一二南人自願運糧萬石,已許之。」囊加鷗、孫萬戶復請用軍驗試海運,省院官暨眾議:「阿八失河揚用水手五千、軍五千、船千艘,畀揚州省教習漕運。今擬以此水手軍人,就用平灤船,從利津海漕運。」世祖從之。阿八失所開河遂廢。

在江南一帶,水系發達,與海相連,但也經常淤塞,需要大力治理。

《元史・志第十七上・河渠二・黃河》:浙西諸山之水受之太湖,下為吳松江,東匯淀山湖以入海,而潮汐來往,逆湧濁沙,上涇河口,是以宋時設置撩洗軍人,專掌修治。元既平宋,軍士罷散,有司不以為務,勢豪租占為蕩為田,州縣不得其人,輒行許准,以致湮塞不通,公私俱失其利久矣。

從此記載來看,有「勢豪租占為蕩為田」,也會造成河道、海道的「湮塞不通」,必須要加以治理。在上海等地,也會經常發生河口堰塞,造成「旱則無以灌溉,澇則不能疏泄」的境況,更重要的是江南的糧食運輸受到很大的威脅,很可能京師的糧食得不得有效的供應。這是元朝政府非常重視水利的關鍵性的原因。

《元史・志第十七上・河渠二・黃河》:其上海、嘉定連年旱澇,皆緣河口湮塞,旱則無以灌溉,澇則不能疏泄,累致凶歉,官民俱病。至元三十年以後,兩經疏闢,稍得豐稔。比年又復壅閉,勢家愈加租占,雖得徵賦,實失大利。上海縣歲收官糧一十七萬石,民糧三萬餘石,略舉似延佑七年災傷五萬八千七百餘石,至治元年災傷四萬九千餘石,二年十萬七千餘石,水旱連年,殆無虛歲,不惟虧欠官糧,復有賑貸之費。近委官相視地形,講議疏浚,其通海大江,未易遽治;舊有河港聯絡官民田土之間、藉以灌溉者,今皆填塞,必須疏通,以利耕種。欲令有田人戶自為開浚,而工役浩繁,民力不能獨成。由是議,上海、嘉定河港,宜令本處所管軍民站灶僧道諸色有田

者，以多寡出夫，自備糧修治，州縣正官督役。其豪勢租占蕩田、妨水利者，並與除闕。本處民田稅糧全免一年，官租減半。今秋收成，下年農隙舉行，行省、行台、廉訪司官巡鎮。外據華亭、昆山、常熟州河港，比上海、嘉定緩急不同，難爲一體，從各處勸農正官督有田之家，備糧並工修治。若遽興工，陰陽家言癸亥年動土有忌，預爲咨稟可否。

2、防災的需要

根據《元史》記載，海塘經常受到海水的沖擊，使得人們的生命與財產遭到損失。正由於如此，需要祭祀天妃。「泰定帝泰定元年遣使祀海神。按《元史‧泰定帝本紀》不載。按《續文獻通考》：泰定元年以鹽官州海水溢，遣使祀海神。」〔註53〕這裡的海神，指的就是天妃。

再舉二例：

至泰定即位之四年二月間，風潮大作，衝捍海小塘，壞州郭四里。〔註54〕

五月五日，平章禿滿迭兒、茶乃、史參政等奏：「江浙省四月內，潮水沖破鹽官州海岸，令庸田司官徵夫修堵，又令僧人誦經，復差人令天師致祭。臣等集議，世祖時海岸嘗崩，遣使命天師祈祀，潮即退，今可令直省舍人伯顏奉御香，令天師依前例祈祀。」制曰：「可。」既而杭州路又言：「八月以來，秋潮洶湧，水勢愈大，見築沙地塘岸，東西八十餘步，造木柜石囤以塞其要處。」〔註55〕

《元史‧志第十七上‧河渠二‧黃河》：鹽官州去海岸三十里，舊有捍海塘二，後又添築咸塘，在宋時亦嘗崩陷。成宗大德三年，塘岸崩，都省委禮部郎中游中順，泊本省官相視，虛沙復漲，難於施力。至仁宗延祐己未、庚申間，海汛失度，累壞民居，陷地三十餘里。其時省憲官共議，宜於州後北門添築土塘，然後築石塘，東西長四十三里，後以潮汐沙漲而止。

正由於海塘、海岸受到海潮的侵襲，在無可奈何的情況下，人們只好依託天妃入廟來求得平安。《元史‧志第十七上‧河渠二‧黃河》：文宗天曆元年十一月，都水庸田司言：「八月十日至十九日，正當大汛，潮勢不高，風平水穩。十四日，祈請天妃入廟，自本州岳廟東海北護岸鱗鱗相接。十五日至十九日，海岸沙漲，東西長七里餘，南北廣或三十步，或數十百步，漸見南

〔註53〕《古今圖書集成‧方輿彙編‧山川典》第309卷《海部》。
〔註54〕《元史‧志第十七上‧河渠二‧黃河》。
〔註55〕《元史‧志第十七上‧河渠二‧黃河》。

北相接。」眾所周知，農曆八月中旬一般是海水大潮，特別是在鹽官一帶更有潮高丈餘，這時候所帶來的對周邊海岸、農田的破壞可想而知。一旦此時「潮勢不高，風平水穩」，祈請天妃入廟舉行祭祀，就祈望會得以逢凶化吉之願。

3、糧食運輸的需要

元代糧食主要依靠江南運輸到北方，而南方到北方運輸成本最少的是海運。《元史‧志第四十二‧食貨一》：「元都於燕，去江南極遠，而百司庶府之繁，衛士編民之眾，無不仰給於江南。自丞相伯顏獻海運之言，而江南之糧分為春夏二運。蓋至於京師者一歲多至三百萬餘石，民無挽輸之勞，國有儲蓄之富，豈非一代之良法歟！」這裡，就將海上運輸的利害關係說得十分明瞭。

為了海上運輸糧食，皇帝經常遣使到江浙進行討論。「至大四年，遣官至江浙議海運事。時江東寧國、池、饒、建康等處運糧，率令海船從揚子江逆流而上。江水湍急，又多石磯，走沙漲淺，糧船俱壞，歲歲有之。又湖廣、江西之糧運至眞州泊入海船，船大底小，亦非江中所宜。於是以嘉興、松江秋糧，並江淮、江浙財賦府歲辦糧充運。海漕之利，蓋至是博矣。」〔註56〕從這段文字裡，可以看出官員經過海運之事議論之後，也充分認識海上運輸的便利於快捷，「海漕之利，蓋至是博矣」，則是當時社會眞實的共同認知。

為了海運的安全而進行祭祀天妃。

「按《元史‧世祖本紀》：至元十五年秋八月制封泉州神女號護國明著靈惠協正善慶顯濟天妃。按《祭祀志》凡名山大川，忠臣義士在祀典者，所在有司主之，惟南海神女靈惠夫人至元中以護海運有奇應，加封天妃，神號積至十字廟，曰靈慈，直沽平江、周涇、泉福、興化等處皆有廟。」〔註57〕

海漕糧食運到，而祭祀天妃。

英宗正治元年遣使祀海神天妃。〔註58〕

按《元史‧英宗本紀》：正治元年五月辛卯海漕糧至直沽，遣使祀海神天妃。〔註59〕

〔註56〕《元史‧志第四十二‧食貨一》。
〔註57〕《古今圖書集成‧方輿彙編‧山川典》第 309 卷《海部》。
〔註58〕《古今圖書集成‧方輿彙編‧山川典》第 309 卷《海部》。
〔註59〕《古今圖書集成‧方輿彙編‧山川典》第 309 卷《海部》。

正治三年復祀海神天妃。按《元史‧英宗本紀》：正治三年二
月海漕至直沽，遣使祀海神天妃。〔註60〕

從這些記載來看，一旦海漕糧食運輸抵達，政府會遣使祭祀天妃，可見
其重視程度。

祭祀天妃，爲了海運京師的糧食安全。「海運，每歲糧船於平江路劉家
港等處聚瑓，由揚州路通州海門縣黃連沙頭萬里長灘開洋，沿山捉嶼至淮安
路鹽城縣，歷西海州、海寧府、東海縣、密州、膠州界，放靈山洋投東北，
取成山路，多有淺沙，行月餘才抵成山。羅壁、朱清、張瑄講究水程，自上
海等處開洋，至揚州村馬頭下卸處，徑過地名山川，經直多少迂迴，計一萬
三千三百五十里。」〔註61〕如此一萬三千餘里的海上運輸，風險是巨大的，
在海運不很發達的元代，祈求天妃的保佑，無疑是心靈上的一帖有效的安慰
劑。

根據《新元史》卷213《列傳》第117記載，海運不暢通，造成京師糧食
緊張，也是有先例的：「先是，中原亂，江南海漕不通，京師苦飢。」

4、出師海外的需要

元代是一積極向外擴張的王朝，除了歐洲大陸之外，海上進取也是元朝
統治者的日益追求的夢想。明謝肇淛《五雜俎》卷四《地部二》就說：「元之
盛時，外夷朝貢者千餘國，可謂窮天極地，罔不賓服」，然而也有不臣服之國，
如日本。《新元史》卷242《列傳》第146《外國一》記載：「日本島夷，恃險
不庭，敢抗王師，臣自念無以報德，原造船積欲，聲罪致討。」「日本崛強不
臣，阿剌罕等率師十萬往征，復返者三人耳。」〔註62〕此說似乎有點過分，
但也反映一定的眞實。德國人阿爾弗雷德‧韋伯著《文化社會學視域中的文
化史》一書同樣有此觀點：「亞洲大陸由於受到中國的影響，一直自理內務，
沒有對外擴張，惟一的一次例外是13世紀時，佔領慾極強的蒙古人曾派大規
模艦隊越海，企圖佔領日本，但艦隊遭遇颱風，全軍覆滅。從此，日本四島
同大陸的關係從來沒有出現像英屬各島同英國那樣的附屬關係，當然英屬各
島與英國本土的距離和關係是另外一番情況。」〔註63〕

〔註60〕《古今圖書集成‧方輿彙編‧山川典》第309卷《海部》。
〔註61〕《新元史》卷219列傳第123，994頁，開明書局1935年版。
〔註62〕謝肇淛《五雜俎》119頁，中華書局1959年版。
〔註63〕〔德〕阿爾弗雷德‧韋伯著《文化社會學視域中的文化史》第306頁，姚燕
　　　　譯，上海人民出版社2006年版。

儘管如此，元代統治者還是針對從海上來的侵犯者給予有力地回擊：「二十七年，帝以海者犯邊，親討之。」〔註64〕

在《元史·列傳第九十六·外夷》中，還就記載元王朝近則出使高麗、日本、琉球等地，遠則航至爪哇等國海上盛舉：

> 琉球，在南海之東。漳、泉、興、福四州界內澎湖諸島，與琉球相對，亦素不通。天氣清明時，望之隱約若煙若霧，其遠不知幾千里也。西南北岸皆水，至澎湖漸低，近琉球則謂之落漈，漈者，水趨下而不回也。凡西岸漁舟到澎湖已下，遇颶風發作，漂流落漈，回者百一。琉球，在外夷最小而險者也。漢、唐以來，史所不載，近代諸蕃市舶不聞至其國。〔註65〕

> 元世祖之至元二年，以高麗人趙彝等言日本國可通，擇可奉使者。三年八月，命兵部侍郎黑的，給虎符，充國信使，禮部侍郎殷弘給金符，充國信副使，持國書使日本。〔註66〕

> 爪哇在海外，視占城益遠。自泉南登舟海行者，先至占城而後至其國。其風俗土產不可考，大率海外諸蕃國多出奇寶，取貴於中國，而其人則醜怪，情性語言與中國不能相通。世祖撫有四夷，其出師海外諸蕃者，惟爪哇之役為大。〔註67〕

> 世祖至元間，行中書省左丞唆都等奉璽書十通，招諭諸蕃。未幾，占城、馬八兒國俱奉表稱藩，餘俱藍諸國未下。〔註68〕

> 十月，授哈撒兒海牙俱藍國宣慰使，偕庭璧再往招諭。十八年正月，自泉州入海，行三月，抵僧伽耶山，舟人鄭震等以阻風乏糧，勸往馬八兒國，或可假陸路以達俱藍國，從之。〔註69〕

元政府積極進取，討伐海外，更是利用各路海上精英力量，浩浩蕩蕩，分頭進發，形成壯觀無比的海上艦隊的豪邁氣勢。《元史·列傳第九十六·外夷二》：元憲宗「二十四年正月，發新附軍千人從阿八赤討安南。又詔發江淮、

〔註64〕《新元史》卷242《列傳》第146《外國一》，第1561頁，開明書局1935年版。
〔註65〕《元史·列傳第九十六·外夷三》。
〔註66〕《元史·列傳第九十六·外夷一》。
〔註67〕《元史·列傳第九十六·外夷三》。
〔註68〕《元史·列傳第九十六·外夷三》。
〔註69〕《元史·列傳第九十六·外夷三》。

江西、湖廣三省蒙古、漢、券軍七萬人，船五百艘，雲南兵六千人，海外四州黎兵萬五千，海道運糧萬戶張文虎、費拱辰、陶大明運糧十七萬石，分道以進。」

而這些海上航行，需要媽祖的保佑，特別是長途出使外國，海上艱險可知。正因爲如此，媽祖的祭祀在當時海上盛行，特別是在福建等地。「凡賈客入海，必禱祠下，求杯珓，乃敢行。蓋嘗有至大洋遇惡風而遙望百拜乞憐，見神出現於檣竿者。」〔註70〕宋朝媽祖信仰是這樣，到了明代這種狀況依然可見。「閩郡中及海岸廣石皆有其祠，而販海不逞之徒往來恆賽祭焉，香火日盛，金碧輝煌，不知神之聰明正直，亦吐而不享否也。」〔註71〕民間祭祀尙且如此興盛，國家祭祀當然亦不會遜色於此，再加上國家的資源遠勝於草民百姓，因此媽祖的祭祀盛典是可想而知的。

結　論

綜上所述，觀點可以概括爲三：

一是媽祖原爲鬼，這是一個基本結論。不過，媽祖從鬼變成神，時間非常之短，或與其生前所屬的「巫」的身份所決定的。

二是媽祖眞正成爲神靈，與統治階級的褒揚有著緊密的關係；而元代是其轉變的最重要的朝代，與這一朝代的政治、經濟直接有關。

三、媽祖信仰，是海洋文化的直接產物。中國封建社會一方面企圖進軍海洋，另一方面卻又害怕海上風險，故希望求得媽祖的保佑。這種葉公好龍的做法，形成了強烈的思想反差。

〔註70〕宋洪邁《夷堅志・林夫人廟》。
〔註71〕謝肇淛《五雜組》125～126 頁，中華書局 1959 年版。

技 巧 篇

誤 會 法

對於民間故事藝術創作手法，過去很少有人去專門加以研究，彷彿有被認爲在傳授小說創作技法之嫌。其實，任何事物都有自身的規律。民間故事作爲勞動人民群眾的藝術創作，同樣也有自己的藝術規律。總結、概括這種民間故事內在所固有的藝術規律，不僅可以加深了解民間故事的藝術性，而且對我們今天的新故事創作也是不無益處的。

本文想就民間故事中所存在的比較具有鮮明特點的、至今仍有借鑒作用的藝術創作手法作一個簡單的介紹。據我粗淺的研究，民間故事中的藝術創作手法，細分起來可達幾十種之多，這裡限於篇幅，每次只能介紹一、二種。我也想盡可能多作些論述，以期達到對故事寫作有一定參考作用。

一

在文藝創作中，有一種經常被使用的藝術手法——誤會法，同樣，誤會法也運用於民間故事的創作中。

有一則故事叫《秋胡戲妻》，說的是一個叫秋胡的外出，十幾年未歸。一天，他返回家鄉，快到家時，在桑樹林中遇見一位採桑女。秋胡見那女子頗有姿色，很高興，頓時情竇大開，上前借問路調戲那女子。女子罵其無理，這下，秋胡弄了個沒趣。誰知，到家一看，自己剛才調戲的那個女子竟是自己的妻子。

這個故事所運用的一個主要藝術手法，就是誤會法。在我們日常生活中，誤會是常有發生的。這是因爲對某事某人的不了解而造成的。生活中的誤會勢必會反映到藝術創作中來，更直接影響到接近生活的民間故事。故事往往

取材於街頭巷尾的各種各樣的趣聞軼事，它們往往帶有很大的戲劇性、趣味性。誤會則常常出現在那裡。由於故事在民間長時間的流傳、變異和發展，誤會就成了一種藝術手法而被固定下來。

在民間故事中，誤會法有多種表現方式，我們粗粗估計一下，大約有這樣幾種：

第一種是作者爲作品中的人物編造特定的誤會場面和情節。這種情況，一般讀者開始是無從得知誤會早已埋設下了，而是隨著故事的發展才逐漸認識的。前面我們所舉的《秋胡戲妻》即是一個較爲典型的例子。這個故事中的誤會是作者的巧妙安排。誤會的雙方總有一方或雙方同時出於某種因素（如求愛）而使故事產生不可避免的誤會。

第二種表現方式是作品中的人物自己製造了種種誤會，不像前一種所說的那樣由作者來巧加安排，是作品根據情節、人物性格的需要而產生的。這種誤會，作爲讀者是一目瞭然的，但作品中被誤會的一方卻是毫無察覺，正因爲如此，出現的種種誤會促進了情節的縱深發展和人物性格的充分展示。

這種誤會法又可分爲人爲誤會法和無意誤會法兩種。

所謂人爲誤會法，即爲作品中的人爲了達到某種目的而故意製造的一場誤會。在這些人物中，不僅有利害關係，而且往往還有一種較親近的紐帶（如師徒關係、親戚關係等）聯繫著，因而使被誤會的一方相信另一方所造成的誤會是真實的。離開這樣的基礎，這種人爲的誤會就很難成立了。有一則眾所周知的歇後語「趙巧兒送燈台—— 一去不回來」的故事，其中用的就是人爲誤會法。故事是說，魯班和徒弟趙巧兒比賽誰先在長江上修好橋。趙巧兒怕魯班超過自己，就故意說自己先造好了橋。魯班誤以爲是真，也就停止了造橋。故事中的人爲誤會還不僅於此，當趙巧兒得知燈台是一海龍王的寶物，就想到水晶宮去發大財。誰知他誤解了魯班的意思，匆匆忙忙之間拿錯了燈台，結果死於水中。〔註 1〕這一故事接連兩次運用了誤會法，使故事得到圓滿的結束。第一次是趙巧兒設計使魯班誤會，第二次是趙巧兒急於發財而錯拿了燈台，造成了身亡於水的悲劇下場。這裡所運用的誤會均爲一種人爲的誤會。

這裡，我們也可以看到人爲誤會法的運用與人物的性格是緊密相聯繫的。如果趙巧兒沒有愛虛榮、獨想發財的性格特徵的話，他就不可能製造誤

〔註 1〕 此故事見於《三峽的傳說》中的《師徒修橋》。

會，使別人上當受騙，也不會使自己身敗名裂。不過，反過來說，正是因為有了作品中人物的這種性格才使誤會更合理。這裡我們可以看到誤會法的運用常常與人物的命運相聯，誤會常使某人事業失敗，命運不濟，同樣，誤會又常使某人得到意外的成功和飛騰。當然，所有這一些故事的結局均和作者的創作意圖是分不開的。

所謂無意誤會法，是指作品中的人物（主要的或不主要的）由於開玩笑而造成了種種誤會。有時雖然是無意的誤會，卻造成很嚴重的後果。在傳統故事中有一種地陷型故事，其中就有較為典型的無意誤會法。其故事的基本情節為：某人得仙人指教，說見到石獅子眼睛紅了，就說明要發大水了。於是此人天天去看石獅子。有個好事者覺得奇怪，想戲弄此人，就故意用豬血塗在石獅子的眼裡。此人見了，以為大禍將臨，喊眾人逃命。不久，果然地陷水至，形成了新的地方。

無意誤會法還表現在作品中的主人公為了辦某件事，由於不懂得事物的內情、規律而造成了種種誤會，這在民間故事中亦不少見。

無意誤會法的作用往往在於能夠加劇矛盾，推動情節的前進。因為這種藝術手法的產生，一般是由好事者（或熱心人等）不是出於惡意所造成的，往往會出現他們所意想不到的突然的情況。這樣的情節和內容實際上加快了矛盾的激化，將故事推向高潮。

無意誤會法和人為誤會法在作品中的用途並不一樣，各有各的巧妙之處。如果說無意誤會法在加劇矛盾、推動情節發展上有自己的長處的話，那麼，人為誤會法則比較擅長從中展示一個人物的內心世界和性格特徵。

第三種表現方式是因故事中某一寶物失靈造成誤會。在民間故事中，有大量的魔法故事和神奇故事，其中很多故事都出現過寶物。這些寶物能創造人所不敢想像或根本不可能辦到的事情，正因為它們具有這樣奇特的法力無邊的作用，使得人們過於相信它們。然而任何一件寶物既是人民群眾的創造，就不可能不像人間一切凡物一樣，也有其不足之處，有時會失去靈性。因此，人們如果過分相信寶物，一旦寶物失去靈性，就會給人們帶來不幸。這種不幸也可以說是誤會帶來的。例如朝鮮族民間故事《百日紅》說的是有個年輕的婦女，因海上出現惡龍破壞了人們正常的生產勞動，她丈夫和村裡人出海與惡龍爭鬥。臨行前，丈夫交給她一面寶鏡，說見到寶鏡裡的船帆上有紅點，就說明他們遇難了，反之，則說明他們還健在。一天，那婦女見寶鏡裡的船

帆上紅點斑斑，以爲丈夫他們已遭不幸，就含恨死了。誰知，那紅點是惡龍的血跡。〔註2〕

第四種表現方式是爲假象所蒙蔽而產生誤會。生活中的假象是多種多樣的，因此故事中亦會根據不同的需要設置許多假象。這種假象往往又能產生種種誤會來。兩兄弟型故事中，普遍有這樣的情節：弟弟得到寶貝後，哥哥總裝成十分可憐眞誠的樣子來騙取寶貝，弟弟往往誤認爲兄長已有改惡之心，其實並非這樣。另外，在尋找寶物型故事中往往有這樣的情節，好人找到寶物並找到一個美麗的公主，然而同行的壞人（有的是同行者，有的是弟兄）卻害了好人，公主卻以爲壞人救了她的性命，欲下嫁此人。但是好人卻沒有被害死，戳穿了壞人的伎倆。在這一類型故事中，有兩處誤會：一是好人誤認爲壞人同自己一樣善良，一是公主誤認爲壞人救了自己。上面所說兩種故事類型中的誤會均是由於主人公爲壞人的假象所蒙蔽而產生的，使得情節發展有起有伏，扣人心弦。

誤會法在民間故事中的運用是各種各樣的，並非按一個模式設置的。有的整則故事全按誤會法進行；有的則將誤會法放置在某一情節中；還有的則故事中幾次出現誤會法，所有這些用法都是根據具體的作品、特定的需要而加以設置的，而絕不是任意地加以運用的，否則，起不到應有的藝術效果。

二

構成誤會法的因素：

一種因素是由於生理上的殘疾所構成的。如眼瞎的人往往會因看不見，將別人誤認爲自己的親人，這在作品中不爲少見。又如耳聾或聽不清往往會鬧出許多笑話來。這兩種都是經常在故事中使用的，有時運用得成功，會產生意想不到的藝術效果，或可以催人淚下，或可以使人啞然失笑。不過，這種因生理上的殘疾所造成的誤會不能濫用，而要根據具體的作品而設置，否則會使人感到庸俗和對殘疾人的不敬。

再一種因素是由於判斷的錯誤所構成的。造成判斷錯誤，往往是缺少調查或主觀臆測。例如有個故事說媽媽給雙胞胎洗澡。洗了好久，只聽得一個孩子說：「媽媽，你給弟弟洗了兩遍，還沒幫我洗呢。」很顯然，媽媽判斷錯了，她以爲給兩個孩子都洗了澡，事實上只洗了一個。之所以這樣是因爲兩

個孩子太相像了，以致使媽媽產生了誤會。類似原因所產生的誤會，在民間故事可以再舉一些，由於篇幅關係，只好割捨了。

第三種因素是由於誤會的雙方都有一定的利害衝突，人們之間因物質、思想等方面的差異和要求，會產生一些誤會，這是無疑的。正因為這樣，人們有時就會根據自己的需要去努力，去爭取，然而由於各種原因碰鼻了，鬧出笑話，在某種意義上來說也是一種誤會。民間故事創作中有不少這方面的內容和誤會，例如前面所舉的《師徒修橋》。

三

民間故事中誤會法的運用，能使作品產生怎樣的藝術效果呢？

第一，民間故事中的誤會法的運用，可以造成急轉直下的故事結尾。有位作者說過，文章不僅要有一個好的開頭，更要有一個好的結尾。藝術創作中，往往可以看到一個好的結尾能為文章增色不少。在民間故事裡，人們也非常講究故事的結尾，誤會法的運用，能使故事結尾的藝術效果加強。在某種情況或某種題材、某種內容中，誤會法更能使故事的情節生動、出乎意料，形成一波未平一波又起的藝術效果。有這樣一則小故事，有一個青年看見前面走著一位姑娘，從後背看去，那姑娘身材苗條、行動穩健，誰知到前面一看，姑娘的臉卻不動人，平平而已。這故事實際上也是通過誤會的手法，表現那青年欲求美的心理和行為。

第二，民間故事中的誤會法的運用，可以產生許許多多戲劇性的藝術效果，能使平淡的情節爆發出喜劇的火花。任何一種藝術創作，都會調動許多藝術手法來增強作品的藝術感染力。而誤會法則是人們常用的。作為藝術創作之一的民間故事，我們從中也可以經常看到這種情形。誤會法在民間故事中，常常會產生戲劇性的情節，會使不相干的兩人活動在同一舞台上，會使平淡無奇的內容別開生面，會使嚴肅的生活中發出富有情趣的笑聲……總之，它增強了民間故事的可傳性、可講性、可聽性。

考　驗　法

　　考驗法是民間故事創作中常用的又一種藝術手法，其主要特徵爲，故事中的矛盾是因考驗的需要而設置的，而矛盾的解決也是在主人公的聰明才智經受了種種考驗後才得到解決的。換句話說，考驗法是由兩個部分組成的：一個是因考驗而安排的難題，一個是因考驗而安排的答案。這兩者之間是相互依存的，缺一不可，否則的話，就不能稱之謂考驗法了。

　　考驗法在機智人物故事、巧女故事、兒童故事、破案故事、武林故事等中運用較多。這是由故事內容決定的。例如，機智人物故事中，人們爲了考驗某一機智人物是否聰明能幹，往往出一些難題去考考他，其結果是，他往往能夠經受考驗，使對方無言可對，從而獲得了勝利。民間故事中的考驗設置一般都是人爲的，無論是友好的同一階層的人，還是敵對階級裡的剝削者和壓迫者均同樣如此，只是目的不同而已。

一

　　在民間故事中，考驗法有多種表現形式：

　　第一種是考驗本領如何。在社會分工中，有人說有三百六十行，其實這是泛指；不過，每一行當確實各有自己的規律，較好地掌握了這一規律，也就是說有了較好的本領。換句話，各行各業因有自己規律，也就出現了許許多多掌握這些規律而有本領的人。因此，爲了證實某人是否眞有本領，用「考」的辦法，即可見分曉了。類似這樣的民間故事是很多的，舉上一個例子，就可以「窺一斑而見全豹」了。《唐賽兒喬裝偷藝》說的是，明朝唐賽兒是一支農民起義軍的首領，有一手高超的飛劍技藝，百步內外飛劍取人，百發百

中。傳說她這手飛劍絕技不是學來的，是偷來的。早年，唐賽兒喪母，一直住在青州（今山東益都）外婆家。有一年，唐賽兒男扮女裝，改名換姓，要跟一個叫林三的年輕鐵匠學本領。林三不肯收徒，可經不住唐賽兒苦求，就答應她幹幾天再說。頭一天，林三教她打砍柴的刀，第二天，教她做牛車套繩用的鐵鏈，第三天，林三說，「今天你要在日落前，做出三十六條鐵鏈，四十九把斧子。」唐賽兒知道這是有意為難，但二話沒說，就幹起來了。等林三黃昏時回來，只見地上「三十六條鐵鏈擺成六行，條條做得工工整整；四十九隻斧頭擺了七排，隻隻打得端端正正」。這裡，我們可以看出，林三要唐賽兒做鐵鏈和斧頭，是對她的一個考驗。這一考驗通過了，但是林三還不滿意，有心繼續考考她。林三撿起鐵鏈用手一捏，擰下了一個鐵環，接著，「啪啪啪」，一串結結實實的鐵鏈，讓他擰成了一堆廢鐵。唐賽兒絲毫不覺難堪，也取過一條鐵鏈，像捏著針兒縫衣服似的，手腕一彎一彎，不一會就把鐵鏈扭碎了。林三大吃一驚，隨後把一隻斧頭的斧眼兒捏扁。唐賽兒接過斧頭，伸出兩個手指向斧眼裡輕輕地一截，斧頭又變成了原來的模樣。通過這三次不同的考驗，林三終於心服了，答應唐賽兒留下學本領了。〔註1〕

　　第二種是考驗才能如何。為了證明一個人的才能，民間故事往往通過「考」的辦法來解決，《考書童》就是一個例子。故事說的是，有一天，于謙想試試書童的才華，揮筆寫了一首詩：「千錘萬擊出深山，烈火焚燒若等閒。粉身碎骨全不惜，惟留清白在人間。」寫好後，命書童按詩中寫的，上街去買一樣東西。書童買來了一塊磨刀石，一斤鐵釘，十斤麥子和十斤黃豆。按書童解釋：「磨刀石不是『千錘萬擊出深山』？鐵釘不是『烈火焚燒若等閒』？麥子磨成麵粉，不是『粉身碎骨全不惜』？豆子做成豆腐，不是『惟留清白在人間』嗎？」于謙見了，以為不對。書童冥思苦想，終於想出來了，買了一包石灰。于謙一看，很高興，以為書童理解了他的意思。通過這一「考」，考出了書童的才能。〔註2〕

　　第三種是考驗誠實如何。誠實是人的性格的一個組成部分，但是並不是每一個人都有誠實之心，因此，人們在考驗一個人時勢必會考驗其誠實如何。回族民間故事《人為什麼不懂禽獸言語》說的是，有個叫蘇哈的人為了學到聽懂禽獸的言語，答應了聖人蘇來麻乃的要求，即必須保守秘密。哪怕禽獸

〔註1〕　見《故事會》1985年第4期。
〔註2〕　見《故事會》1985年第2期。

們說的是無關緊要的話，也千萬不要洩漏出去，否則，你的性命就保不住了。經過一連幾件事情以後，使他覺得要做到半點兒天機也不洩漏實太困難了，最後跑到蘇來麻乃那裡，請他收回了能夠聽懂禽獸言語的本領。從這則故事中，我們可以看到，雖然蘇哈差一點忘記了自己的諾言，但他畢竟沒有那樣做，這說明了他是誠實的，沒有違背自己的誓言。正因爲如此，他也戰勝了死神的威脅，獲得了生存的希望。

第四種考驗其是否勤勞。勤勞是勞動人民的美德。正是這種原因，民間故事中常常出現那種對勤勞的讚美和對惡勞的批判。例如在兩兄弟型故事中，一般都有勤勞和懶惰這兩個人作爲對立面。一個兄長雖分得絕大部分財產，但因懶惰，以致家庭逐漸破產，一個兄弟雖無一點財產，但很樂於勤作，會收拾。故面臨一種嚴重的關鍵時刻考驗時，兄弟的做法和結局迥然不同，兄因爲懶惰貪財，經不起考驗而最後身亡名裂，而弟則因不貪財卻意外地過上了好日子。

第五種考驗其是否勇敢。在民間故事中，有關考驗作品中的主人公勇敢的情節是舉不勝舉的。這些情節的出現一般都是在主人公去尋找某人或某物的過程中，碰到種種考驗，有的是好人（或仙人）設置的，有的是壞人（或魔鬼）等」設置的。例如《尋太陽》說的是：保俶繼承父親遺願去尋找太陽，他遇的考驗第一是黑暗，第二是寒冷，第三是渡江無船，第四是妖魔的陷害，第五是與魔王的爭鬥。保俶一連戰勝那些妖魔和自然的困難，贏得勝利，尋找到了太陽，使人間重見光明。換句話來說，保俶的堅強的體魄和不屈不撓的毅力經受了各種考驗，使父親的遺願得以實現。〔註3〕

第六種考驗其判斷是否正確。在民間案件故事中，判斷是經常使用的。判斷的正確與否，是關係到人的性命大事。因此，在民間創作的故事裡，無論多麼複雜的案件，總有一個判斷如神的父母官出現的。由於他的出現，進而使案情立時分曉，解開了疑案。我記得有這樣一個民間故事，說的是某縣城中有一個賣油餅的小孩子，不慎被小偷偷去了好不容易賺來的錢。怎樣來判斷這個疑案呢？縣官是個精明能幹的人，他立即命令手下的人關閉城門，叫每個人都將一枚錢放到清水中。然後，他根據清水中泛出的油花，查出了偷錢的傢伙。這位縣官的判斷之所以成功，是因爲他掌握了一定的規律和線索。由於這被偷的小孩子是賣油餅的，那收接的錢上就一定會沾上油膩，然

〔註3〕 見《杭州的傳說》，上海文藝出版社1982年版。

而油一碰著清水就會冒出油花來。根據這一線索，查出了小偷，無疑這種判斷是正確的。

由上述幾種考驗法，我們可以看出，考驗法在民間故事中的運用是相當廣泛的，它可以「考」一個人的性格、能力以及其他方面的內容。由於民間故事裡可考驗的內容是多方面的，因此我們不可能太多地列舉其他有關的例子，以上所述六種僅是其中一小部分，不過，我們亦可以從中看出一些形式和特徵來了。

二

考驗法的基本構成因素，總的來說，有四方面的內容構成：一個是考驗的緣起，一個是考驗的內容，一個是考驗的過程，一個是考驗的結果。這四者之中，缺一不可，考驗法的基本順序亦是如此，一般都不相互顛倒的。

考驗的緣起，主要是指為什麼會發生考驗的事情。一般故事中的情形是為了達到某種目的，主人公寧願冒著生命危險去經受各種考驗。

考驗的內容，主要是指事先已經知道了考驗的內容。故事在這方面敘述時，有的有比較詳細的文字，有的則籠統地說一下前面困難重重，山高路遠，等等。

考驗的過程，關於這一點，故事一般都敘述得有聲有色，亦是故事最精彩之處。因為在這裡，故事才有可能加以細微的講述，如表現善與惡的爭鬥；碰到怎樣難以想像的艱難困苦，又如何克服困難和經受考驗；等等。如果沒有這些精彩吸引人的筆觸，是難以扣住人的心弦，也就是說，這一故事是失敗的，不成功的。

考驗的結局，一般也是故事的結尾，當然也有另外一種情形，即考驗的結局僅是故事的剛剛開始的鋪墊。無論是哪一種情況，一般來說，考驗都是成功的，是一大團圓的尾聲。

從大量的民間故事的調查中，發現考驗在其中，總的來說，又可分成一種是智力考驗，一種是毅力考驗。所謂智力考驗，即是對方用智力來考驗故事主人公聰明才能如何，其中包括用設難題、出謎語等辦法來測試。所謂毅力考驗，也就是在碰到十分巨大的困難面前是退縮還是前進，在體力不支的情況下是否還要奮力向上登攀，在與巨獸、巨魔中爭鬥，一時難以取勝時，是敗走千里不敢移步還是另圖良策，待機復仇。在這些情況下，都需要毅力。

沒有毅力，就全功盡棄了。民間故事的正面人物代表了人民群眾的意志，都能以驚人的毅力去戰勝他所遇到的各種各樣的困難。

如果我們來平行比較這些民間故事時，就又會發現考驗法在故事中可分成無意考驗和有意考驗。無意考驗，即表明考驗屬無意識進行的，只是到最後才發現考驗給人們帶來了意想不到的結局和效果。如《巧配姻緣》說：

從前，有個秀才上京趕考，路遇老頭，結伴而行，問了一些奇怪的問題。路中他奇怪的問話，卻引起了老頭的女兒的興趣。隨後，姑娘與秀才的一番往來，相互用隱語探試，使老頭認識到秀才是很聰明的，本無心將女兒嫁於他，現在卻自己作媒，找他這樣一個女婿。〔註4〕這不能不視為是無意考驗後的美好結果。

另外一種有意考驗，就是為了一定的目的而故意加以考察的。《真假華佗鬥智謀》說的是：華佗名噪廣陵（古代揚州的稱呼），和尚、道士、尼姑相繼打出神醫華佗的牌子，蒙騙視聽。一天，知府請這四個華佗去他家給媳婦看病。這媳婦懷了十三個月的胎，至今未生。和尚說是胎兒為陰陽人，道士說這一胎是蛇胎，尼姑認為這是仙胎。華佗一看卻看出這是一個死胎，就是二十三個月也生不出來。在事實面前，果然是華佗的話對的。〔註5〕由此可以看出，誰是真正的華佗，誰是假華佗，在診斷知府媳婦胎兒的過程中，真相大白。對這四個華佗來說，診斷的過程也是對他們醫術考驗的過程。考驗猶如一面照魔鏡，任何一個假的現象都會在它面前顯露出真面目來。

三

考驗法在民間故事中的廣泛運用，與其所產生的藝術效果是分不開的。考驗法產生的藝術效果有兩個：一個是在考驗中能充分反映出主人公的性格。我們知道，考驗往往是嚴峻的，並且有時考驗非一次就行，而是二次、三次，甚至多次，這樣就有充分的時機和條件展示人物的性格，同時也使人物充分展露自己的本領和才幹。例如前面所舉的《尋太陽》的例子，就說明了這一點。保俶在尋找太陽過程中，遇到了一系列的困難險阻，這些困難和險阻，就是保俶表現自己不屈不撓、勇往直前的精神的條件；離開了這些考驗他的條件，保俶的性格特徵就難以加以表現了。一個是在考驗中能表現出

〔註4〕 《寧夏民間文學》（內部資料）第 1 輯。
〔註5〕 見《古代名醫的傳說》，上海文藝出版社 1983 年版。

豐富多彩、曲折多變的情節來。我們知道，情節是為主題服務的，考驗又是為了表現主題而加以設置的，這樣一來，考驗的內容和故事的情節就緊密地聯繫在一起了。每出現一個考驗的內容，實際上也就是每一個情節的展示，考驗次數越多，情節也就越多。一般來說，由於民間故事的自身特點，決定了一個故事中的考驗次數最多為三、四次，因為太多了不便於記憶。為此，人們在設置考驗情節時，最主要的不是用心在次數上，而是在考驗的內容方面。正因為如此，我們在看民間故事時，就不難發現考驗的內容多半是很有趣味的，而且往往會出人意料之外。例如同是真假人物故事，其辨別真假的辦法，大都用考驗法，即使如此，然而考驗的內容不盡相同，故事同樣也是很吸引人的（當然，有些異文故事、類型故事除外）。正由於考驗的內容是多樣的複雜的，因此也就造成了曲折多變、豐富絢麗的情節來。

巧　對　法

在民間故事中，我們不難發現這樣一種現象：那就是故事裡的矛盾設置和問題解決都是圍繞著出聯對聯或出詩對詩而展開的。這種民間故事的創作手法，我們就將其叫做巧對法。之所以稱巧對法，是因為對答的人的聯對或聯詩都相當巧妙，表現了人民群眾的極大的藝術創作力和想像力。

一

巧對法的基本型式有三種：一種是詩對，一種對聯對，一種對聯對和詩對的結合。

所謂詩對，就是故事的情節展開和結尾都以主要人物的相互對詩作為線索的，換句話說，對詩是故事的中心議題，故事的矛盾衝突、利害關係、藝術效果、美學情趣等都是由在人物的詩對之中產生的。馮夢龍搜集整理的《蘇小妹三難新郎》（見《醒世恆言》），是明代流傳的一則民間故事，說的是蘇小妹在新婚之時，夜考新郎秦少游的事。故事中就運用了對詩的辦法，表現了蘇小妹聰明過人，才氣橫溢和秦少游思維敏捷，答對如流的人物形象。巧對法在故事中運用相當成功。

詩對在民間故事中的出現有一個很重要的特徵，就是一般來說，詩對中的雙方均為懂得文墨的人為多數，而一方是文人一方是勞動者進行對詩的，雖然亦有，但相對來說，要少些。

所謂對聯對，是指一方出上聯，另一方以此作對，對出下聯。故事的情趣主要表現在對聯的內容，相反，故事的情節就不顯得那麼特別重要了。如有則故事叫《馬嘶犬吠》，說的是，有一書生，每天清早起床，就坐在門外

琅聲讀書。前屋有個員外,聽得不耐煩,便裝作自言自語的樣子,挖苦他說:「門外馬嘶,想必腹中少料?」書生聽了,略有所思,接著大聲吟出一句:「堂前犬吠,肯定目內無珠!」〔註1〕在這則故事裡,情節很少,但趣味很濃,讀後會使人回味,之所以有如此效果,其上聯和下聯,不僅出得好,而且對得有力,表達了員外和書生各自的思想情感,是一較為成功的對聯故事。

所謂對聯對和詩對的結合,是將單獨的對聯對或詩對,巧妙地聯繫在一起,因而使故事在情節和人物上得到更加豐富的發展。有一則關於郭琬的故事叫《金殿答對》,說的是清宣宗旻寧皇帝聽說郭琬文思敏捷,有過目不忘的奇才,有心讓他做為太子的老師,但還不放心,便詔郭琬來金鑾殿,命新科狀元出題考問,親自看看這人到底怎樣。這位新科狀元自負才高,有意出難題想考倒郭琬,便先出謎,請郭琬猜。誰知此謎一下被解答出來,接著狀元又出上聯:「風中點燭,留半邊兒,流半邊兒。」郭琬對下聯:「雨裡垜牆,搭半邊兒,塌半邊兒。」經過幾次上下聯的答對,郭琬又勝過狀元一籌。狀元便又提出要對詩,郭琬毫不猶豫答應了這一要求。狀元是洛陽人,開口吟道:

> 天下才子數洛陽,洛陽才子數我鄉,我鄉才子數我弟,我給我
> 弟改文章。

狀元吟完,郭琬接著吟道:

> 天下才子數洛陽,推倒洛陽數新鄉,新鄉才學數輝縣,舉人難
> 倒狀元郎。

如此經過數番對答,旻寧皇帝大喜,遂封郭琬為「太子傅」。這則故事的成功之處,就在於故事為宣揚郭琬的文思敏捷,學識淵博,是通過對對聯和對詩等辦法來加以表現的,故事雖然沒有過多的一般情節的敘述,但是在十分精煉簡潔的答對中,表現了郭琬這個人物性格的一個側面。

解對的方法,通常在民間故事中間有三種,一種是當面解答;一種是苦思冥想之後再進行答覆;一種是自己無法解答,藉別人出來解答。在這三種解對辦法中,數第一種方法更為常見。

如第一種當面解答的例子,無需再舉,只要看看郭琬的故事就可得知。無論是對詩,還是對對聯,郭琬均為當面答對,而且相當敏捷。這種辦法在表現人物聰明過人,文思敏捷等方面,是有獨到好處的。

〔註1〕 見《奇聯妙對故事》第107頁,雲南人民出版社1984年版。

　　第二種解答辦法，在民間故事中，也可以經常見到。例如我們在文章一開始提及的那例子，蘇小妹在新婚之夜，故意設了三道題，讓新郎秦少游答對，答不出就不許進新房。秦少游是才子，頭兩題很快完卷，唯有第三題難對。蘇小妹出的上聯詩是「閉門推出窗前月」。下聯什麼詩呢？秦少游一時解不出，走到池塘邊坐下，苦思冥想，直到三更。東坡察覺後，便悄悄拾個小石子朝水池中丟去。秦少游一看，遂受啟發；即對出下聯詩為「投石衝開水中天」。此時，洞房門便打開了，讓新郎進去了。很顯然，秦少游雖是才子，畢竟也有文思不暢片刻，一時答不出下聯詩來，是自然的。這樣既有其真實的一面，同時，又使故事情節曲折變化，引人入勝。

　　第三種解答辦法，請人出面來解答難題。這是在無可奈何的情況下進行的。過去有個知縣帶著夫人去遊春，碰到三個放牛的小童。他們三人各搬一塊大石疊在城門口，要出對聯難難這縣老爺。上聯是「搬開磊字三塊石」，下聯縣老爺卻對不出，只好竄入他夫人的轎子裡，請求答對。在他夫人的指點下，答出的下聯為「剪斷出字兩重山」。根據這「剪」字，小童斷定此聯出於婦人之口。縣老爺羞得面紅耳赤，無地自容。故事很巧妙地抓住縣老爺不學無術這一特點進行嘲諷，即使對出下聯，也不過是由於夫人指點，而出上聯的又是三個小童，選擇如此的情節、人物和富有一定含義的對聯，都說明了故事作者的匠心。

二

　　巧對故事的基本構成特徵有四個方面：

　　一是在巧對故事中，有出對的就有解對的。這兩者是相互依存的，缺一就不能算作巧對故事；其一般順序則是先出對後答對，答對成功了，則可視為巧對故事結束了。

　　二是在巧對故事中，出對者的身份和所出的對子中所描述的內容相一致的，也就是說賣油的對子和賣油有關係，牧童的對子和放牧的牛羊有關係……反過來說，成人出的對子不會有兒童的特點，農民也寫不出秀才那樣文謅謅的句子來。從這裡亦可以看到，對子的解答同樣也符合解答人的身份。如此看來，同一職業或身份的人在進行出對答對時，對子內容可視為一個整體；即使是不同職業或身份的人在進行答對時，雖上下對之間沒有直接的聯繫，但由於對得工整，內容符合人物的性格、身份、經歷，故事同樣可

以起到很好的藝術效果。舉一例子來說，從前有位老中醫不但醫術高明，而且文學造詣也很深，能出口成章，特別擅長以中草藥名作對子。有個年輕人不信，想當面試對。年輕人出對：「殘暑最宜談竹葉。」中醫隨口答道：「傷寒尤妙小柴胡。」年輕人又出：「芙蓉花開，香飄四五六里。」中醫答道：「枸杞子熟，日服二三十丸。」如此對子，只有熟悉中藥名的人才能嫻熟得巧答如流，如果換成其他人，就不至於造成這樣的氣氛和效果。

三是在巧對故事中，一種為無意出對讓別人對對的，而實際上別人有意解答了他的對子。這種情況往往出現在自我欣賞時脫口而出的佳句，然而一時又找不到更好更相對的句子，故時時放在嘴上反覆吟念。一個偶然的機會，此句為好事者聽到，並為他聯對了下句。這種故事在人民群眾的口頭中可以經常聽到，在故事書中如以經常看到的。

四是在民間巧對故事中，還有一種為有意刁難別人而故意下的對子。有的是善意的，想通過刁難之舉，考察對方的才幹；有的是惡意的，想憑自己的才氣去壓倒對方；有的出題則是作為懲罰別人的手段，如此等等，這幾種類型的巧對故事是較為普遍的。例如有這樣一個民間故事，說的是清朝康熙年間，有個神童叫戴靈，五歲便能熟背《百家姓》、《千字文》，而且很會寫對聯。一次，盛夏，一位上任不久的縣太爺路過，想考考戴靈。他出了一句上聯：「歷書十二頁，頁頁有節，節分春夏秋冬。」小戴靈手指近處的一座塔，脫口說道：「寶塔有七層，層層都有門，門分東西南北。」說完，就去玩耍，不再理睬這位縣太爺了。從這一則故事，我們也可以看到，想出對刁難別人的人最後是達不到自己的目的的，因為他的對手總高出他一籌。

三

巧對故事的藝術特色，主要在於詩句或對聯在巧對故事中扮演十分重要的角色，它們能增添故事的情趣，發展故事的情節，使人愛讀，且又耐讀，可以反覆詠吟巧對的詩句或對聯。有時巧對中的詩句和對聯，人們在聽故事之中，不一定馬上就能領會其中意味。如果講述者此時能細細地將其中的意思翻譯成普通的句子，則會使讀者較為深刻地體會其中的含義和意境，加深對故事的理解和認識。

巧對故事的另一個藝術特色，則可叫做「柳暗花明又一村」。這就是說，在巧對故事裡，被對者一般處於被動位置，而出對者往往是一高手；詩對、

對聯對等出題者是經過周密考慮而施行的,而被對者不可能事先得到充分的時間或知曉所對的內容,這就增加了故事的誘惑力,同時,也在被對者的道路上布下了障礙,其前途如何,不得而知,故此事名為「柳暗」。到了被對者用流暢的語言,敏捷的文思,最終勝了出題者時,這就所謂是「花明」了。如此一暗一明,在短小的巧對故事中,是有突出的藝術作用的。它既能設下懸念,同時又能在不長的篇幅裡解決這一懸念。這樣一來,故事得到了圓滿的結尾,同時亦給了讀者在審美方面的滿足。

連 環 法

　　在民間故事中，我們常常會發現有些故事情節有一環緊扣一環的現象。這種故事所運用的創作手法，就稱作為連環法。它是因特定的內容需要而制定的，是廣泛運用於民間故事創作之中的創作手法之一，特別是在較長的較為曲折的故事裡的運用，尤為突出，並能取得某些意想不到的藝術效果。

一

　　讓我們先來看看連環法的豐富多采，變化多樣的表現形式吧。

　　第一，直串式。所謂直串式，就是以一人一事或其他事物貫穿於故事始終，其情節線索是由一條直線發展而來的。例如，有一則民間故事《你對我不忠》，說的是有個菜農挑了一擔蔥到縣城裡去賣。他來到離城門不遠的地方，放下擔子，想歇一會兒再趕路。正巧路旁有一個農民駕一頭牛在耕地。那牛拉起犁來行走如飛，把菜農看呆了。當農民耕到路旁吆喝牛時，菜農禁不住讚嘆說：「老哥，你這頭牛真凶！」誰知耕地的農民聽了，放下犁來，跳到路上，和菜農大吵起來。兩人正爭吵得不可開交的時候，從縣城方向來了一個化緣的和尚，看到兩人吵嘴，想去勸阻。奇怪的是，和尚聽完兩人的訴說後，頓時大怒，也高聲叫嚷起來，和那兩個農民扭打在一起。三個人正打得不可開交時，又走來了一個趕考的書生，見三人扭打，便好心前去勸架，三人一見，忙爭先恐後地向書生訴說理由，求他評個是非。哪曉得，書生聽了他們的訴說，也氣得大叫起來，馬上氣呼呼地拉著三個人到縣大老爺處打官司。四人來到官衙，向縣官各自口述理由。耕地的農民指著菜農說：「他誣賴我的牛吃了他的蔥。」和尚說：「這兩人趁我出外化緣時去偷我廟裡的

鐘。」書生說：「我好心上前勸他們不要動武，他們卻罵我沒有學問腹中空。」縣官聽了，頓時氣得渾身發抖，驚堂木一拍，喝令衙役將他們各打二十大板，轟出衙門，然後一甩袖子進內室去了。縣官氣冲冲回到後堂，太太見了忙問怎麼回事？縣官說：「我在此爲官多年，沒有人敢頂撞我。今天倒好，來了四個打官司的，竟在公堂上罵我：『老爺，你辦事不公。』你說，這氣人不氣人。」太太一聽，頓時大哭起來：「唉呀，老爺，你想想，我們在一起生活了十餘年，公子都七八歲了，怎麼你竟說出那『我對你不忠』的話來啊！」於是縣官和太太又大吵大鬧起來。（載《故事會》1985年第4期）這個故事運用的連環法中的直串式。它利用了荣農等人的耳朵有些背，再加上諧音的原因，製造了一條矛盾發展的主線，並以此串上耕農與荣農，和尙與耕農、荣農，書生與和尙、耕農、荣農，縣官與書生、和尙、耕農、荣農，以及縣官與太太之間的誤會。這些誤會既是單獨存在的，同時又是一個整體。它們之間相互聯繫，相互依賴，缺一不可，好比一個鐵鏈，每一個鐵環都有自己的地位和作用。雖然從某一個局部看來，是微不足道的，一旦成爲組成鐵鏈的一份子，就顯得必不可少了，否則的話，鐵鏈就會斷裂。其次這些連環是垂直下來的，第一與第二個環節相連，第二個與第三個環節相連，第三與第四個環節相連，並以此類推。

第二，頭尾串式。所謂頭尾串式，就是故事的緣起（或者說是故事的矛盾）直接與結尾相環連的。猶如一個大圓圈，頭尾也緊扣在一起，形成了連環法中的另一種表現形式。

例如，有一則流傳極廣的民間故事《老鼠嫁女》就屬於這一種類型。傳說老陳年間，有隻小老鼠認爲自己又漂亮又聰明，想嫁給一個有權有勢的人。一天，小老鼠對母親說：「我已經這麼大了，該給我找個男的嫁出去了吧。」母親問，你要嫁給什麼樣的人做妻子。小老鼠說：「我要找有權有勢的太陽做丈夫。」母親沒有辦法，只好去找太陽提親。母親找到太陽說道：「太陽，你要我的女兒吧。她認爲你是世界上最有權勢的，也是最尊貴的人。」太陽說：「我不行，我害怕雲。雲一來，就把我遮得不見臉面。你還是去找雲說親。」鼠母無法，只好又去找雲。找到雲後，說：「雲啊，你做我的女婿吧。因爲太陽都害怕你，你太有權勢，也太高貴了。」雲說：「不可能啊。風一吹我就無影無蹤了。你還是去找風吧。」鼠母又帶著女兒去找風，並說明了來意。風說：「我也不行。因爲我怕牆，牆擋住我，我就沒有辦法了。

你們還是去找牆吧。他才最有威勢。」鼠母同女兒去找牆。牆說：「我怕老鼠。老鼠一打洞，我就立不住了。」鼠母聽後，覺得有道理，就對女兒說：「你聽到了吧。老鼠才是真正有權有勢的。你還是嫁給老鼠吧。」小老鼠同意了。出嫁的那天，敲鑼打鼓，好不熱鬧。從這一則民間故事裡，我們可以看出頭尾串的基本特質；那就是小老鼠原本應該嫁給她的同類的，但她好高騖遠，連接找了太陽、雲、風、牆做丈夫都未成功，最後還是嫁給了老鼠。如果用公式表示的話，就是 A──B──C──D──E⋯⋯──A。那表示著故事雖然經歷了許多曲折、反覆和鬥爭，但是都未能解決故事一開始就提出的矛盾和問題，直到末尾還得重新回開始時的問題和矛盾上來，並且得到圓滿和巧妙的解答。

第三，雙串式。所謂雙串式，就是將主要人物置於矛盾的中心，並由此串起兩個人或兩件事，從中周旋，藉以達到某種目的。雙串式又可以分為三種情況：一種是預先設計，由一人扮成主角，從而使兩人上當受騙或得到處罰。一種是雖有預謀，開始卻不見主謀者，但是故事發展到中間時刻，才出現於讀者之中，這是由中間串兩頭的辦法。還有一種是上當受罰的雙方均不知誰致使他們得以如此下場，直到故事結尾時才發現預謀者。在這三種情況裡，以第一種情況為最多見，特別是短小的民間故事裡，因受到的限制較多，故只好在有限的天地裡施展這方面的特長。

《貂蟬巧計閉月》是民間流傳的有關古代四大美女之一貂蟬巧施連環計的故事。傳說貂蟬從小跟爹媽種田採桑，還學會了一套看天象的本領。後來到了大臣王允家中當使女，很得主人歡喜。王允為了除去奸臣董卓，想出了一條美人連環計。將貂蟬先獻給呂布，再送給董卓，叫兩人爭風吃醋，自相殘殺。這樣可以一除兩賊。貂蟬明白了王允的主意。在十五日的那天夜晚，她提出要在三更天與月亮比美。實際上，她想以自己的美貌來打動呂布、董卓的心，進而使之相互爭鬥。果然，貂蟬挑起了呂布和董卓的矛盾。兩人為了爭奪貂蟬，相互忌恨，不久，呂布殺了董卓。〔註1〕在這裡，貂蟬是連環計中的主要人物，是接連呂、董兩人的中心；離開這個中心人物，是無法施行連環計的。

第四，一串一解式。所謂一串一解式，就是整個故事是一個連環，問題

〔註1〕 見《河南民間文學》（內部資料）第 7 輯。

也不是總的一下子得到解決的，而是每一個環節中既有小矛盾的出現，又有一個小的解決，第二個環節亦是這樣，直至第三個環節，第四個環節……如此而形成連環。

　　舉例而言，有個《傻子學說話》的故事，說的是，有個人很傻。他媽就給他一些錢，讓他到外面去，增長些見識，學點本領。傻子準備好就上路了。一天，他遇到一家辦喪事，看到人們吹吹打打，哭哭啼啼，很覺得有趣，就哈哈大笑起來。死者親屬見了，就把他痛打了一頓。傻子回家對他媽一說，他媽說：「人家辦喪事，你應該哭才是。」傻子又上路了，走到一個地方，又遇到一家辦喜事，還請了一個戲班，吹吹打打。他又以為人家在辦喪事，於是就在場子裡大哭起來。這家人大怒，把他打得鼻青臉腫。傻子又回去了，他母親知道後，教導他：「人家辦喜事，你應作揖才是。」傻子覺得此話有道理，又繼續上路了。路上。他遇到一家房子著了火，忙向主人家作揖。主人家火了，也把傻子打了個半死。以後還有一連串的諸如此類的不識時宜地亂說亂作，均遭到了他意想不到的懲罰。從以上三個環節來看，每一環節都可以視為一個獨立的小笑話，同時它們之間又是相互聯繫，層層發展的。傻子在別人辦喪事時挨打後，並沒有真正理解他母親的教誨，而是機械地、表面來模仿，而不是看事物的實質。這樣一來，又為其他的傻子行為埋下了暗線，如見別人家辦喜事時大哭，見別人家失火時反而作揖，都是他那傻子行為的生動反映。

　　以上四種表現形式，是常見的，但不是僅此而已。

二

　　我們再來看看連環法的構成因素。

　　連環法的構成因素主要有三個：一個是利用矛盾，不斷發展，製造連環，一個是在一根故事主線支配之下，同時亦設有輔助性的線索，製造連環，一個是利用故事主要人物的性格特徵反覆加以表現，因而造成連環。

　　先說第一種構成因素，利用矛盾，不斷發展，製造連環的故事是不為少見的。意大利民間故事《鸚鵡》說的是：從前有一個商人準備外出做生意時，又為獨自在家的女兒擔心。因為國王已經在打她的主意了。於是商人為女兒買了一隻會講故事的鸚鵡。於是連環出現在故事中了。鸚鵡講了一段故事，僕人給商人的女兒送來了國王的信。因為故事到了最緊張的關頭，姑娘急於

想聽下文，就說：「在父親回來之前，堅決不接任何人的信。」於是鸚鵡又繼續講故事了。不一會，僕人又敲門了，硬要姑娘讀國王的信。姑娘以爲鸚鵡已經將故事講完就想去讀國王的信，鸚鵡又講起故事來。過了一會，僕人又來了，說有一位老婆婆要見小姐，鸚鵡又機智地阻止了商人的女兒而講起故事來。如此，鸚鵡講的故事一次又一次地制止了國王與商人女兒的接觸。〔註2〕爲什麼會有如此的連環呢？第一在於鸚鵡講的故事有吸引力，第二在於姑娘有濃厚聽故事的興趣。鸚鵡爲了達到自己的目的，就利用了這一系列的矛盾，製造連環故事，從而使自己成了商人的女婿。

第二種構成因素，是在一根故事主線的支配之下，同時亦設有輔助性的線索，製造連環。例如，朝鮮族民間故事《仙桃》中的故事主線是二太子爲其父東國皇帝尋找丟失的仙桃，然而在故事主線發展過程中，還設置了輔助性的線索，那就是大太子在尋找仙桃時所出現的情形。一開始大太子向西國沒走上幾天，就被美酒美女迷住了心腸。從此大太子沉澱酒色，金銀也一天天用盡了。這一段輔助性的敘述文字，不是多餘的。一方面交代了二太子之所以再出外尋找仙桃的原因，一方面也說明了大太子怕艱苦，迷戀酒色的性格，另一方面又爲以後大太子陷害二太子設下了暗線。〔註3〕

第三種構成因素，是利用故事主要人物的性格特徵反覆加以表現，因而造成連環。關於這一點，我們前面所舉的《傻子學說話》則可以證明。這是一種以傻的性格作爲連環的基礎，在另外一些民間故事裡，還有以聰明、機智等人物的主要性格特徵作爲連環的基礎。

三

連環法是民間故事中常用的創作手法，其所產生的藝術效果也是多方面的。不過，我們覺得最主要的藝術效果不外於：一是富有懸念，二是情節緊湊。

因爲用連環法創作出來的民間故事，其所富有懸念更多，更強烈。在連環法中每一個環節均可視爲一個「獨立」的篇章，不過，在上下兩個「獨立」的篇章之間又不是毫無牽連的，而應該是上一個節爲下一個環節提供發展的基礎和條件，否則的話，上下兩個環節之間就會脫節，不能連貫成一個整體。

〔註2〕 見《意大利童話》，上海文藝出版社 1985 年版。
〔註3〕 見《朝鮮族民間故事選》，上海文藝出版社 1985 年版。

正因為這樣，上一個環節的尾巴就必須要出現一個懸念或兩個懸念，以至更多的懸念，以便讓下一個環節有發展的餘地。直到故事的最後結尾，解懸念於讀者眼前。

　　情節緊湊，作為連環法所產生的第二個藝術效果，這在民間故事裡是顯而易見的。因為連環法講究上下之間的連環，這種連環不僅在內容上聯繫緊密，而且在情節的安排上更為講究其合理性連續性。特別是在民間故事這一特定的、短小的文學樣式裡，情節的緊湊尤為明顯。

假　充　法

　　在別人不知道真情的情景下，利用某種因素，去假冒人家，並由此演出一連串的情節來，我們將這種故事的創作手法叫假充法。古代有個成語故事叫《狐假虎威》，說的是狐狸為了避免為老虎吃掉的危險，假充自己比老虎更威風的動物。老虎不相信，要來證實一下。這一來正中狐狸的意。於是它和老虎走進樹林，小動物一見紛紛逃竄。其實小動物害怕的不是狐狸而是老虎。關於這一點，老虎沒有認識到，上了狐狸的當。在這個故事中，狐狸就是假充者，它用自己的智慧不僅使它逃脫了虎口，而且唬住了老虎。可以這樣說，《狐假虎威》是一個較為典型的假充法的民間寓言故事。在大量反映人情世態的各種各類民間故事中，這樣的例子是隨手可得的。

一

　　現在，我們來看看民間故事中的假充法的幾種表現形式。

　　一、利用神仙幻術進行假充的。在民間故事中有大量的作品是反映神仙與神仙、人與人或人與神之間的愛情、矛盾和糾葛，當這些矛盾無法解決，就需要用假充進一步開展情節，正因為這樣，所以在這些作品裡利用神仙的力量進行假充的現象是廣泛存在的。在這一類假充法中，細分起來，又可以分成如下二小類：

　　1、神仙假充普通的人。傳說從前每年多天天上落下來的不是現在的雪，而是白麵。玉皇大帝想知道地上的人們是怎樣利用白麵生活的，就派了一位神仙假扮成窮要飯的老太婆。這天，這位神仙到一家門前求這家大嫂給口飯吃。誰知，這大嫂不僅不給還罵了她一通。神仙再去其他地方，還看到人們

到處浪費糧食，將白麵做成餅當孩子的尿墊，吃剩的饅頭餵豬等等。神仙見了這種情形，很氣憤，立刻返回天宮，告訴了玉皇大帝。玉皇聽了，大發雷霆，下令以後再也不准降白麵了。而是下冷冷的雪花了。這個民間故事流傳相當廣，山東、河南、江蘇、浙江等地都有流傳，它反映了一個積極的主題，即要愛惜糧食。不過，這一道理不是通過現實中的算細帳（如一粒米七擔水）的辦法來說明的，而是通過浪漫主義的思維方法創作了這一故事。其中關鍵性的一筆就在於神仙變化成平民百姓的形象到人間查看，而假充法在這裡又起了重要作用。如果沒有神仙假充凡人來民間探問民情，整個故事就不會像今天這樣，使人們聽來如此津津有味了。

　　2、一個人變成另外一個人，這種變化不是人為的，而是由神仙的法力點化成的。由神仙點化後變的另外一個人可以是好人，亦可以是壞人，這要根據具體的故事情節需要來定的。

　　（1）一種經神仙變幻後變成壞人的。例如《真假秦始皇》說的是，真秦始皇是太白金星的徒弟，他不僅滿腹經綸，而且有行兵布陣、治國安邦的辦法。不久，他東征西殺，消滅了六國，建立了統一的國家。這時，秦始皇見天下太平，就想起了恩師太白金星，於是就騎上梅花鹿，帶了一個貼身太監到了天宮。見了太白金星，秦始皇無論如何都不願回人間去了，太白金星沒有辦法只好將他帶來的貼身太監變化成秦始皇的模樣到了凡間。這個假秦始皇從小太監一下子變成一國之主，恨不得一下子享盡人間的榮華富貴。於是就不惜浪費人力物力，大興土木，尋找不死之藥。這樣百姓怨聲載道，紛紛詛咒這個帝王。直至今天，名聲不佳的秦始皇，據說就是這個假充的秦始皇，而不是原來的秦始皇。〔註1〕這一故事顯然不是歷史，而是人民群眾的一種藝術創造，反映一部分人的心聲。似乎一下子改變了人們對作為暴君的秦始皇的看法。故事編織得很巧妙，很自然，這樣一來，幾乎所有的罪名都落到了一個小太監的身上。這裡，假充法起了重要作用。因為是太白金星用法術使小太監假充成秦始皇，似可以使一些深受佛道思想影響的人不會懷疑它的真實性如何。

　　（2）一種經神仙法術點化變成好人的故事，在民間創作中不為少見。其故事的基本情節為：某人不務正業，遊手好閒，在一個偶然的場合中，遇到神仙，經過神仙點化，變成了好人，後又去假充某人。這一類民間故事的產

〔註1〕 載《秦風》1985 年 7、8 期合刊。

生顯然和人民群眾的美好的主觀願望相一致的，體現了憎惡愛賢的思想感情。

二、利用某種相似來進行假充的。在民間故事中，這種假充是常見的，特別在普通生活故事中尤爲明顯。

民間故事中通常見的是，利用外貌相似進行假充。在生活中，我們會發現某人與某人很相像，與此同時，還會鬧出許多誤會來。在民間故事中，人們就依據這種生活裡的事實勾畫出一幅幅壯麗風趣的畫面來了。《十日談》中有一則《國王與馬夫》的故事很能說明這一點：皇后的御用馬夫中有一個馬夫愛上了皇后，爲了達到這一目的，他利用自己與國王的外表舉止很相像的特點，每當國王不在皇后屋裡的夜晚，就化裝成國王的樣子，點著火炬、披著斗篷，走進皇后臥房，與皇后鬼混。〔註2〕據我分析，這是流傳於中世紀歐洲等地的民間故事。故事中的馬夫之所以色膽包天，並能如願以償，其最重要的原因，就在於他與國王的外表極爲相似，以致連皇后和看門的宮女都認不出來。當然，在這裡，馬夫與國王有的僅是外形舉止上的相像，而言語則不一樣，故馬夫狡猾地不流露出任何引起別人懷疑的聲響來。

另外一種情形，在對方還沒有了解的情況下，假充的一方可以盡情地模仿和表演，當然，這時說話也完全是允許的，不必隱瞞什麼。

三、利用對方的缺陷，進行假充。在徐文長故事中有一個撞惡瞎子的故事，就屬這一類型。故事說，從前有個瞎子十分橫行霸道，走在路上，碰到什麼都要破口大罵，因此大家害怕他。徐文長知道了，決定要教訓教訓他。於是一天見那瞎子來了，故意上前將他撞倒，並且沒等他開口，也就學著蠻橫的口氣罵道：「你瞎了眼睛了！我沒眼看不見路，難道你也沒有眼了！」那瞎子一聽，對方和自己一樣，也就不好發作，只好自認倒霉作罷了。在這裡，徐文長如果不假充是個瞎子，肯定將會給那瞎子一頓打罵，然而如今假充一下，卻得到了一個意外的結果，不僅教訓了那不講理的瞎子，而且也未遭到斥罵。作爲民間故事來講，人們聽了亦覺得妙趣橫生，很有意味。

四、利用某種障礙進行假充。所謂某種障礙，是指有利於假充的自然條件和主觀條件，如民間故事就有利用天黑、情況不明等來進行假充的。《奇花案》說的是：少掌櫃與梁先生妻私通，害死了梁先生。在一天夜晚，少掌櫃假充梁先生從屋裡跑出跳進了河裡。〔註3〕這是一個相當離奇曲折的故事，少

〔註2〕 載《文學故事報》1985 年第 8 期。
〔註3〕 載《參花》1985 年第 2 期。

掌櫃之所以能假充梁先生，就是靠了夜黑作障礙，否則是逃不出眾人之眼的。

五、利用某種心理進行假充。在河南流傳這樣一則故事《巧治惡閨女》：有個王員外養了個惡閨女，惡名傳開，誰都害怕。惡閨女長到三十多歲，沒人前來說親，王員外急了，說：「誰願娶我女兒，奉送三百兩白銀。」有個劉秀才知道了，登門求婚。王員外滿口答應，還如數送上了白銀。迎親那天，劉秀才故意牽來一頭瘸腿驢，一路上把惡閨女折騰得腰酸腿疼。到了家，劉秀才吩咐上茶，家人端來雞蛋茶。劉秀才一嘗，把碗一摔，說：「這味道能叫我娘子吃嗎？」吃過飯，惡閨女想上床睡覺。劉秀才吼起來：「這被子粗拉拉的，能讓我娘子蓋嗎？」說完，抓起被子扯得稀巴爛。第三天，兩口子「回門」，劉秀才指著太陽說：「你看，今兒的月亮多好看！」惡閨女說：「那明明是太陽嘛！」劉秀才把臉一沉，氣呼呼地說：「倒霉倒霉，出門就說顛倒話。改日再回。」一連多次，劉秀才故意作難，使惡閨女覺得此人亦不好惹，只好改掉惡氣，從此成了一個好媳婦。〔註4〕從這則民間故事中，我們可以看到，治服惡閨女的辦法不是用打罵來使之折服，而是假充比之更惡的人，並使之從心理上產生對丈夫的懼怕。這種假充法在此故事中的運用，可謂是恰到好處，天衣無縫了。

還有一種情況，由於人們對神物的篤信，於是就有用凡物假充神物的現象。在許多民族中有的還陽棍型的故事，屬於這種類型。故事大致為：某人為了教訓地主（或店主等），故意假裝將一人用棍「打死」，然後又用棍「救活」他。地主見了，以為此棍是寶物，拿回家一試，結果只能用棍打死人卻無法救活人。這一類型故事中的凡物假充神物，也是利用了人們對神物的特殊的感情，如果沒有這種思想作為基礎，那麼整個故事則顯得是十分荒誕無稽的。

二

我們說了各種假充法的表現形式，再來看看假充法的基本構成因素。

作為假充法的構成因素，我們在上述各種表現形式中已可以知道一些，為了便於記憶，在此再歸納一些。

第一，假充的人一定要達到某種目的而進行這一冒險性假冒行為的，否則誰也不會用性命和名譽來開玩笑。在這種構成因素裡又可分成自覺假充和

〔註4〕載《南陽民間文學》第一集。

臨時假充兩種。前者如《國王和馬夫》，馬夫為了與皇后鬼混，事先就進行了種種觀察，此屬自覺假充。後者如《狐假虎威》，狐狸在遇到生命危險的情況下，靈機一動，假充森林之王，逃離了虎口，此屬臨時假充。這兩種假充都是為了某種目的而進行的。

第二，假充的人必須具備某種條件，如外形、舉止、言談等與某人相像，或者在尚未被人認識的前提下，假充才有可能。例如《以假充真斬太師》說的是楊泉和李義二人在新巡按未到之前，假充新巡按，處決了橫行霸道、冤案累累的蕭太師的故事。這一故事中的假充之所以能成功，就是因為那位新巡按尚未上任，人們都不知其形象如何，否則的話，假充根本是行不通的。

第三，假充的人必須有適當的時機。時機在假充法中是一個重要的構成因素，只要抓住了有利的時機，才有可能製造假象，使人產生錯覺。然而一旦當時機過去，假充就會被揭穿。如世界都流行的百鳥衣型的故事，其結尾說，妻子被國王搶走後，丈夫披著百鳥衣來京都。妻子發現了丈夫，就叫國王請他進來跳舞。國王見被搶來的美人從未高興過，如今見到穿著破爛衣服的人笑了，於是和來人換了衣服。這時，妻子和丈夫立即傳來衛士打死了穿著破爛衣服的國王。故事中的丈夫假充國王，是不能時間太久的，如不迅速除掉國王，後患無窮，於是乎他們一不做，二不休，除掉了國王。

三

假充法產生的藝術效果主要有這樣兩個：

一個是可以刻劃假充人物的機智、聰明和勇敢。一般來說假充的人是在沒有辦法的情況下而孤注一擲進行假冒的，這樣其本身所處的環境對他來說，就隱藏著極大的危險性，一旦假充不成，就會聲敗名裂或者身首異處。也正因為這樣，假充的人就必須極大地發揮自己的機智和才能。作品中也會因此而較多地展現假充人物的這一性格側面，給人留下深刻的印象。

我們知道，在艱險的環境中有利於展現人物思想品德和性格特徵。而故事在運用假充法時，亦往往選擇最能表現人物性格的特定場景，使人物的性格得以充分展示。在這特定場景中，故事往往又抓住大場景和小場景來表現人物。大場景即為一般假充時所遇到的情況，小場景即為真、假相對峙，假充時刻會有暴露的危險關口。在民間故事中，有時大場景和小場景是分別獨立設置的，有的是同時出在一個故事。後者更能抓住讀者，更充分地提供一

個為假充人物活動的場所，進而使之性格特徵表現得淋漓盡致。

　　另一個假充法所產生的藝術效果是能造成危急的氣氛。我們知道，任何文藝作品中的氣氛渲染是與主人公的命運緊緊相連的。假充法中主人公往往利用自己的某種因素在進行假冒行為，這就使讀者很想知道他的命運以及前途如何。因為當假充人物出現他所要去進行假冒行為地方時，那種氣氛是很緊張的，原因在於：一是假充人物不一定十分熟悉那裡的情況，一是假冒行為隨時都有可能被揭穿。因此，假充人物隨時要保持高度的警惕，以防走漏馬腳。特別是在故事所設置的小場景中，那種氣氛可以說一點即燃。不過，隨著假充人物憑藉著機警和善於應變的手段，弄假成真，從而迷惑了故事裡的大多數人後，整個氣氛就逐漸轉向平和緩慢，又與故事一開始的氣氛相一致，最後故事才結束。

比 較 法

民間故事中有一種常見的創作手法叫比較法。

比較法是用兩個或兩個以上的人或擬人化了的動植物放置在同一個環境中進行活動，由於他們各自的性格、階級、立場等方面的不同，對待同一事物的態度也不盡相同，因此出現了種種差異。這種差異表現在民間故事中的人物身上，就可以比較出他們不同的心理活動和舉止行為，進而展現了各種人物的性格特徵和思想風貌，以及故事中出現的特定的社會環境和生活樣像。

民間故事中的「比較」，相當豐富多樣，有著不同的表現形態，概括地說，大致可分為人與人的比較、人與神仙的比較、人與禽獸的比較、動植物與動植物之間的比較，等等。我是根據故事中出現的藝術形象來劃分的。這種劃分，一般說來，還是比較方便、通俗、明瞭的，也較可行。

一、各種比較法簡介

（一）人與人之間的比較

這種比較是將同一或者不同地位、身份的人置於同一生活場景中來表現，藉此反映他們不同的思想情感和行為舉止。

人與人之間的比較又可具體分為：

（1）兄弟或姊妹間的比較。兩兄弟型故事中比較的對象是哥哥和弟弟：哥哥因貪婪惡勞最後不得好報，而弟弟勤勞正直，終於靠自己的勞動創造了幸福。在蛇郎型故事中，比較的對象則是姊妹倆。其情節大致為：最小的妹妹因為要救父親而毅然嫁於蛇。然而這蛇卻是一位美男子。婚後他們生活得

很幸福。大姐得知，十分嫉妒，害死小妹後，自己扮著小妹。假的就是假的，不久大姐的面目暴露，得到了可悲的下場。從這一類故事中，我們可以看出，比較的實質是故事的作者在鞭撻醜惡而歌頌善良。

（２）地主和長工的比較。長工和地主是兩個階級的人物，民間故事不是一般概念化反映這種階級對立的，而是在豐富具體的情節中間去反映各自不同的心理和行為。在民間故事中，長工往往是智慧的象徵，而地主則又笨又蠢。例如有一則民間故事說，有一個地主十分刻薄，每天天不亮就趕長工下地幹活去。一天天不亮，他又去催長工起床。長工說：「等一等，我正在捉蚤子呢。」地主一聽，罵起來：「沒有光，你怎麼能看見蚤子呀！」長工就等他這一句話，於是正好藉機說道：「是啊，天沒亮，怎麼能下地幹活呢。」這一來，地主無話可說了。在機智人物巴拉根倉、阿凡提、阿一旦等人的故事中，我們也會常常發現這種表現方法。

（３）平民和官吏（或皇帝）的比較。在統治階級作威作福的時代，平民百姓猶如螻蟻，任人宰割，然而民間故事卻不正面反映嚴酷的社會，而是巧妙地設置特定的環境，讓平時受氣受壓的百姓一反常態成為主人，讓官吏（或帝王）受到嘲笑，受到戲弄。這樣既造成故事中的環境與現實生活的強烈對比，又造成平民百姓和統治階級的鮮明對比。故事通過比較，其旨意是在反映平民百姓的聰慧機智、大膽勤勞和統治階級的好逸惡勞、不學無術。

另外，人與人之間的比較，還可分為傻女婿和聰明媳婦的比較，有學識的和一字不識的比較，老人與小孩的比較，本領高強者與本領低下者的比較，如此種種，不再一一列舉了。

（二）人與神仙的比較

這種比較，在民間故事中也是比例相當大的。在這一類比較中，又有兩種情況：一種是神仙的寬宏大量，慷慨救人和凡人的自私貪財而形成強烈的對比。有一則《一毛不拔》的故事說，村裡有個人好吃懶做，又愛吃白食，因此大家送他一個「聖賢愁」的雅號。此事呂洞賓、張果老知道了，想當場試試這位白吃先生。他們都主張作詩飲酒。張果老吟完詩，割下自己的耳朵切了一盤當下酒菜，呂洞賓吟完詩，割下鼻子也切了一盤當下酒菜，白吃先生吟完詩，只拔下一根汗毛後，獨自大吃大喝起來，還美其名曰：「今天是碰到二位這樣慷慨大方，又割耳朵，又割鼻子，要不然，我連一根汗毛也不拔呢。」如此這段文字，活生生地描繪了一個專吃白食不肯破費的遊手好閒

之徒的嘴臉。另一種情況是凡人與神仙相比，卻有高出一籌之處。如《古代名醫的傳說》有篇《勝過呂洞賓》的故事說：「名醫朱震亨治病本領大，呂洞賓知道後，很不服氣，就化裝成老頭來求醫。朱震亨一切脈，就說：「六脈和通，非仙即道。」這一說，使呂洞賓一時也傻了眼。隨後，呂洞賓又考朱震亨能否將死人救活。朱震亨略施小技，使死人復活。這一故事在現實生活中間是不會有的，但它卻形象地表現了現實生活中民間醫生那種高超非凡的醫術，就不能不說是有現實依據的。故事通過神仙呂洞賓和名醫朱震亨的比較，不僅點穿了主題，而且還有積極的思想內容。

（三）人與禽獸的比較

這種比較，在民間故事中基本上有這樣兩種形式：一種是人與無靈性的禽獸比較，也就是說無靈性禽獸本能的行為與人的行動的對比。流傳在湖南的一則關於烏鴉的故事很能說明問題。據說一個人很不孝敬父母，一次看到樹上烏鴉正在精心哺育小烏鴉，烏鴉老了，小烏鴉同樣也來覓食餵它。於是他從中得到啟發，父母養育子女不容易，自己也應該孝順父母。這裡實際上將人與烏鴉作了深刻的對比，從而說明烏鴉尚能反哺，人為什麼不如烏呢。另外一種是人與有靈性的禽獸比較。這裡的有靈性實際是指擬人化了的禽獸。例如我們經常聽到的《人心不足蛇吞象》故事，即屬此類，故事大意為一人救了一條蟒蛇，蛇答應幫助他。可是此人貪心不足，還要取蛇的心。蟒蛇忍無可忍，猛吸一口氣，將他吞入腹中了。

（四）動植物與動植物之間的比較

這種比較，可分為：同一動植物間的對比和不同動植物間的對比。前者對比很大程度上帶有人類生活的影子，而後者對比則較多地表現動植物自己的特性，如龜兔賽跑、仙鶴和狐狸、麥子和蕎子等大多表現在性格上的對比，善與惡，機智與呆板，靈敏與笨拙等等。這一類對比故事佔動植物故事的相當一部分，很有情趣，深受人們的歡迎。

除了上述這樣的對比外，還可分為技藝的對比、性格的對比、有意對比和無意對比等等。

二、比較法基本構成因素的三個方面

一是選擇可供比較的人物條件。我們知道世界上的人是千差萬別的，但是要在有限的故事中讓人物形成對比，就不能不選擇具有代表性的人物形

象，使之在較短的文字中充分展示他們性格特徵和內心世界。如有一則民間故事說，父親爲了考驗三個女兒的孝心如何，就設計裝死，以試女兒之心。三個女兒得到惡耗後，紛紛趕回，嚎啕大哭。大女兒邊哭邊訴說父親生前答應給什麼的，現在突然死去，也未交代一下。她想藉此機會，撈點父親的遺產。二女兒見了，也不示弱，同樣邊哭邊訴父親曾答應給她什麼財產。唯獨三女兒想的不是什麼父親的財產，而是臨死前未能與父親見上一面，因此她哭得很傷心。這時「死去的」父親突然復活過來，一下子就看清楚了誰才是眞正的孝順女兒。這一故事中的三個女兒是主要人物，通過她們在「亡父」面前的不同表演，反映兩種不同的思想。人物設置很經濟，筆墨亦不多，但對比是強烈的，通過比較，達到了故事所要表達的主題。

　　二是選擇特定的場景、事件、時間，以供人物活動。因爲民間故事一般較爲短小，所以場景不可能太大，事件一般爲一、兩個，時間較爲集中，這樣一來，人物活動的範圍就有了很大的局限，但是就在這種局限裡，民間故事充分發揮自己的特長，使人物進行了較爲成功的對比。有一民間故事說，一天，下大雪，秀才、地主、縣官同來觀賞雪景，一邊喝酒一邊吟詩。秀才吟道：大雪紛紛墜地；縣官吟道：盡是皇家瑞氣；地主吟道：再下三年何妨；這些詩句很妥貼地表現了他們各自的身份、地位和財產，以及他們賞雪時的得意的神態。此時走來一個農民，聽到他們這三句歪詩，不由火了，也接聯一句：放你媽的狗屁！從這裡，我們可以看到秀才、地主、縣官和農民對待同一事物具有多麼不同的思想感情呀。這種強烈的階級對比，是在特定的情景中加以表現的，文字不多，卻顯示了民間故事凝練高超的藝術手段。

　　三是選擇人們所共同關心的問題。只有共同關心的問題，才能使故事中的人物集中在一起，爲同一的目標作出各種努力，進而可以展現他們不同的思想和行爲。例如《洛陽紙貴》這一民間故事說，西晉時，來洛陽求官的人中間有兩個人，一個叫左思，一個叫潘安。潘安人美，而且文章寫得快，落筆成章，文辭華麗；左思人醜，而且思想不敏捷。後來左思要寫篇《三都賦》，潘安等人大說風涼話。可是左思不理這些，花了十年苦功，終於寫出《三都賦》並一舉震動京都，大家爭相抄錄，以致白紙一日數次漲價。潘安因整天吃喝玩樂，再也寫不出好文章了。故事中的左思與潘安的對比，是通過左思寫《三都賦》這一大家所關心的問題展開的，從而歌頌了左思不恥下問，刻苦寫作的精神，同時也表現了潘安等人不求進取，專好譏諷的行爲。試想，

如果在這個故事中沒有寫《三都賦》這一關鍵的亦為故事中人物共同注目的問題，就不可能充分表現左思和潘安，也不可能造成他們之間的鮮明強烈的對比。

三、比較法在故事中產生的藝術效果

比較法所產生的最富有特徵的藝術效果是：充分顯示了人物的性格特徵，集中表現了人物性格主要的方面。例如白族民間故事《兩朋友》，故事說的是：楊方和李志兩個獵人交了朋友。李志家窮，卻很有志氣，也很大方；楊方雖說很富裕，卻很小氣。一次，兩人同去打獵，李志帶的一點粑粑，兩人平分吃了，楊方帶的好吃的，卻躲著李志獨自吃。後來李志打了一頭狗熊和一頭野豬，楊方卻以朋友自居，要求分享，李志無法，只得將野豬分給他。李志家有老有小，生活雖貧困，但有說有笑，楊方卻無子女，生活沒有情趣。故事通過打獵時吃食、分獵物等情節，反映了李志大方豪爽的性格。從這裡，我們亦可以看到人物的對比，是在情節中自然展現開來的。正因為情節的不斷深入，人物的性格特徵也得到了豐富和發展。如果對比僅僅表現在一般語言的敘述上，就不可能塑造出活生生的人物形象，而使人物產生一種靜止、呆板的感覺，因此也就不會產生較好的藝術效果。

當然，民間故事中的比較法也有其一定的局限，比如，其對比一般限於一件事、兩個人，因此在展示社會豐富的生活中各種人物的性格特徵和內心世界上（長篇故事除外），顯得不足。但是，作為一種創作手法還是值得借鑒的。

設 伏 法

　　所謂設伏法，就是將故事中一時不需要讓讀者知道的人物、事件或者其他東西埋伏下來。當然，這些人物、事件或者其他東西又都是故事賴以存在和發展的必須要的一個組成部分，藉此以展開矛盾和衝突，推動情節一層一層地向前發展。最後，在故事關鍵性的場合中，將所早已埋伏下的人物、事件、物件等披露於眾人面前，一下子真相大白，所有的矛盾衝突迎刃而解，故事到此也圓滿地結束了。

　　設伏法在民間故事中運用相當廣泛，尤其在破案、驚險、傳奇性的民間故事中運用，能為故事增加不少的色彩，並且取得較好的藝術效果。一個人被殺、一個人突然出走、忽然發現疑點或疑案、意外地得到了一筆財產等等，這些往往被運用於破案、傳奇等內容故事的開頭。這種開頭能一下子抓住讀者的心弦，使之欲罷不忍。這種藝術效果的產生是因為在故事一開始就設下了埋伏。埋伏實際上是一個大問號，人們要解答這個問題，就會順著作者早就設想好的情節一步步地看下去，直到最後解答了這個問號。例如有一個破案故事叫《新官負屈暗破「蛇殺案」》開始就設下了一個埋伏。有個姓李的知縣，下鄉訪民情，看見一個少婦眉眼風騷，為剛去世的丈夫哭墳，卻無悲哀之色，就引起他的懷疑。再經過試探，發現少婦之夫是因寒熱症而亡，更覺奇怪。於是，他下令開棺驗屍，但卻沒有發現疑點。這樣，反被少婦說成是李知縣調戲民女，以開官驗屍相威脅，並寫下狀子告到巡撫衙門。〔註1〕故事寫到這裡，已設下了幾個埋伏：一是少婦到底是何人？二是其丈夫到底是否

〔註 1〕　載《鄉土》1984 年 23 期。

死於寒熱症？三是李知縣命運如何？這三條埋伏線互相交錯，互相關聯，不能不引起讀者的注意力。

一

說到這裡，我們來看的設伏法的幾種基本表現方式。

據我粗淺研究，民間故事中設伏法的表現方式大致可分三大種類：一種是結構性的設伏；一種是情節性的設伏，包括事件的設伏、人物的設伏和物件的設伏；一種是明設伏和暗設伏。當然在這三種表現方式中有互相交錯的現象。為了行文的方便和較好地反映民間故事設伏法的各種表現形式，故擬分別論述此三大種類。

一、結構性的設伏。這主要意味著設伏的側重點在結構構思上，換言之，是從結構構思上加以埋伏，藉此引起故事的發展。

在這一種設伏法中，又可分成為三種形式：（1）整個故事就是一條埋伏線，故事一開始就設下埋伏，隨著情節的開展，設下的埋伏卻被意外的情況掩蓋，而這被掩蓋的情況又與設伏的內容有關，因此，到了最後，故事才將所埋下的真相披露於大眾。例如有一個民間故事叫《一千兩黃金買一個老人》，故事說：有個年輕人看到一個布告說誰願買一老人，需一千兩黃金。願者去某某地方找某某。年輕人以為老人受到了子女虐待，出於憐憫同情之心，願借款買老人。經過多次曲折，終算弄到了一千兩黃金。當他去買老人時才發現賣老人的人就是老人自己。因為老人在深山裡挖到一株千年參，得到一筆大財產。由於他無後代，想找一個有孝心的人作兒子，於是就設下了這一個計策。〔註2〕在這個故事裡，我們可以看到，埋伏一開始就設下，而且很有趣。為什麼買老人要花一千兩黃金？此事誰幹的？那年輕人看到布告後如何舉動？這些都是讀者所要關心的。接著故事沒有直接去探察那些謎，而是描寫年輕人如何去籌劃這一千兩黃金所遭到的挫折，最後才解開設伏的內容，讀後真是情趣盎然。（2）為某一、兩個情節需要而設下埋伏。這一、兩個情節是整個故事中的有機組成部分，由於如此，設下的埋伏一般無需多少文字即被解開了。比如，民間故事中某某對某某「耳語幾句」，不明說具體情況，接著故事所描述的設伏內容，大都為整個故事的一、兩個情節而已。（3）一個埋伏一個埋伏地設置，這也是情節設伏法的一個表現方式。名醫朱震亨故

〔註2〕 見《朝鮮族民間故事選》，上海 文藝出版社 1985 年版。

事《投師醫怪病》說：葛可久醫生家來了一個陌生後生要請他當師傅。葛可久見此人誠懇，就同意了。葛可久不知此人就是醫術高明的朱震亨。這是一個設下的埋伏。接著故事敘述到，葛可久外出，朱震亨治好了葛可久女兒的手臂，其實葛之女兒生的是不治的心痛病。數天後，葛可久回家發現女兒還活著，很奇怪。因為他知道他無法治好女兒的心痛病。〔註3〕故事到此又一連公開了兩個埋伏：一是朱震亨給葛可久治的不是手臂而是心痛病，二是葛可久離家不是為了訪友而是外出尋求藥方。這裡的埋伏一個連著一個，環環相扣，耐人尋味。

二、**情節性的設伏**。這大致可以細分成三種形式：（1）事件的設伏，主要是事件的真相包藏起來而在最後抖露。如某人失蹤，某家被盜等等而演化出一系列的情節和人物。這裡的情節和人物大都是活動於需要弄清的事件之中的。故事的著眼點在反映事件的全過程和最終的真相。（2）人物的設伏，是指的人物為主要埋伏對象的表現形式，也就是說故事所要讓人最後知道的是所設人物的「廬山真面目」。這好比我們常津津樂道的武林好漢故事中，有一種蒙面為民除害的綠林好漢，故事一直只描述他們的俠義肝膽和高強武藝，而始終不知其真名或面貌，直到最後才在某種情況下，人們才發現其就是某某。這一類故事在中外民間故事中均不為少見。根據民間流傳的故事改編成電影的《佐羅》則帶有鮮明的這一特徵。（3）物件的設伏，主要指故事圍著物件的得失或看到它的真面目而展開的矛盾和衝突。民間故事裡因尋找寶物或由寶物而引起的各種糾紛和矛盾，是經常可以見到的。有一類民間故事，主人公為了得到寶物費盡千辛萬苦，最後才找到。還有一類民間故事中的寶物是仙人給的。由於壞人使用，得到了意想不到的惡劣結果，如神磨磨出了成山的鹽，使船翻覆，結果自己葬身海底。又如從神缸拉出了一個又一個同自己爹一模一樣的人，等等。所有這些均說明物件是故事中的「中心道具」，是因物件的設伏而造成了一系列的矛盾、衝突和鬥爭。

三、**明設伏和暗設伏**。所謂明設伏，就是作品中的人物有意設下埋伏，這與故事裡的人設計出謀有某種程度上的聯繫；換一句話說，就是讀者已經知道布佈了圈套，當然有些不一定知道具體情形。例如《王維醉畫葡萄架》說的是，王維討厭不學無術的太守，不肯給他畫畫。太守知道以後讓與王維有一定交情的張員外宴請王維。王維酒醉之餘，在牆上作起畫。畫成之後，

〔註3〕載《古代名醫的傳說》，上海文藝出版社1983年版。

果然新月、小溪十分逼眞，那一串串的葡萄又大又肥，水靈靈的。然而畫在牆上，取不走，太守只是空歡喜一場。〔註4〕明設伏還有這樣幾種情況：故事發展到某一情節時，說某人眉頭一皺，計上心來，或者說「如此如此，這般這般」，或者說「耳語一番，暫且不表」等等。

所謂暗設伏，就是設伏的全部內容要在故事最後才完全清楚，所有情節的發展，人物的設置都暗中爲設伏的內容服務；從讀者的角度來說，在未看完或聽完故事之前，一般不知最後結果，因此也促使讀者看下來，欲罷不能。

例如有一則流傳相當廣泛的故事叫《土能生金》，其基本情節爲：父親在世時，幾個兒子不務正業，遊手好閒。父亡前，立遺囑說院子地底下面有一壇金子（或說銀子）。父亡後，幾個兒子把家產搞得精光，才想起那壇金子，於是他們去挖，可是挖了一天兩天不見金子，挖了一遍兩遍還是不見金子。在心灰意懶之機，得母親（或說他人）指點，種上麥子，秋天莊稼終獲豐收。於是他們才眞正醒悟過來，那金黃色的麥子就是父親遺囑裡所說的「金子」。從這則故事中可以看出暗設伏的一個最明顯的特點爲：一開始故事就設伏，除不將眞實的設伏的內容告訴作品的人物和讀者外，有時還製造各種假象，直到故事結尾才顯露出全部的設伏內容。由此，我們可以看出暗設伏是一種民間故事中十分流行並能立即引起人們興趣的藝術創作手法。

二

設伏法的幾種構成因素。

構成設伏法的因素是很多的，我們在這裡僅舉兩種主要的說明一下。

第一種因素是能抓住讀者注意的突發性的事件。生活有時十分平靜，有時又十分不太平，會產生種種突然降臨的事件。這些突發性的事件猶如一石投入平靜的湖中，泛起層層波紋，很能引起人們的種種猜測。因此抓住這些事件設伏於故事之中，往往能取得較好的藝術效果。

第二種因素是說明力強的結尾。結尾的好壞是文藝作品的關鍵性的一筆，然而運用設伏法的民間故事結尾尤其注重，其直接關係到一個作品的成功與否。故事設伏在開頭，無論如何好，如果沒有巧妙精彩的結尾，則是不可能達到預期的目的的。相反的，如果設伏的內容在最後揭開時，顯示出巧

〔註4〕 載《河南民間文學》第五期。

妙精彩之處，往往能彌補設伏開始的不足和平庸。如上面我們所舉的《土能生金》即是一例，其結尾超出一般人的想像，巧妙地抖開了故事所設的埋伏，並且使人從中得到一個真理，就顯然彌補了父死留遺囑這一般民間故事中常見的開始之筆的平庸，還巧妙地將開頭與結尾相接得十分和諧完整，使故事讀後很有趣味。

故事中的設伏法是有其賴以存在的客觀基礎的。同其他任何創作手法的產生和存在一樣，設伏法這一故事的創作手法與人們的現實生活、心理狀態等密切關聯。首先一點是生活的啟導。生活中有些事情是先已發生並有了結果後，人們才去尋找其之所以發生的各種原因的。由於受到了這一生活現象的啟迪，於是就有了民間故事的設伏法。其次一點是人們的好奇心。據心理學家調查分析，好奇的東西才能使人的注意力集中。正是由於這種心理原因，人們在講故事時，就不可能照搬原來生活中所發生的事情，而是用能吸引人的藝術創作手法來闡述。設伏法則是這些藝術創作手法中的一種。

三

最後，我們來看看設伏法所產生的藝術效果。

設伏法與其他藝術創作手法相比較，最富有個性的藝術效果在於兩個方面：一個是引人入勝。設伏法的最大特點是在故事一開始就提出尖銳的矛盾，或擺出出乎尋常的生活現象，這樣就勢必會引起讀者關心造成這些現象的原因。由於故事喜歡曲折新奇，不喜歡一桿子捅到底，讀者只好隨著故事的迂迴發展而不斷進入故事所創造的境地中，這樣一步步、一層層，當了解到故事設伏的內容時，才從故事中走出來。這種引人入勝的藝術效果，很顯然是設伏法所獨特的。設伏法另一個藝術效果是在於結果難料。例如《巧斷煙嘴案》（載《故事會》一九八四年十二期）的結尾就為一般人難料，故事中的倪縣官巧妙地用馬聚財的胡梳從他老婆那裡取來了被他搶走的煙嘴，斷了疑案。這種暗設伏，在未挑明結尾時，人們難以猜摸，然而一旦讀到故事結束時，才發現設伏的奧秘，頓覺新鮮可信。

遞進法

我們將民間故事中由兩件事情構成一個故事，情節上有著互相聯繫，第一件事為第二件事作鋪墊的創作手法，稱之為遞進法。這種遞進法在民間故事裡的運用是相當廣泛的，不會少於三段法等創作手法的運用。它是民間故事家在長期講述過程中所形成的一種重要藝術手法。

一

遞進法的表現形態是紛繁複雜的，概括言之，可見於以下七種主要表現形態。

第一種是一報還一報式。這種遞進關係表現在前者騙欺了後者，後者因而作出相應的姿態，對前者進行報復行為。舉《虛偽的兄弟》作例子，故事是說：李氏兄弟倆都很貪財吝嗇。一天，老二殺了一頭肥豬，熱情地邀請哥哥來吃。飯菜端上來了，只見大碟子裡，放著四塊大肉，每塊足有二兩重。他哥哥看了半天無法下手，只好不露聲色咽了口水作罷。過了幾天，哥哥家裡也殺了一頭肥豬，請了他的弟弟。飯菜端上來，只見切得不薄不厚的肉片放了一大碟。他弟弟很高興，拿起筷子就夾著吃，可是夾也夾不上來，原來這一片片的肉都是用線穿的。〔註1〕故事的情節很簡單。幾與笑話相同，但它是運用了遞進的辦法，反覆渲染了這對哥倆的吝嗇的性格。弟弟表面上是熱情地邀請兄長前來家中品嘗豬肉，暗中卻使哥哥吃不成。正因如此，哥哥以其人之道，還其人之身，使弟弟也自討沒趣。這種一報還一報的辦法，是遞進法的一個表現形式。

〔註1〕 載《宜君風情》（內部資料）第 204 頁。

第二種是變化式。這種表現形式的特徵是因種種環境、思想、忌諱等因素，從而致使故事發生變化。變化式本身也有多種表現形式：一是主人公由好變壞。例如有個人窮時吃不飽，穿不暖，可是一個偶爾機會裡，遇到了有錢人或者仙人，使其發了一筆財。隨後，此人變成壞蛋。這是由好變壞型。二是由壞變好型，也就是說原來某人是專做壞事的傢伙，在規勸或事實的誘導下，改變從善，變成了一個對民眾有益的人。據說周處原是一個好管閒事，驕縱任性，橫行不法的人。只要別人一慫恿，就不分青紅皂白，什麼事都幹得出來。當時南山中有隻白額虎出入無常，傷人害畜，是陸地凶獸；長橋下荊溪河裡還有一條獨角蛟，興風作浪，吞舟害命，是水中魔王。再加上周處橫行霸道，無法無天。因此，人們私下把他同南山猛虎、長橋蛟龍一樣看待，總稱爲地方上的「三害」。一天，周處在酒樓上遇到一位老人，得其啓發，殺了惡蛟和凶虎，自己也從此改邪歸正，成了一個對大家有益處的人。三是人變成其他動、植物。變成動、植物的人有好人，亦有壞人，變化的原因也各不相同，歸結起來，主要是因過度的緣故。如過度的貪婪，過度的悲傷，過度的思考，過度的疼愛，過度的盼望，以致自己變成了動、植物。

第三種是救人式。這種表現形式一般多爲先受人好處，一旦當人遇到困難和危急時，能慷慨地解人之圍。這種類型故事在民間故事裡是不爲少見的，反映了一種因果關係。例如《李逵洪州救宋江》，說的是李逵在老家殺了張一霸，背著老娘來到嶗山下，靠打柴賣柴爲生。一天，他進了春和樓酒莊吃酒，卻意外地結識了宋江。宋江見李逵拍桌子摔碗要好酒時，便將他店裡存放的上等好酒搬了出來，讓李逵喝了個痛快。李逵知宋江有能耐，便與他結拜成了兄弟。後來，宋江「結拜天下英雄，來日統一天下」的謀略，被走漏了風聲，傳到官府，不幾天，就被索起來入了大獄。李逵知道了，急得天天四處奔跑，想託人講情把宋江保出來。哪知，還沒等他辦成事，皇上就以「預謀造反」的罪名，要將宋江「就地處斬」。李逵得知事情危急，只好隻身大鬧法場，救了宋江。〔註2〕從這個故事中可以看出，救人之舉的出現是在結識之後，如果沒有宋江與李逵的結拜成兄弟，李逵是不可能捨身去救欽定殺人犯的。

第四種犯忌式。本來是很正常的事情（其中亦包括在神仙指點下的神奇事在內），由於個別人的貪心，犯了禁忌，使這件事立刻中止了。傳說過去常州玄妙觀有一個仙人洞，直通四川。有個人叫張邋遢就每天挑著豆芽菜從這

個洞裡到四川去賣。有一天，他賣完了豆芽菜，看到那裡的梅花開得紅艷艷的，就折了一枝插在空擔子上，又從洞裡走回常州。不想，剛出洞，就迎面來了一頂大轎子。裡面坐著一個大官。他看到張邋遢擔子上的梅花便問：「你這梅花是哪裡採來的？」張邋遢隨口說道：「是從四川採來的。」大官感到很奇怪，就想跟張邋遢一起去四川。張邋遢答應了，但有個條件，就是一路上要閉上眼睛，不能睜開來看。」去四川時，無事；返回常州時，大官想看看路上究竟是什麼樣子。誰知，眼一睜。突然，只聽到「咔嚓」一聲巨響，仙人洞被封上了，再也找不到了，大官也被掉在洞裡面了。〔註3〕這裡，大官犯忌了，所以洞口被堵了。大官犯忌一事的出現與張邋遢賣豆芽菜往返於四川與常州之間是分不開的，也就是整個故事就是由這兩部分組成的，犯忌建築在張邋遢暢行於仙人洞的基礎之上，離開這個基礎，也就沒有遞進的意義了。

　　第五種是綜合式。綜合式就是一種與其他創作手法結合在一起的，也就是由兩種或者兩種以上的創作手法，其意義又是屬於遞進形式的藝術手法。這種創作手法在民間故事創作中不是僅有的，而是較爲普遍的，這樣可以適應故事內容的需要，充分展示人物的行爲和心理，使情節更爲豐富，內容更爲生動。《大呆和二刁》的故事運用的是三段法與遞進法的結合，從整個故事來鳥瞰，亦可得知，三段法與遞進法在這一則民間故事中又處於一種「遞進」的形態之中。從前，南邊山腳下兄弟倆，大的老實得有些呆，所以人家都叫他爲大呆。小的一味狡猾，所以又稱二刁。他們父親一死，兄弟倆就鬧分家。爲了表現兄弟兩人的迥然不同的性格特徵，故事首先用了三段法進行了對比敘述。老頭子留下來三間平房，一頭水牛，一片良田。爲了把家產全部獨呑，二刁想出了絕妙的主意。第一，二刁牽來一頭水牛，叫大呆拉牛尾，自己拉牛鼻，並說誰拉得過，誰就得水牛。當然牛尾拉不過牛頭，大呆輸了，二刁贏得了一頭水牛。第二，二刁又讓灶間裡拿來一籮雞蛋，其中一只是紅蛋，其餘都是黃蛋，叫大呆蒙上眼睛先摸。大呆摸了半天，沒有摸到紅蛋。二刁一下就摸著紅蛋，按規定摸著紅蛋的人可得一片水田。這樣二刁又得水田。其實，這裡二刁亦做了手腳，將紅蛋剛剛煮熟後染上顏色，蛋殼上還有點熱。有心人一摸就有數。二刁靠了這個鬼主意又得了水田。第三，二刁又騙大呆去山上居住，從而得了房產。通過這三段情節，集中反映了二刁的狡詐和大呆的老實似乎近於愚木了。不過命運又往往與人們的主觀意志相反。不想發

<hr>

〔註3〕　見《常州古今》（內部資料）第167～168頁。

財的人，卻得了一筆財產，想發財的人卻落得個粉身碎骨的下場。二刁和大呆的結局亦正好落入這樣一種命運的圈套之中。這一故事的後半截是用遞進法構創出來的。一天，大呆在金雞峰上砍柴，遇著一隻金鳳凰。因爲他善良老實，鳳凰決意帶他到金山上，拾了金子，從此生活過得刮刮叫。二刁知道了，裝著砍柴的樣子上山請鳳凰帶他去金山。上了金山，二刁貪心不足，不聽勸告，最後被太陽燒死。〔註4〕在這裡，兩種創作手法一起運用，渾然一體，沒有故意銜接的痕跡，也可謂是較爲成功的一例。

二

遞進法的構成因素比較簡單，總的一個要求是在故事的情節上有進一步的展現，從而有利開展矛盾與衝突，豐富人物形象，進而使故事得到一個圓滿的結尾。

在民間故事情節上構成有遞進意義的因素又可分成兩個方面的內容：一個是在原來基礎之上出現新的人物，以與此人物發生關係，相互糾纏，造成遞進情節。一個是雖無新人物的出現，但是事件有了新發展，進而也就造成了遞進情節。這是兩種較爲常見的遞進法的構成方式和因素。

我們先來看看第一種方式和因素：在原來基礎之上出現新的人物，並與此人物發生關係，相互糾纏，造成遞進情節。這在長工與地主型故事中經常可以見到。比如，有個故事說，一個長工受了地主的騙，雖幹了一年卻未能得應有的報酬，十分氣憤。此長工的弟弟知道後，欲嗣機報仇，就也來到這地主家中做長工。由於他的聰明機智戰勝了狡猾的地主，並且雙倍獲得了酬金。很明顯，這一故事是用遞進法構創出來的。長工的弟弟是這一民間故事裡後出現的人物，相對原來情節中的長工和地主，他無疑是新的人物。他和地主產生的矛盾、衝突以及解決的辦法和形式是屬於遞進意義之上的，是長工和地主鬥爭的發展。

第二種方式和因素：在民間故事中，雖沒有新的人物出現，但事件有了新發展，也就造成了遞進情節。比如，在江西人識寶傳說中，常有這樣的故事情節。某戶人家有一寶物，因爲不識寶，所以這家人並不以爲此物有什麼價值。一次，被外地來的江西人看到，願出高價買下，並約定某年某時某日來取貨，到時一手交錢一手交貨。可是這戶人家因貪財或其他心理，將寶物

〔註4〕見《常州今古》。

重新修雕或洗刷，這樣一來，寶氣蕩然無存，絲毫無有價值了。待江西人來時，見寶物已變成了凡物，只好垂頭而返。從這裡，我們亦可以知道，此故事同屬遞進法創作的，分兩個組成部分：一個是江西人認出寶物，一個是寶物變成了凡物。從故事來看，雖沒有增加新的人物，然而情節發展了，造成了新的內容，有了新的內涵，完整地表現了一個故事，這無疑是一種遞進。

三

遞進法在民間故事裡所造成的藝術效果如何呢？我以為可以造成兩個方面的藝術效果：一個是能增大故事的容量，一個是能使故事顯得層次分明。

所謂能增大故事容量，是指在某種情況下，用一個單獨的情節即可表現出故事的內容，但是與用遞進法創作出來的故事相比，其所包含的情節、人物、對話等等方面就相對地要少得多，因為它至少缺了遞進部分的敘述文字。例如，講一個人吝嗇的故事，用一件事就可以講述清楚，但是如果先講一個他怎樣吝嗇待人的事，接著再說他怎樣得到懲罰。這樣一來故事就顯得更生動有趣，色聲俱備，而且加大了故事容量。加大故事的容量，不是靠多餘的文字的敘述，而是靠真正扣緊主題的豐富的人物，生動的情節。這樣勾勒出來的故事不會使人感到臃腫，相反的會使人感到情節更加完整，敘述更加生動，人物形象更加豐富，矛盾衝突的設置和解決更加合理。

所謂能使故事顯得層次分明，這是顯而易見的事情，因為它有基礎和遞進兩個台階。這兩個台階缺一不可，缺了「基礎」，就無所謂遞進，離開了「遞進」，也就無所謂基礎了。這也是造成故事有層次分明的藝術效果的一個重要藝術手段。民間故事中的遞進不僅表現在情節的發展、人物的增加、矛盾的添設，而且也表現在思想意義的進一步的展示。就是從思想意義的遞進上來說，其故事中的層次亦是十分分明的。例如文人故事中有一類屬於遞進法的故事，其中有一部分說的是他們熱愛民眾，嫉惡如仇的事。在這一類故事中，往往表現的是某一詩人或畫家或其他什麼擅長藝術門類的人，先如何如何為民眾著想，為他們做好事，後來此事被地主官僚知道後，設法使他為自己服務，但是此人不肯，表現了不畏強權，敢怒敢憎的精神面貌。從思想意義上來說，光表現文人為民眾做好事，還僅是正直文人思想火花裡的一部分，而不是全部，但是一旦故事發展了，遞進了，就將人民群眾理想中的文人那種愛民如子，恨官如敵的整個思想和盤端出來。由此我們看出，遞進法不僅能

使民間故事產生層次分明的藝術效果，而且也能為民間故事思想意義的提煉打下了堅實的基礎。

三 段 法

　　三段法亦可稱爲三段式，是民間故事最常見的藝術手法。例如，孟子的母親三遷而後定居的故事，諸葛亮三氣周瑜的故事，就是兩則流傳很廣，具有代表性的民間故事。

一

　　三段法的表現方法是多種多樣的。據我初略的估計，共有五種，這是經常運用於民間故事中的藝術創作手法。

　　第一種是整個故事是由一個三段法所組成的。

　　例如《三進少林寺》，說的是清朝農民英雄竇爾墩爲父報仇而三進少林寺學藝的故事。竇爾墩第一次進少林寺是因爲聽到武官千總打死了他爹和大哥的消息，爲了報仇，他飢一頓飽一頓，找到河南嵩山少林寺，苦苦哀求才獲准進寺學藝。第二次進少林寺，因爲他逃出寺院去找武官千總報仇，可惜武藝不精，被兵丁用棍棒趕了出來，還險些喪命。第三次進少林寺，是因爲他又經過一番刻苦的磨練，武藝長進不少，進千總府的宅院，殺死了幾個兵丁，可不是那個千總的對手，險些讓抓住。經過這三進三出少林寺，竇爾墩功夫練得很深，還學會了一身絕藝，連那些武僧都打不過。長老見了，很高興，送給他一對虎頭雙鈎。竇爾墩拜別眾僧，下山報仇去了。〔註1〕從這則故事裡，我們可以看出三段法是整個故事的骨骼，它以竇爾墩三次進少林寺的不同境遇，描繪了他學藝的過程和報仇失敗的狼狽狀況。刻苦學藝是爲父報仇的資

〔註1〕 載《武俠故事》第1～4頁，雲南民族出版社1984年版。

本，要為父報仇就必須苦學苦練，這兩者之間是相輔相成的，也為竇爾墩三進少林寺提供了可靠的基礎。

第二種是作為一個情節的三段法。

除了在民間故事中，有整個故事均由三段法串起的情形，還有一種情形，就是故事裡的某一情節也是由三段法所組成的。例如《漁郎與螺螄》中有一段情節為，打漁郎水生用魚網捕獲到一隻大青螺螄，養在家中黃釉大水缸裡。

第二天下午，水生打漁回家，發現他換下的髒衣服，被人洗得乾乾淨淨，破爛處綴好了補丁，折得整整齊齊，放在枕頭邊。

第三天下午，水生打漁回家，發現有人送了一雙合腳的白底青布鞋放在床前。

第四天下午，水生打漁回家，又發現有人給他做了飯菜，放在火坑邊的矮桌上，還噴熱氣。〔註2〕

這是一則江南田螺姑娘型故事，上面所引文字反覆渲染水生回家的新發現，不斷提出疑點，為故事裡的女主人的出場作為鋪墊。由此可見，這一情節也是十分必要的。

第三種是兩個三段法合成的民間故事。這一類故事在民間亦廣有流傳，它是根據故事情節發展需要而加以安排的，並且可以豐富故事裡所設置的兩個主要內容。這類故事又可分作兩種類型：一類為一個故事裡的兩個情節，一類為兩個小故事合成的一個大故事。這兩類故事裡，兩個三段法的合成是很自然的，妥貼的。一般來說，往往前一個三段法是後一個三段法的鋪陳，反映的是一個主題思想。有個侗族民間故事《蛇珠小妹》〔註3〕就屬這樣的例子。故事所反映的主題思想是嚮往幸福、自由、愛情。這一主題是通過一個蛇精的女兒愛上了一個後生所碰到的種種遭遇和曲折而展開的。此故事又分兩部分，一部分是蛇精女兒蛇珠愛上後生，幫助他克服困難，另一部分是蛇珠與後生私奔。這兩部分又都是以三段來加以描述的。蛇珠愛上後生，幫他解決了三個難題。一個難題是將滿坡滿嶺都變成水田，一個難題是打穿山洞，引水養田，一個是捉來拉太陽的大金雞。這三個難題，一邊是蛇精出，一邊是蛇珠解，就形成了三段基本情節。這裡所說的三段情節為以後蛇珠和後生的私奔作了有力的鋪墊。蛇珠和後生的私奔是故事裡的第二個三段法，其情

〔註2〕 《侗族民間故事集》（內部資料），第1集第140頁。
〔註3〕 《侗族民間故事集》（內部資料），第1集。

節為：蛇精發現他們逃跑後，派小蛇精去追。小蛇精追了兩次均未發現已經變化了的蛇珠和後生。出於無奈，蛇精親自出馬前去追趕。很明顯，這則民間故事是由兩個三段法所組成的。

第四種是大三段法中套小三段法。類似這種情況還是不少見的。它可以使故事別開洞天，能加重筆觸，渲染氣氛，點明主題，讀後還會使人感到新奇有趣。前面我們所舉的《蛇珠小妹》中就可以找出這樣的例子來。在第二個三段法的結尾部分，故事作者又加上了蛇精和蛇珠變幻搏鬥的敘述：蛇珠見蛇精追來，把後生變成一條河，自己變成金魚想逃走。蛇精變成水貂，一口咬住它的胸鰭。金魚拚命一扳，變成鯉魚逃了，水貂變成獺貓追上去，咬住它的尾巴。鯉魚又拚力一扳，變成一條鮎魚跳開，獺貓又復變成蛇精，吐出長長的毒舌來捲鮎魚。蛇珠急忙把河水變得烏黑烏黑的，變成一把寶劍，將蛇精從頭到尾劃了個對破。從這裡，我們可以看到大三段法套小三段法是確實存在的，它的出現不是故弄玄虛，而是情節的切實需要，對表現某一人物的性格側面能起到渲染的作用。

第五種是三個三段法構成一個完整的民間故事。這一種三段法的形式比較少見，多為傳統的魔法故事中常常使用，它能增強故事的情節性，使之曲折複雜。這種形式的出現，我以為與人民群眾的藝術審美觀有聯繫，往往是人們不滿足過於簡單的故事而產生的較長篇幅故事，其中三段法的創作手法，豐富了情節，豐富了人物，同時又增加了文字，使人嚮往中等故事的慾望得到了某種滿足。例如俄羅斯神奇故事《伊萬王子和灰狼》就屬於這一類故事。故事說，有個國王有三個兒子：大兒子德米特里王子，二兒子是瓦西里王子，三兒子是伊萬王子。有一隻火鳥每天夜裡都飛到國王的花園裡，將國王最喜歡的蘋果樹上的蘋果摘下，然後飛走了。國王為此將他三個兒子叫來，說誰能活著抓住火鳥，在國王有生之年，給他半壁江山，等國王死後，整個王國都屬於他。三個兒子一聽這話，當然很高興，非常樂意去抓火鳥。以下是故事的第一個三段法。頭一天夜裡，德米特里去看守花園，他坐在火鳥摘蘋果的那棵樹下睡著了，沒有看見火鳥怎麼飛來，怎麼把好多蘋果摘走的。第二天夜裡，瓦西里去花園守候火鳥。他也坐在那棵樹下，坐下一個時辰又一個時辰，然後也睡得死死的，沒有看見火鳥怎麼來，怎麼摘走蘋果的。第三天夜裡，伊萬王子去花園守火鳥，他坐了一個時辰又一個時辰，不過他沒有睡覺，終於巧妙地抓住了火鳥的尾巴上的羽毛。故事的第二個三段法是

在第一個三段法的基礎之上展開的，皇帝得到神奇的火鳥尾羽，很高興，就又命令他的三個兒子去找火鳥。故事寫到這裡沒有平均使用力量，而是著力地描述三王子伊萬在尋找火鳥過程中的困難和遭遇。在這裡，就又形成了第三個三段法。伊萬在灰狼的幫助下，找到了火鳥，卻被抓住了。於是他又被命令去弄金鬃馬。經過種種努力，他又找到了金鬃馬，可是又觸犯禁忌，被抓了起來，於是被命令去找美麗的葉列娜公主，因為這個國家的皇帝愛上了生活在遙遠國家裡的公主。所以這些三段情節，是故事的新發展，是一環連著一環的，缺一就不能算是完整的故事。緊接著故事又展開了三段法，重新復述了三個需要解決的。由於伊萬王子喜歡公主和金鬃馬，灰狼竭盡全力，幫助王子贏得了這一切。灰狼變成葉列娜公主的模樣，伊萬將它獻給了想得到公主的國王。灰狼又變成了金鬃馬的模樣，伊萬又將它獻給了想到到金鬃馬的國王，取到了火鳥。雖然，伊萬王子勝利了，卻遭到了兩位哥哥的暗害。這一情節是第三個三段法中的最後一個，同時也是故事發展設下的又一伏筆。

從這一例子中，我們可以看到民間故事中兩個或三個三段法所構成的內容，並非無關聯的，而是整個民間故事中的幾個有機的組成部分，相互是不能脫離的。幾個三段法同時出現在一個民間故事裡，不是人為的湊合，而是情節發展的需要，是表達某一主題的需要。離開了這一個前提，僅從形式上加以模仿，是難以獲得成功的。

二

關於三段法的構成因素。

首先，我們應該看到之所以民間故事中出現三段法，還與「三」這個奇妙的數詞有聯繫。在漢語中，三字有相當豐富的內涵和外延。如「三思」表示再三思考，考慮成熟，「楚雖三戶，亡秦必楚」，這裡的「三」又為少意。成語中有狡兔三窟，歲寒三友，三人成虎，三頭六臂等，也都說明了與「三」的密切的聯繫。在民間故事中，亦常常有多種多樣的「三看」、「三上」、「三難」、「三打」，「三笑」、「三反」、「三戲」等等，不一而足，這種有關「三」的民間故事的藝術創作手法，我們則稱之為三段法。

三段法構成的第一因素，那就是故事的情節必須出現三次重複或敘述。沒有這樣三次的重複或復述，就不能稱其為三段法。我們過去所舉的《蘇小妹三難新郎》就經過三段法的程序。蘇小妹對秦少游一難、兩難，直至三難，

果真發現秦少游才華洋溢，可託終身。從這裡亦可得知，蘇小妹的三難的目的是很明確的，是爲了找到一個如意郎。由此也可以看到，三段法在民間故事中的運用，其目的是明顯的，實現這一目的的辦法，就是通過一而再，再而三反覆出現和不斷推敲使之成功的。

三段法構成的第二因素，在於三個情節之間有一定的連貫性。這種連貫性，在民間故事裡又可分成垂直連貫和平行連貫兩大類。垂直連貫，主要是指情節發展幅度較大，能單獨成爲故事的三段法。《呂洞賓二修岳陽樓》傳說的是呂洞賓修建岳陽樓的故事。在第一次建造岳陽樓時，呂洞賓曾三次遭到想當班頭的富豪的刁難。第一次刁難是富豪煽動工匠們要菜吃。呂洞賓拖過一筐木工的刨花，倒在河裡，頓時刨花變成了一大群白花花的小魚。第二次刁難是富豪花錢買通了鐵匠班頭，一夜間就把打成的鐵釘都倒在湖裡，叫鐵匠全部跑掉了。呂洞賓當然未被難住，他教木匠不用一個釘子，把樓頂蓋了起來。第三次刁難是富豪暗裡派人把岳陽樓前面的一條偃江挖了個大口子，想讓洞庭湖的大風浪沖垮樓基。但是，這一陰謀又被識破並遭到了可恥的失敗。〔註 4〕之所以稱這一故事爲三段法中的垂直連貫，就在於通過呂洞賓和富豪的三次較量，將岳陽樓建造過程中的矛盾和鬥爭以及最後竣工的情形都展示在讀者面前，完成了故事講述的目的。所謂平行連貫，一般指表現在某一情節中的三段法，對這一情節中所發生的三件事是有遞進關係的，但對於整個故事來說，基本停留在某一情節反覆敘述上，進展的跨度不大。《尋太陽》講到保俶剛生下來時的情景，這樣描述到：「這嬰兒見風就長，一陣風吹來，會說話啦；二陣風吹來，會跑路啦；三陣風吹來，就長成一個彪形大漢！」〔註 5〕這裡描繪的保俶神奇般的成長速度，是用三陣風加以表現的，對於整個民間故事來說，他長成大人，只是其中的極小的一部分。因此，這一情節可以稱作爲三段法中的平行連貫。

三

三段法的藝術效果在民間故事中主要有以下這兩個方面：

第一，在民間故事中，三段法的運用，能造成回環曲折的藝術效果。一方面「三」有多的含義，從民間故事的結構上來看，有了三次的回環曲折，

〔註 4〕 見《瀟湘的傳說》，上海文藝出版社 1984 年版。
〔註 5〕 見《杭州的傳說》第 42 頁，上海文藝出版社 1982 年版。

故事就豐富、飽滿、有嚼頭。另一方面,「三」的出現也就意味著有挫折,有前進;有失敗,有勝利。正因為如此,故事就不斷發生變化,故事中的主人公不時會有危險,不時會有憂愁,同時他亦有成功的喜悅和勝利的微笑。所有這些錯落交織的多種多樣的情節,在三段法的故事裡,構成了跌宕起伏,一潮低一潮高的波浪式的發展軌跡,從而使人們感覺到運用三段法的故事,情節複雜多變,內容飽滿豐富,耐聽耐讀。長期以來,形成的這一藝術創作手法,還將其運用到故事講述實踐中去,完全是一種優生性的發展結果。

第二、三段法在民間故事中的運用,能造成引人入勝的藝術效果。要故事吸引人,就必須講究情節的生動和不斷的變化和發展,三段法正是順應了這一故事情節的要求,很注意矛盾的出現和解決,講究人物和情節衝突的形成和發展,而且不以一次矛盾的解決為結束,而是一而再,再而三地展現矛盾和衝突,使人們欲罷不能,而緊緊跟著情節的發展,關心主人公的命運和他的前途,以及注意他所做的事情的成敗、得失如何。例如,我們前面所舉的《呂洞賓二修岳陽樓》裡引人入勝的地方,不止一處,不僅回道人(即呂洞賓露真相前的身份)是否戰勝富豪,為大家所關注,而且岳陽樓究竟能否修成,亦為大家所關心。正因如此,故事三次反覆敘述他們之間的矛盾和鬥爭,使人們跟著情節的發展一步步地深入下去,探求故事的最後結局。

拋 棄 法

　　在民間故事中，還有一種常見的創作手法叫拋棄法，所謂拋棄法，就是在民間故事中由於主人公的被拋棄而產生的種種遭遇。我們將這種類型的故事的創作手法，統稱爲拋棄法。

　　拋棄法的運用歷史，已非常遙遠，早在人類故事藝術創作的萌發時期，就大量的出現在神話之中，其中始祖神話、族源神話、地名神話中的運用，尤爲廣泛，尤爲突出。到了傳說興旺時代，拋棄法的運用依然不衰。因爲在人們頭腦中，往往一個偉大人物的出現總有一段非凡的身世，並以爲只有經過與眾不同的經歷，才能戴上貴人之冠。正是這樣，偉大人物出身後總有一個不平凡的遭遇，而其中拋棄則是一個很重要的內容。故事的出現，按民間創作的先後發展順序來看，要晚於神話和傳說。但拋棄法在民間故事中並沒有消聲匿跡，雖然這個時期，故事的種類和創作手法較之過去有了很大程度的發展和進步，但是拋棄法依然運用於故事創作之中，並且有新的發展，表現了新的內容。直到今天，新故事創作中依然還有拋棄法的影響。無論作者意識到還是沒有意想到，客觀上，在某些新故事作品中就運用了拋棄法，使作品得到了意想不到的感人肺腑的藝術效果。陳希元同志創作的新故事《彩蝶》，我以爲，這是較好地運用傳說的創作手法——拋棄法表現新的社會內容的一篇成功的作品。所有這些情況，均說明了拋棄法不僅有悠久的歷史，而且今天依然還發揮其應有藝術作用。因此，分析、總結古老的這一創作手法是適時的，有必要的。它對於繁榮、發展社會主義時時期新故事，繼承傳統的創作手法，是大有益處的。

一

我們現在來看看拋棄法的幾種表現形態：

第一種最早的拋棄形式。這種拋棄形式一般保持在我國上古神話和至今仍流傳於西南少數民族口頭上的活的神話。例如：土家族神話《兄妹開親》說的是：古時候，人們把雷公得罪了。雷公一氣之下，就下了七天七夜暴雨，把世人的人都淹死了，唯有躲在葫蘆裡的伏羲兄妹兩人保住了性命。洪水退後，兄妹兩人碰到了火神快卡快。火神讓他們兄妹成親，繁殖人類。可是伏羲兄妹堅決不肯。經過一番周折，兩人商定繞大山追趕，如果迎面追上了就成親。於是一人在前面跑，一人在後面追。追了許久，還是不能迎面追上。後來，他們遇到了各種動物。在烏龜的指點下，伏羲回頭跑，一下就和妹妹迎面相遇了。兄妹成親後，生了一個大肉球，他們以為不吉利，就用天神給的剪刀把肉球剪碎，扔向四面八方。這些碎肉後來變成了各民族的先祖。〔註1〕這則神話是反映人類從亂婚制的枷鎖下掙脫出來的情形。在出現這類神話之前，兄妹之間的婚姻被認為是正常的，但是隨著人類對生殖科學的認識提高，逐漸開始排斥了兄妹婚。因此反映在民間創作中，就出現兄妹結婚，後果不良的描述。上面所說的神話《兄妹開親》中的兄妹成親後，生了一個大肉球，就是這種認識在民間創作中的形象說明。正是這種思想認識，所以神話裡出現剪碎肉球，棄之荒野的情節。其實，神話中說的肉球，應是殘疾嬰兒。在生產力十分低下的遠古，沒有堅強的身體是難以生存的，這就不難理解為什麼古羅馬人將殘廢兒童推下懸崖峭壁了。

第二種拋棄形式是傳說中將生育下的孩子拋入野外。在這裡，它的表現形式又可分為兩種，一種是傳說將生育下了野獸或其他動物拋到荒山野嶺，因動物相助得救，後來才轉化成人。另一種雖生下來是孩子，但其父母以為不祥，則同樣拋之荒野。關於這一種形式，我們可以舉一例子。據《史記·周本紀》記載，周朝的始祖為后稷，名棄。是因為他母親姜嫄到野外去，踩上了某個巨人的足跡而因此懷孕。姜嫄以為此子不祥，故一生下來後，即丟棄在小巷之中，想讓牛馬踏死。可是牛馬並不踩他，其母又將他放進樹林裡，可是遇到林中有人，於是又將他放在冰上。可是天空中的飛鳥經過這裡，就用翅膀保護他。姜嫄見了，以為這是神的兒子，遂收養了下來，因此取名叫棄。後來他成了周朝發明農業的創始人。這個神話故事和羅馬神話故事是同

〔註1〕 見《中國少數民族神話選》（內部資料）第 145～146 頁。

一類型，所不同的是棄為飛鳥保護，而羅穆路斯則為一隻母狼撫養，故至今羅馬城徽尚是一個小孩在吮吸母狼奶汁的圖案。

第三種拋棄形式多半出現在後母型故事之中，其基本情節就是後母歧視前妻所生的孩子，故意將此孩拋棄於山林或者荒野。另外，還有一種情況，那就是由於家境的貧困，父母無法養活孩子，在無法可施的情形下，只好忍痛拋棄自己的骨肉。後一種情形雖然比前一種情形少一些，但也是民間故事裡為數不少的。例如：法國民間故事《小拇指》，說的是從前有一個樵夫和他的妻子，他們有七個孩子，都是男孩子，最小的孩子生得很小，生下來幾乎只有拇指那麼大，因此他們就叫他小拇指。有一年收成很壞，窮人只好拋棄他們的孩子。一天晚上，當孩子們睡著時，樵夫和妻子就商量起怎樣丟掉這七個孩子。誰知，他們的講話被小拇指聽到了。小拇指一聽，知道事情不好，連忙想了一個主意。他一清早跑到小溪邊，把許多細小潔白的石卵滿滿地裝了好幾口袋，回家了。不一會，樵夫帶領七個孩子進了一座很深的森林，十步以外便不能互相看見了。樵夫砍柴，孩子們撿樹枝，捆柴束。樵夫等他們不注意時，就偷偷跑走了。當那些孩子覺察到父母已走時，就拚命地大哭大叫起來。小拇指卻不著急，因為他在沿路都丟下了石卵。不久，他們就沿著石卵的指示，回到了家中。﹝註2﹞當然這只是第一次拋棄，以後還有第二次，第三次。正由於拋棄，最後給這家樵夫帶來新的完全不同於昔的家境。

第四種表現形式為趕出家庭。被趕出家庭的孩子一般稍大一些了，已經能夠獨立生活了，因為後母或其他原因，被趕被逐了。流傳於羌族人民中間的關於楊貴妃的傳說就是一個例證。《初浴飛沙關》說的是，楊貴妃原是羌族的牧羊女，據說他幾歲就死了阿媽。父親整天上山打獵，下地耕田，照顧不上她，就給她找了一個後母。誰知後母心腸不好，常常折磨她。有一天，後母想毒死楊玉環，就在麵碗裡放了毒。姑娘接過麵碗，正要吃麵。突然，跟在身後的老山羊猛跳起來，撞倒了麵碗，接著幾口就將地上的麵吃下去了。後母怕老山羊毒性發作，死在屋裡，就把楊玉環和老山羊趕出了寨樓。從此，楊玉環只好住山洞，吃野菜。不久身上生起惡瘡，頭上的瘡化了膿，頭髮一縷一縷地掉。後來，她岷江裡洗了頭，頭上的瘡口結疤脫落了，頓時長出了烏黑油亮的頭髮。洗了身子，渾身的膿瘡全沒有了，豐潤的皮膚顯得又白又嫩，漂亮得尤如天上的仙女。這時，她剛洗完澡，穿上衣裳，就迎面碰到了

﹝註2﹞ 見《外國童話選》，北京出版社 1979 年版。

李隆基派來徵找美女的人馬。那些人都被她絕世美貌驚住了。從此以後，楊玉環就到了唐廷之中。〔註3〕

　　從以上這四種表現形式來看，我們可以發現拋棄法的基本構成成份及其特點，這是拋棄法中不可缺少部分。

二

　　構成拋棄法的第一個因素，是被拋棄的主人公是幼小的。正因為主人公弱小幼稚，才有可能被拋棄，否則，成人即使被趕出家去，也不能稱之謂拋棄的。民間創作中的拋棄法，所拋棄的幼小主人公，大致可分為三種：一種是剛出生的嬰兒，如后稷那樣，一出生就被拋棄於野山林中。一種是幼小的兒童，如法國民間故事中的小拇指。小拇指雖是一個人稱，也是有幼小之含義的。一種是稍大一些的兒童，尚能勉強從事體力勞動。如羌族民間傳說《初浴飛沙關》中的楊玉環。

　　構成拋棄法的第二個因素，是有堅決的對立面。對立面就是主張拋棄孩子的人。其人物有兩種身份：一種是親生的父母，一種是非親生的長輩。拋棄的原因一般也大都為兩種原因：一種為主觀原因，如出於嫉忌，以為不祥等；一種為客觀原因，如家境貧窮，無法養家活口等。雖說這兩個對立面拋棄孩子的主觀動機和自己的身份皆不相同，但有一點是相同，那就是一旦腦海中出現要拋棄孩子的念頭，則會一而再，再而三地想方設法地去辦這件事。正是這樣，所以可謂「堅決的」對立面了。

　　構成拋棄法的第三個因素，是被拋棄的孩子的命運往往和拋棄者的想法相反。例如后稷被棄，是因為其母姜嫄以為生下他不吉利。誰知，飛鳥保護了他。這樣一來。姜嫄又以為是神，故又重新收養了。這一神話，則屬於那種由拋棄者的自我反悟，改變原來想法，從而使被拋棄者的命運得以改善。還有一種情況，改變被拋棄者命運的，不是拋棄者的主觀原因，而是因為碰到神仙、魔怪、異物、金錢等等，進而展現了一連串活動天地，使被拋棄者命運和生活得到了根本改變。

三

　　說了拋棄法的構成因素，我們再來看看它的藝術效果如何。

〔註3〕　見《中國古代美女故事》，雲南民族出版社 1985 年版。

　　作爲創作手法，民間故事中的拋棄法所產生的藝術效果大致可以分三個方面：一是能使讀者產生強烈的同情心，一是能製造多變的情節，一是能表現人物命運和生活的巨大變化。

　　拋棄法產生的第一個藝術效果，是對讀者來說的，它能使讀者關心被拋棄者的命運和前途。現代心理學試驗證明，凡是弱小的動物（或人）遭受強者的凌辱，人們的同情心總是傾向在弱小者一邊。作爲民間創作中的被棄對象，因爲在特定的環境，無人可救，就更顯得可憐孤單。正因爲這樣，也就更能引起同情的憐憫。例如，法國民間故事中的小拇指等七弟兄，被父母親拋棄在荒無人煙的森林裡，多麼孤單，多麼可憐。人們看到這些文字，會根據自己的感受和聯想，去補充故事所未描述的地方。本來是幼小的孩子多麼希望得到父母的愛撫，可是偏被無情地拋棄在無人的樹林裡，難道不能引起讀者的同情心嗎？民間創作之所以選擇幼弱的孩子作爲拋棄對象，除了有故事傳承的因素之外，尚有人們心理上的因素，那就是人類素來有同情弱小之心。

　　拋棄法產生的第二個藝術效果，是能製造多變的情節，這是主要指民間故事內容結構而言。由於拋棄者「堅決」的行爲，被拋棄者雖然一時獲救，但是一次又一次再遭到陷害。正因爲如此，就使得故事情節顯得複雜多變，逐漸推向高潮。有一個英國民間故事叫《月亮王子》，說的是有位國王娶了一個花匠的女兒爲妻，因爲他想要花匠女兒爲他生兒育女，而原來的四個妃子都沒有生育過。不過一年，新王妃懷孕了，國王很高興。等到分娩時，四個王妃設計，讓人把嬰兒抱開，悄悄給僕人一大筆錢，叫她把這孩子弄死。另外，把一塊大石頭放在新王妃身邊。傍晚，國王打獵回來，看到他的繼承人是個石頭，大驚大怒，罰花匠女去廚房幹最重的活。再說，那個嬰兒並沒有被僕人殺死，而是把孩子裝在盒子裡，埋進泥裡。國王的一條狗救了孩子。不久此事就爲王妃發現，殺了那條狗。隨後，那孩子又爲馬所救。後來此事又被王妃發見。她們正準備要殺死馬時，馬和孩子逃出了虎口，逃進了荒山叢林。過了許多年，孩子長成了大人，又經過幾番曲折，他終於改變了自己的命運，變成了國王的合法繼承人。〔註4〕從這則故事中，我們可以看出其情節的變化是相當多的，相當大的。就拿孩子被棄被救而言，也經過三次激烈的爭鬥。此外，情節的多變並非游離於拋棄這一根本線索，相反，恰恰是在

〔註4〕 見《故事會》1985年第7期。

拋棄和反拋棄的鬥爭中自然地形成了豐富多變的情節的。

　　拋棄法產生的第三藝術效果，是能表現人物命運和生活的巨大變化。民間創作和其他文學創作一樣，人物的命運是重要的描寫內容。可以這樣說，離開了人物命運的描述，就沒有情節性文藝作品的存在。所不同的是，民間創作尤為重視人物命運的安排，由於人物命運的變化，隨之而來的是其生活境況的改變，而且人物命運和生活往往大起大落，會從一個身無分文乞丐一下子就變成為擁有萬貫財產的一國之王。比如，小拇指在未被拋棄之前，家境很窮，被拋棄後，他依靠自己的聰明和才智，戰勝了魔鬼，取得了許多金錢，一下子家裡富裕起來了。小拇指和他的兄弟們的命運改觀了，連同父母過上了好日子。再如，羌族中流傳的楊玉環故事，就敘述了她怎麼由孤苦的牧羊女變成一國之君的妃子的。在這類故事中，人物命運的改變往往是起伏很大的，其命運和生活又交織在一起，也就是說人物命運的好壞決定了他生活的好壞，兩者是形影不離的。人物命運的變化不僅表現在被拋棄者的一方，同樣也表現在拋棄者的一方。拋棄者主要指主觀上與被拋棄者及其親屬為敵者，在故事一開始時，往往有不錯的生活和較好的命運，但由於其心底卑劣惡毒，最後得以一個可悲的下場。民間故事中的這種強烈的對比和兩種人物的不同命運的描繪，反映了人民群眾質樸的思想和熾熱愛憎情感；正由於有如此的思想情感的內涵，因此就使民間故事的拋棄法所產生的藝術效果更為鮮明，更為熱烈。

順 敘 法

在民間故事中，順敘法是一種最常見的創作手法。所謂順敘法，就是按照事物的發展先後而逐漸加以表現、描述的一種手法。這種創作手法之所以在民間故事最為常見，因為它符合民間故事的創作規律。在故事的創作過程裡，有一種很普遍的現象，那就是開始人們往往依據現實生活中的真實的人或事說起的。例如說，某地發生了一件事如何如何，某人遇到了誰，或者碰到了什麼奇怪的事情，等等。根據這種情況，為了使別人相信自己所說是真實的，講述者勢必會從頭至尾、有聲有色地敘述事情的前因後果。由於故事的可傳性的因子的存在，原來真實的事情和人物，就變成了一種故事素材，隨著群眾對它的輾轉創作和不斷豐富，一個嶄新的民間故事就出現了。在這一類故事中，順敘法則是其必不可少的創作手法。

一

順敘法的基本表現形式有三個方面：一是按照事情的發生、發展的順序來加以表現的，二是按照人物的經歷變化來加以表現的，三是按照某物的來源或產生來加以表現的。這三者之間既有一定的共通之處，也有其相異之點，故筆者且分這三種表現形式進行分析。

現在，我們先來看一看第一種順敘法的表現形式。

從前鄱陽有一個知府，也不曉得姓什麼，叫什麼名字，橫行霸道，壞得很。他不曉得幾多好色，強佔民家女子，真是亂作亂為！不過官大衙門大，老百姓哪個敢惹他呢？

那時候嫁女兒都是細吹細打，這知府一聽見喇叭響，曉得是新娘子抬過，

便吩咐親信出去，把新娘子搶進去，留在衙門裡過一夜，第二天再放出來。你想想看，氣不氣？不過他是知府老爺，又有什麼辦法呢？後來人們想出一個辦法來。趁大清早知府還沒有起來的時候，便接新娘子過門，也不細吹細打地吹喇叭，只打銅鼓，放鞭炮，像埋死人一樣。從那時候起，到現在還是如此。〔註1〕

　　從這一則故事裡，我們可以看出順敘法的一個基本輪廓。故事敘述了鄱陽這一地區嫁女的特殊風俗是怎樣來的。它先從一個無法無天的好色知府說起，接著故事敘述了當時嫁女的要「細吹細打」，這樣，新娘就會被搶進府去進行糟蹋。後來，針對這種情況，老百姓想出一個辦法，嫁女時用出殯的儀式，這樣就瞞過了知府。久而久之，嫁新娘像埋死人一樣的特殊婚姻習俗就在鄱陽地區傳承下來。這一種順敘法在風俗傳說故事中是較爲常見的。

　　第二種順敘法的表現形式爲按照人物的經歷變化來加以表現的。我們知道，作爲社會中的人，他一切都與周圍的現實生活緊緊聯繫在一起的，不可能離開現實社會而獨立存在，也正因如此，一個人的經歷是受社會、歷史所制約的。一個人也許會因某種機遇而高升，一個人也許會因某種不利而失敗，一個人也許會因某種原因而墮落，一個人也許會因某種關係而獲得巨大成果等等。在民間故事中，表現這些人物的變化的一個共同點就在於人物的最後結局一般總是故事的最後結尾，在情節發展過程裡，一般也總是以發生、發展爲順序的。例如有一則關於唐代畫家吳道子的傳說《烙饃的啓示》說：吳道子小時候並不聰明。他喜歡畫畫，但是畫不好，一次畫不好，兩次畫不好，三次還是畫不好……最後，連他自己也灰心喪氣了，認爲自己永遠畫不出什麼名堂了。在一個偶然的機會，他來到一座廟裡，看見兩個婦女正在烙饃。年老的坐在大殿東頭做饃，年輕的坐在大殿西頭燒鏊子（烙餅的家什）。只見年老的把麵團用小擀麵杖擀成薄饃，隨手又用小擀麵杖一挑，那饃就像長了眼睛一樣，從東頭飛到西頭，正好落在年輕婦女面前的鏊子上。年輕的婦女一面燒火，一面用竹劈翻。饃熟了，他也像年老的婦女一樣，隨手一挑，那饃就飛起來，一絲不差地落在大殿中間的一塊木板上，疊得整整齊齊。吳道子從這裡懂得了一個眞理：無論做什麼事，都要專心，都要下苦功。從此以後，吳道子勤學苦練，見山畫山、見水摹水，見人描人，見樹繪樹。天長日

〔註1〕　見《民間文學作品選》上冊第150頁，上海文藝出版社1982年版。

久，也終於成了一個有名的大畫家。〔註2〕從這一則民間傳說中，我們可以看到它是用順敘法進行敘述的。故事首先是從吳道子小時候對畫畫失去信心開始，隨著，他從婦女烙餛飩的熟練的技術中得到啟示，從此，他刻苦學習，狠下苦功，最後終於成了一個著名畫家。

第三種順敘法的表現形式為按照某物的來源或產生加以表現的。在表現某物來源和產生的民間故事中，有不少用倒敘法進行表述的，不過也有此類故事是用順序法來進行表述的。這一類故事中的順敘法往往直接進入故事情節之中，而非一般性地先介紹某物有何特徵、性能以及具體地點、與人物或歷史的關係等等。

《見面石與斷頭石》故事說的是：過去，在一個山溝裡，住著一家爺兒倆，父親上年歲了，得了重病，臥床不起。兒子石義，身強力壯。一天，有個要飯的姑娘普玲要飯來到石義家門口。石義因她可憐，就收留了她。後來她和石義結了婚，生活很和睦，對爹爹也很孝順。過了幾個月，修長城抓丁把石義抓走了。普玲為了找到石義，不顧路途遙遠，翻過九九八十一座山，越過九九八十一條溝，蹚過九九八十一條河，遇到了一位老奶奶。老奶奶說：「前邊有塊青石板，往上一站，你的親人就能與你見面了。」普玲果然找到了那塊青石板，站在上面，真的見到久別的丈夫石義。當普玲第二次來時，那塊見面石已成了斷頭台。為什呢？原來，工頭知道了百姓常在見面石上會見，就暗中伏下弓箭手，誰上見面石，就得亂箭穿身。普玲沒防備，中箭而亡，石義見景，衝上見面石，亦同歸於盡。最後，故事還說，那塊見面石至今還在懷柔縣石灰峪村的南坡根兒，石面上還有斑斑紅點呢。〔註3〕這一則是風物故事，它的敘述是從某地某時某人發生什麼事情，最後才歸結到見面石這一具體的風物中來，這也是一般用順敘法來表現風物傳說的很常用的創作手法。

二

順敘法的基本構成因素有二：

第一個，故事中前因後果兩者之間有著自然聯繫。這裡可分為兩種情況：

一種情況是先因和後果之間是順理成章的「直接」聯繫。例如有一則《借

〔註2〕 見《禹縣民間文學》（內部資料）。
〔註3〕 見《民間文學》1985年第4期。

用美貌》的外國民間故事說：從前，人的容貌是可以相互借用的。那時候有個名叫素雅的姑娘長得很漂亮，心地也十分善良。當地還有一個姑娘叫珍奴，是個醜八怪。一天珍奴要素雅將容貌借給她，說是要出遠門。誰知這一借，珍奴再也沒有回來。素雅無法只好去找，費盡千辛萬苦，才知珍奴已靠素雅的容貌成了酋長的夫人。進行一番交涉，素雅才恢復以前的優雅嫵媚。酋長也從中得到啟示，美貌與美德是兩碼事，美貌是可以借的，美德卻無處可借。更可惜的是，美貌往往能迷惑人，使人上當受騙。為此，酋長下令每人只能佩戴自己的容貌。從那以後，容貌就不能互相借了。〔註4〕在這裡，故事將容貌從可借用到不可借用進行了娓娓的敘述，前因和後果緊密相聯，是自然而又貼切的。

另外還有一種情況是，前因和後果的聯繫不是事件的直接關係，而是通過某種啟發、努力，使原來可能向壞的方面發展的事物變好，或者使原來可能向好的方面發展的事物變壞。這兩種情況在民間故事中都會遇到，不過從目前大量發掘出來的傳統故事看，前者還是佔絕大多數，這是與故事創造者的美學理想和審美趣味分不開的。

此種情況可見前面吳道子學畫的故事《烙饃的啟示》的例子。這一則民間傳說中的前因和後果，從表面上看，似乎不那麼諧調，但通過吳道子觀婦烙饃得到啟示，於是他向好的地方發展了。終於使前因和後果得到和諧的統一。

第二個，順敘法的基本構成因素是，故事往往擷取某一個最能表現主題思想的事件。這裡所說的「一個」是確指數，因為用順敘法創作的民間故事一般只有一個主要的事件，事件一多，順敘法就比較難以發揮自己的特長了。如前面所舉的《借用美貌》就屬於這種情況。《借用美貌》圍繞珍奴借美貌，素雅討美貌闡述了美貌與美德的關係。

三

順敘法的藝術特色有三個：

順敘法所創作出來的民間故事第一個藝術特色是層次清楚，脈絡相連。由於故事是按照事情的發展先後或人物變化的先後來加以描述的，因此勢必

會一層一層地展現故事的情節，而在這個情節中，其每一層關係之間又都是密不可分的。《飛石降匪》說的是，匡五與土匪頭子小苗子比武藝的故事。故事首先介紹土匪頭子小苗子，說他曾跟雲海和尚練過拳腳，而且手使雙槍，有一手好槍法，但他仗勢欺人，搶男霸女，無惡不作。接是又說明小苗子為什麼要與匡五比武，原因是因為孤山這一帶土匪惡霸沒人是匡家老哥倆的對手，就用金條收買了小苗子，請他除掉匡五匡六。接著，故事進入正式比武階段，先是小苗子槍打匡五，但未擊中，後是匡五用石片打掉小苗子的雙槍，使小苗子出盡了醜。〔註5〕從這一故事中，我們可以看到故事敘述的順序是很自然的，從起因到結果，其中又遇到哪些場面等均一一作了交代，使人讀後，覺得整個故事是一個有機的統一體，層次分明，脈絡清晰，同時又是互相關聯的。

順敘法的第二個藝術特色是故事有詳有略，詳略得當。作為一種民間藝術創作的故事也十分講究藝術的一般創作規律，有詳有略的。詳細之處，要描繪到連一根針都不能放過，並盡可能進行渲染氣氛，造成一種如臨其境的感覺。如前面例舉的《飛石降匪》中有這樣一段文字繪神繪色：

> 比武開始了，匡五使用輕功，躥閃騰躍。「咳」東牆下一聲喊，人已躥到廂房北山。「啥」廂房北山聲音剛落，人又躍到了小苗子身後。一會兒工夫弄得小苗子眼花繚亂，只感到像有幾個猴子在院子裡騰躍，幾隻燕子在他頭頂上飛旋。

在這裡，故事用的是詳盡的描繪手法，因為讀者迫切需要了解當時比武時的驚險場面，如無這些文字作渲染，是不可能造成比武時的緊張氣氛和匡五高超的武林技藝的。然而在略寫，往往幾筆就悄悄帶過了。

順敘法的第三個藝術特色是最後點題。因為順敘法往往是從小說到大，從大說到老，從新說到老，從無說到有等方面進行敘述的，所以一般故事一開始就不可能說及某一教育意義。相反到故事結局來點題，引出某一經驗教訓等。這就形成了順敘法的第三個藝術特色。

〔註5〕見《民間文學》1985年第4期。

倒 敘 法

倒敘的方法在小說創作中運用較爲廣泛，同樣在民間故事中，亦有其一定的地位。倒敘法和順敘法正好形成一個相對的特點，前者是以眼前的現實追敘到形成這一現實的過程，後者則是以事情的起因、發展、結果這樣一條線來加以描述的。在民間創作中，倒敘法的使用頻率也相當高，不會亞於順敘法。因爲在傳說的民間故事的講述程過中，不少場合裡，倒敘法常常以思念引人入勝，更能吸引聽者的注意力。

一

倒敘法的表現形式，大致可以分成三大類，即介紹式倒敘，引起式倒敘和發問式倒敘。

介紹式倒敘，就是在民間故事中，先開頭介紹所要說明的內容，然後再鋪陳故事。例如，《「六尺巷」的由來》在一開始就說：「桐城城關，有一條街，名曰『六尺巷』。如果拿老尺子一量，哎！比五尺寬一尺，比七尺窄十寸，不多不少，恰好整六尺。若問起街名的來歷，原來還有一段張英的傳說呢。」〔註1〕於是接下去就講述了這條街的來歷。清朝的時候，桐城出了一個宰相張英。有一年張英家裡人想建一道花牆，想依恃權勢擴大地基，就強令隔壁鄰居讓出三尺。那鄰居雖是個平民，卻不畏權勢，寸土不讓。張家人寫了一封信，派人送到京城，希望執掌大權的張英處置鄰居。張英看了，反而批評了家人，要他們把牆基讓出三尺，家人見信，馬上照辦。鄰居見張家

〔註1〕 見《鄉音》1984 年第 2 期。

退後三尺，自覺慚愧，也主動把牆腳往裡挪了三尺。從此，兩道牆之間空出一條六尺寬的街巷，方便了來往的百姓。「六尺巷」由此而得名了。

　　從這個例子中，我們可以清楚地看到，故事在一開始就介紹了「六尺巷」的一些具體情況，先說到六尺巷在何處，為什麼寬六尺，再說到此巷與宰相張英有關，然後才是轉入故事的真正內容的講述。很顯然，從故事的發生、發展、變化和結局來看，之所以形成「六尺巷」如今這樣，是因為張宰相家人與鄰居的糾紛而引起的。整個故事是用倒敘的方法來進行的，而且一開始就介紹與下述故事主體相關的內容。故稱之為介紹式倒敘。

　　介紹式倒敘在民間故事中又可以分成以下幾個方面。

1、介紹人物

　　人物傳說的倒敘，一般都是從現在說到過去。這種倒敘，又可以分成：a. 對立倒敘，即故事主人公現在是個偉人，很有學問，但是他小時候卻非常貪玩，甚至貽誤學習。例如李白傳說中《鐵杵磨成針》的故事，就是用倒敘的辦法，敘述了李白因看到一位老大娘年歲雖老，但意志堅強，相信鐵杵一定會磨成針。這一舉動，對李白觸動很大。從此，他改掉懶散的缺點，奮發努力，成了一個著名的詩人。因為在民間故事中，人物的前後言行不相一致，所以我們將此倒敘法叫做對立倒敘。b. 引子倒敘。所謂引子倒敘，就是因人物的某一特徵而引起的一段故事。這種情況較多出現在人物傳說中。講述者會利用人物的一個外貌特徵或者一種特殊性格，而衍化出種種有趣生動的故事情節來。《蒲松齡和駝背老大爺》的故事，就是一個引子倒敘的具體表現。故事一開始就說道：

> 　　　早年間，山東淄川出了個蒲松齡。這人同鍾馗的長像差不多，
> 　心地卻是一潭高山泉，一清見底；肚才也好得出奇出異。〔註2〕

　　在這段文字中，其引子就是蒲松齡的長像很凶，像鍾馗那樣，但他的心地卻非常善良。因此這樣，就引出了下面的故事。

2、介紹風俗

　　風俗傳說有的是順敘的，有的卻是倒敘的。倒敘的民間故事，一般在開頭總先介紹一大風俗的基本情況，然後才進一步展開有關的故事內容。

　　例如漢族民間傳說《立夏吃烏米飯》：

〔註 2〕　見《歷代文學藝術家的傳說》第 1 冊第 210 頁，上海文藝出版社 1981 年版。

烏米飯，烏里油亮，清香可口，由糯米浸入烏樹葉內數小時燒煮而成。立夏日，江南農村人人愛吃。相傳，這個風俗，源於著名軍事家孫臏。

戰國時，龐涓忌才妒賢，刖去孫臏的膝蓋骨，使其不能行走。此後，為了騙得孫氏兵書，龐涓又偽裝慈善，用好茶好飯供他食用。孫臏不知其故。這件事，被侍候孫臏的老獄卒知道，暗中告訴他，這才如夢初醒。為了挫敗龐涓的陰謀又保全自己，孫臏故意裝瘋賣傻，哭笑無常，把寫好的兵書焚燒殆盡。龐涓心中存疑，令人把他拖進豬圈。誰知，不多久，孫臏便枕著豬槽呼呼入睡了。

從此，孫臏不吃不喝，瘋瘋癲癲。老獄卒見他一天天消瘦下去，整天悶悶不樂。這件事被老獄卒的老伴知道了，獻計道：「用烏樹子葉子浸拌糯米，煮成飯後捏成小圓子，跟豬糞的顏色一樣，既可瞞過龐涓，又可救孫臏性命。」老獄卒照辦了。就這樣，龐涓放輕了對孫臏的看管。不多久，齊國田忌派人救出孫臏。孫臏終於報雪恥，射殺了龐涓。

孫臏第一次吃烏米飯，正在農曆立夏節，為了紀念這位著名的大軍事家，立夏吃烏米飯的風俗便形成了。據說吃烏米飯還能祛風敗毒，連蚊蟲也不會來叮咬了。〔註3〕

這則民間傳說，首先敘述立夏吃烏米飯的風俗，以及烏米飯的味道、外形、做法、然後筆鋒一轉，敘述立夏吃烏米飯這一風俗的來歷。由此可見，用倒敘來介紹風俗傳說，可發揮其所長，特別是在說明性文字中與某重大事件或重要人物聯繫起來，就更增加了風俗傳說的真實性和可信性。

3、介紹風景

地方風景傳說中的倒敘，往往是先介紹某地某一名勝的具體形象，然後再轉入故事的正文。

用倒敘法介紹風景的第一段文字又可分成二種情況：

一種是根據風景的外形而構想出一個故事來。《桂林的傳說》中的象鼻山的傳說開始時敘述到：

〔註3〕 見徐華龍、吳菊芬編《中國民間風俗傳說》第418頁，雲南人民出版社1985年版。

在漓江邊上，有一頭大象，它背上馱著一座寶塔，鼻子伸進漓江裡，吸著水。這就是遠近聞名的桂林象鼻山。〔註4〕

這裡，我們可以看到象鼻山的傳說完全是建築在它的外形像象鼻的基礎之上的，正因為如此，才演化出與此相關的故事來。

另一種是根據風景的名稱而構想出來的故事。關於這種情形，民間傳說中是舉不勝舉。《杭州的傳說》中的飛東峰傳說就屬於這樣的例子：

傳說從前四川峨嵋山有座會飛的小山峰，一會兒飛到這裡，一會兒又飛到那裡，最後落在杭州靈隱寺前，再也不飛走了。

這座山為啥會飛，又為啥飛到這裡來，誰也不知道。至於這座小山峰飛來不走了，倒有個故事，一代一代傳了下來。〔註5〕

這是《飛東峰》的開頭，所謂山會飛，這在現實中是不可能的，然而就因為此山名稱飛東峰，所以人們就想出山真能飛的故事。

4、介紹特產

用倒敘法來介紹特產的傳說，一開始總先說明一下它的外形、功用、來歷，然後才敘述故事的內容。

聽老人講，人參原先不在關東山，是後來才跑來的。（《長白山人參》）〔註6〕

很早的時候，湖北沙市屬古荊州管轄，所以沙市獨蒜又叫荊州獨蒜。這種獨蒜不分瓣，圓滾滾地結成一個大蒜頭，雪白，酸辣，既好吃，又可做藥。（《沙市獨蒜》）〔註7〕

安徽休寧有座山，山上長滿松蘿，因此叫松蘿山。松蘿山上長的茶，叫松蘿茶。這種茶，葉片厚，葉脈細，嫩度好，條索緊結，色澤有光；沖泡後，香氣四溢，沁人心脾。古人曾評說：「松蘿香氣蓋龍井」。更有奇者，此茶能作藥用。至今京津濟南一帶老中醫開方用松蘿茶的頗多，用它來治療高血壓、頑瘡，化食通便。松蘿茶為什麼還能作藥用呢？這裡有個傳說。（《安徽松蘿茶》）〔註8〕

〔註4〕 見《桂林的傳說》第8頁，上海文藝出版社1982年版。
〔註5〕 《杭州的傳說》第83頁，上海文藝出版社1980年版。
〔註6〕 見《中國土特產傳說》第212頁，上海文藝出版社1984年版。
〔註7〕 見《中國土特產傳說》第239頁，上海文藝出版社1984年版。
〔註8〕 見《中國土特產傳說》第193頁，上海文藝出版社1984年版。

以上舉的三個例子，第一個例子是介紹來歷的，第二個例子是介紹外形的，第三個例子是介紹功能的。所有這些開始的敘述文字均與下面要講的故事內容相關，也就是說或講述特產的外形是怎麼來的，或講述特產的功用如何形成的，或講述特產的來歷如何。由於開始的介紹和以後的故事內容相互照應，混為一體，因此使倒敘法較好地發揮了它應有的作用。

二

倒敘法的第二大類的表現形式是發問式。

發問式倒敘一般又可以分成兩種情形：

一種是提出問題。所謂提出問題，就是自我設問。原先這種創作手法是故事講述家與聽眾感情交流的一種方式，後來就變成了講述時的一種表現形式了。為什麼這樣說呢？因為故事中的設問，講述者並不需要聽眾真的來回答，只僅是聾子的耳朵——擺設而已。

故事《鐵拐李的鐵拐杖是怎麼來的》一開始這樣說道：

> 你知道鐵拐李的鐵拐杖是怎麼來的嗎？
>
> 它是從東華帝君手裡換來的。
>
> 怎麼能從東華帝君手裡換了來？
>
> 要知詳情，還得從頭說起。〔註9〕

這是一種自問自答的形式。

然而在民間故事中，更多數的情況是介紹了之後，再提出設問，並以此聯繫下文，從而起到承上啟下的作用。關於這一點，我們也可以舉一個小例子：

> 在上海植物園裡，有一座始建於元朝元貞年間的黃母祠和黃道
> 婆墓。這黃道婆既非皇親國戚，又非達官貴人，人們為什麼要替她
> 立祠造墓，永志紀念呢？這裡還有一段曲折動人的故事哩。〔註10〕

這則故事的開始敘述文字裡，就有設問，黃道婆既是一個平民百姓，人們要給她立祠造墓呢。這是一個故事聽眾所想要知道的內容，正因為有了如此一個慾望，下文的展開就順理成章了。

〔註9〕 見《嶗山民間故事集》(4)（內部資料）第292頁，青島市群眾藝術館，嶗山
縣文化館編。

〔註10〕 見《上海的傳說》第27頁，上海翻譯出版公司1985年版。

還有一種情況是直接發問，這種情況在動植物故事較爲普遍。

> 世界上真有五隻爪的鳥嗎？在高儒公社天師橋附近的松林
> 裡，卻偏偏有五隻爪的鳥。〔註11〕

這裡就是直接發問的故事。它首先提出了一個似乎不可能的事實，然而語調一變，卻鄭重地說明在確實的地點裡，那種不可能的事實是存在的。接下去，也許人們會不相信，於是講述者就會敘述一個在他看來是千眞萬確的故事。由此可見，直接發問的故事，一定有其新奇之處，特別是其發問句，一定要能抓住聽眾的心理，否則這種直接發問是很難成功的。

另外，還有一種講述原因而進行發問的情況。這種發問是以正常的事物或現象作爲依據，然而詢問爲什麼會有這種情況。例如，有一則民間傳說《吃饅頭》就是這種例證。

> 范仲淹做官最清廉不過，他審的案子，從來不會冤枉好人。怎
> 麼曉得的呢？他不曾做官時就在家裡試過哩！

上述的文字是本篇的開頭。

范仲淹爲政清廉，這是有史記載的，然而他爲什麼審案子，從不冤枉好人呢，由此而引出一個故事來。有一次，范仲淹喊人做了一百個饅頭，自家先吃了一個，再交給丫頭，隨後，故意恫嚇丫頭，是不是她偷吃了。丫頭怕吃苦，就承認了自己偷吃。從這件事中，范仲淹發現做官要是這樣，肯定會害人不淺。所以，後來范仲淹審理案子，頂仔細，頂小心，一向不肯動大刑屈打成招。〔註12〕這個故事也許根本不能上正史，但老百姓中間卻如此傳說。其眞實性如何，我們不得知。但是百姓們相信，符合作爲歷史人物的眞實的性格。即使於此不顧，就故事本身而言，其設想與故事的正文亦是相一致的。

三

倒敘法的第三大類的表現形式是引起式。

所謂引起式，即故事的內容是由引子部分的介紹所引起的一種創作手法。舉一例子：

> 在奉賢縣齊賢鄉中行里的潭巷河面上，東西橫跨著一座外貌平

〔註11〕《藝州民間故事》（内部資料）第 211 頁，金華地區群眾藝術館編。
〔註12〕見《歷代文學藝術家的傳說》第 1 冊第 84～85 頁，上海文藝出版社 1981 年版。

常的石橋。相傳在明朝那陣子，這座橋可壯觀呢，根本不是現在這

個樣子。〔註13〕

從這裡，我們可以看到故事的直接引起原因，是外貌平常的石橋，這石橋在過去不僅壯觀，更發生過一段不尋常的故事，正因為這樣，故事才有了向縱深方向發展的基礎，產生出感人生動的故事情節來。

還有一種因提起某某人，而引起的故事，也屬於這種引起式的創作手法。

提起海瑞，人人都說他是個清官。這清官在咱嶗山還留下一段

故事呢。〔註14〕

這裡作為故事的引子，全因提及海瑞而引起了下文的內容；如果沒有提及，也就沒有以下的故事了。

另外，還有在倒敍文字裡，因變化而引起的故事。

老城隍廟財神殿裡，財神像身邊原先有一位美麗端莊的女菩

薩，她是娘娘。後來，財神娘娘忽然不見了，這裡有個傳說。〔註15〕

這裡，我們可以看到，城隍廟裡原有女菩薩，現在卻不見了，其中就有變化。其變化的情況，大家一定非常希望知道，因此能直接引起下文。換句話來講，倒敍中所說的變化，就是故事中將要闡明的內容。我們只有全部聽完了故事，才能知道其中變化的真實原因。

四

現在，我們再來看看倒敍法的構成因素。

第一，倒敍法故事中的開頭介紹情況的內容，一定是故事結尾時內容；當然其中側重點和文字是不盡相同的，但兩者之間一定相關聯，是可以肯定的。例如，有一則民間故事說一個詩人或畫家如何如何出名，然後就是小時候，卻不愛學習。因某一因素，促發了學習的熱情，終於成了出色的文學家或藝術家。這裡，就是用的前後照應的辦法。

第二，倒敍法故事中的開頭一般都比較簡單短小，以便在故事充分展開故事的情節。有時，開頭的話，只是一兩句，隨後就說，「這裡有一個來歷」，

〔註13〕見《上海的傳說》第114頁，上海翻譯出版公司1985年版。
〔註14〕見《嶗山民間故事集》(4)（內部資料）第288頁，青島市群眾藝術館，嶗山
　　　　縣文化館編。
〔註15〕《上海的傳說》第46頁，上海翻譯出版公司1985年版。

「關於這件事，還有段故事呢」，等等，所有這些承上啓下的句子，均是爲充分表現故事的內容而設置。這樣說一句，不是隨便加上去的，而是總結了故事的固有特點，和聽眾的心理產生的。從故事的固有特點來看，有了這麼一句，可以將許多內容放在以後來講述，擴充了故事的正文部分，因而也能使故事變得豐富多彩。從聽眾的心理來看，人們欲急切了解故事的內容，也不希望過多鋪陳故事以外的一般性的敘述。而上面所說的短小的承上啓下的話語，滿足了聽眾的慾望，收到了良好的效果。正因爲如此，在大量的民間故事中，就自然地出現了這樣的語言，而非可有可無的話了。

第三，倒敘法故事中的開頭要具備兩個要求，一是新鮮，一是富有吸引力。缺少了這兩個因素，倒敘往往很難成功。

例如，我們前面所舉的例子中就有這樣的情況。黃道婆死後，人們爲什麼要給她立祠造墓；世上眞的有五隻爪子的鳥嗎……所有這些均能吸引聽者的注意。所謂新鮮，就是所講的故事要是別人一般很少聽到過的；如果不是這樣，往往不會引起別人注意，因而也達不到故事講述的目的。

第四，倒敘介紹的第一段文字中，一般總有一段對所說對象的生動描述，使人增加對其的印象。

《山西汾酒》的開頭這樣描繪道：「被人推崇爲『甘泉佳釀』、『液體寶石』的山西汾酒，是我國古老的名酒，距今已有一千五百餘年的歷史。它清香綿軟，回味生津，是用杏花村著名的『一把抓』高粱和甘露如醴的神泉水釀製而成的。」〔註16〕在這樣一段文字裡，不僅介紹了汾酒的歷史、別稱，而且還介紹了它的口味和製作的原料。通過這些文字的介紹，聽者更希望知道它的來歷及其故事。因此，我們可以看到開頭介紹性的生動描寫，是故事講述的重要基礎。

五

我們再來看看倒敘法在民間故事中所產生的藝術效果如何。

關於倒敘法的藝術效果，可以有三個方面：一是自然的，順理成章；二是妥貼，沒有強爲之感或欠強之感；三是引人入勝的，不是淺嘗輒止的。這三者之間，是相互密切關聯的，同時又能相互分開的，能獨立成爲一種藝術

〔註16〕見《中國土特產傳說》第 78 頁，上海文藝出版社 1984 年版。

效果而存在。

第一自然的藝術效果，在倒敘法的民間故事中是顯而易見的。這種自然，是故事本身和事物之間的緊密吻合。換言之，事物本身的特點是通過故事來加以反映的，這種反映較為高明，較為真切，客觀而又藝術地表現了事物原來特點和面貌。

舉例而言，汝陽杜康酒是一名酒。故事首先介紹了杜康酒出產地點，然後再說「杜康造酒醉劉伶」的故事。相傳，兩千五百年前的東周，有個造酒的人叫杜康，為了尋找天下最美的泉水，來到了後來稱為杜康仙莊的地方，造酒出了名。後來杜康被玉皇大帝召到天宮當酒仙。到了晉代，劉伶得到杜康酒有名，便大喝起來，待他回到家已醉得不省人事，三天滴水不進，昏迷不醒。家人無法，只好匆匆將他葬了。三年後，杜康救了他，並和他一起上天去了。〔註17〕

這裡，故事一開始僅提了一句，有名的汝陽杜康酒出於汝陽縣的杜康仙莊，然而酒究竟如何之好，未加深闡。下文故事用了一個「杜康造酒醉劉伶」的故事，說明杜康酒是如何之有名氣。故事前後銜接十分自然，情節十分生動豐滿，具體形象地表達了主題思想。

第二妥貼的藝術效果，在倒敘法的民間故事裡亦是常見的。所謂妥貼，就是故事的內容和事物的某一特徵有關聯，進一步可以說，故事利用充分的想像，完整地構勒了事物的外在的或內在的特徵，從而使兩者形成天衣無縫的一體。

第三引人入勝的藝術效果，在倒敘法的民間故事裡，其開始（也就是倒敘部分）時，就必須要吸引住人；如果沒有這一點，就不可能引人入勝了。故事一開始要吸引人，就要抓住最能引起聽眾注意的話題或問題，然後再慢慢敘述其中的來龍去脈。

例如：

> 合肥東北角七十里有個集鎮叫八斗嶺，三國詩人曹植的墓就在那裡。「八斗嶺」的名字就是為了紀念這位詩人而起的，說起來還有段傳說故事哩。〔註18〕

這是《八斗嶺》的開頭，其中提到的問題，頗引人注意。八斗嶺和曹植

〔註17〕見《中國土特產傳說》第95～100頁，上海文藝出版社1984年版。
〔註18〕《歷代文學藝術家的傳說》第二冊第28、43頁，上海文藝出版社1984年版。

有何關係，他的墓爲何在那裡，等等，這些作爲話題，勢必會引起人們的興趣，想知道下文如何。

又如：

> 顧愷之有個外號叫「虎頭」，提起這個外號，還有一段有趣的故事呢。〔註19〕

這是《拔虎毛》的開頭，聽了這段文字，人們一定非常想知道，顧愷之這位江南名畫家爲何外號叫「虎頭」呢，這好像與他的文儒書生之氣不相融合的。然而，就是因爲這個奇怪的問題，引起了一段有趣的故事來了。

在民間故事中，倒敘法所產生的引人入勝的藝術效果，不僅表現在開頭部分，而且也表現在正文裡。不過，相對而言，富有個性的表現現象，還應在倒敘部分的文字中。這裡所產生的引人入勝的藝術效果，對整個故事來說，是很重要的組成部分。如果沒有這種藝術效果，故事要達到預期的目的，是難以想像的。因此，我們決不可輕視開頭敘述部分中的簡潔短小的說明。這種說明的好壞，直接關係到藝術效果的成敗，所以，民間故事一般總是相當講究這部分文字的陳述和表現的。

〔註19〕《歷代文學藝術家的傳說》第 2 冊第 28、43 頁，上海文藝出版社 1984 年版。

解 題 法

在希臘神話中，有一個帶翼的獅身女怪，叫斯芬克司。傳說她常叫過路行人來猜謎，猜中後即可放走行人，猜不中則將行人殺死。後來，因她的謎底被俄狄浦斯道破後，她即自殺了。

這則神話故事，是我所見的最早運用解題法的故事之一。從這一神話中，我們亦可以看到，猜謎是故事情節的中心環節。謎即為題目或為問題，設謎也就是設題，猜謎就是要解答問題。因此，這種故事創作的藝術手法，也叫做解題法。

所謂解題法，就是以各種難題的設置作為作品中的矛盾衝突，最後亦總是以主人公的聰明和才智來巧妙地解答了難題，解決了矛盾，從而使故事得以圓滿的結束。

解題法的運用多半在機智人物故事、巧女故事、破案故事中。之所以會出現於這種情況，是因為故事的內容和設置的需要。例如，在一些人物傳說故事中，人們為了考驗某一個人物，往往會出一些難題去考考他。其結果是，他非但能正確巧妙地解答出難題，而且能使對方無言可對，從而獲得了勝利。在民間故事中，難題的設置一般都是人為的，無論是友好的同一階層的人，還是敵對的雙方，均同樣如此，只是其目的不同而已。

在大量的民間故事綜合分析基礎上，我們可以看到解題法的基本構成的要素有兩個：一個是設題，一個是解題。

設題，是解題法中的第一步。在民間故事中，為了考驗一個人的才智如何，往往出難題要對方解答。這一類故事在巧女型故事中是屢見不鮮的。例如《三個銅錢的壓歲包》說的是蘭溪富足莊上，有一個老爺爺和他的三個媳

婦。一天老爺爺想：自己年紀已經六十出頭了，管理這份家業實在很吃力，該怎麼辦呢？於是，他把三個媳婦叫來，談了自己的心思。在這裡，老爺爺提出的是一個保住家業，發展家業的問題。大媳婦說：你老人家一生一世夠辛苦，趁眼前享點清福。天不管，地不管，到我們家來現成捧個飯碗。聽了這番話，老爺爺搖了搖頭。二媳婦說：公公你喜歡到哪家去吃住，任憑你挑選，我們家雖吃魚吃肉不容易；粗茶淡飯總有的，保證不讓公公餓肚皮。老爺爺聽了，還是搖頭。三媳有見地，她說：依我看，三個兄弟一條心，門前黃土出金銀。另外，我們都有十畝地（指十個手指頭），再加上一心一意，還有什麼可擔心。聽了這一席話，老爺爺放心了，因為他原來的難題，已被三媳婦解答了。〔註1〕三媳婦的話解開了他心中的難題。

設題還有一種情形是，敵對的一方（如土豪、地主、縣官等）有意設下難題，要作品中的主人公解答。《聰明的秀姑》中的「走馬皇帝」設置了種種難題去刁難一個忠厚老實的農民，由他的老婆機智和聰慧解答了一個又一個的難題。其中一個難題為，走馬皇帝吃過早飯向秀姑告別，一隻腳跨在馬鐙上，一隻腳立在地上，問秀姑：此時，我是在上馬還是下馬？秀姑識破了他的詭計，故意避而不正面回答問題，而是站騎在門坎上，反問：大官人，我現在是出還是進？走馬皇帝一時支支吾吾，答不上來，故事以一個平民女子智敗走馬皇帝而告結束。〔註2〕

設題的方式在民間故事裡也是多種多樣的，但基本上可分為以下幾種：第一種為設明題，第二種設暗題，第三種設啞題，第四種設謎題，第五種解字題。

第一種設明題。所謂明題，就是講出某一事物的某些特徵，然後讓人去解題。有則民間故事叫《巧媳婦》，其中張古老就設了一個明題。那一天，張古老要三個媳婦回娘家去。三個媳婦一聽，歡喜得了不得，忙問公公讓她們住多久。張古老說：「大媳婦住三五天，二媳婦住七八天，三媳婦住十五天。三個人要一同回去，一同回來。」這下可把三個媳婦憆住了。最後還是張古老未來的四媳婦將這個明題給解答了。原來，大媳婦住三五天，就是十五天，二媳婦住七八天，也是十五天。這樣三個媳婦同去同返，就不難辦到了。

第二種設暗題。所謂暗題，就是不講出某一具體的事物，然後讓人去解

〔註1〕 見《巧女的故事》第58～59頁，上海文藝出版社1981年版。
〔註2〕 見《白族民間故事選》，上海文藝出版社1984年版。

題。上面我們舉的《三個銅錢的壓歲包》例子即是。大媳婦和二媳婦的辦法，老爺爺不滿意。只有三媳婦的說法，使老爺爺十分滿意。

第三種設啞題。所謂啞題，就是利用某種物件而不用語言，請人猜其中的內容。例如有這樣一個很普遍的民間故事，說的是一個外出做工的人不會寫信，到了年底託人將做工所得的錢捎帶給在家的老婆，並且還畫了一張畫。不料那人貪財，以爲沒有憑證，就想吞掉一部分捎帶的錢。老婆看了那幅畫，知道了丈夫所說的話和錢的具體數字。那人一看，心計未成，只得乖乖地將錢如數給了人家。在這一故事中，所設的啞題，就是那幅畫。在貪財的人看來，那只是太平常的原始之作，而那老婆卻能看出其中的含義。很顯然，啞題是有其獨特的內容的，一般人又不是能輕易看出來的，只有熟悉設啞題的人，熟悉啞題所反映的特定環境中的人或事，才可能解題的。

除了圖畫設啞題之外，還有一種用實物來設置啞題。《一枝花和死肉瓜》說的是，地主爲傻瓜兒子娶了一房媳婦。媳婦過門後，才知事情眞象，因此決定離家出走。這天凌晨雞叫第二遍，她就跑到廚房裡找來一塊肉，一棵大蔥，拿回房裡，又摘下一朵頭上戴的花，取了桌上一面鏡子，裹一塊兒包好，放在炕上，就出走了。地主見了這些東西，不解何意？最後找來了村東頭的「萬事通」，才知道新媳婦說的是：聰明伶俐一枝花，誰跟你個死肉瓜。（見《巧女的故事》）這裡所設的啞題是全篇故事的精髓，也是最有情趣的地方。離開這一情節的設置，故事就顯得平庸無味了。

第四種設謎題，也是解題法中的一個重要手段。一開始我們說及的古希臘神話就是這一手段的典型例子。在我國民間故事中，亦不乏其例。

猜謎在民間故事裡是常見的，這個謎在某種意義上來說也是個難題。因此，我們將民間故事中的設迷和猜謎這兩個部分，亦稱之爲解題法的一種表現形式。

關於這一點，我們可以舉一則民間故事爲例。

《巧媳婦智鬥「臭歪嘴」》，這故事說的是，伊洛河邊的偃家古鎮上有一家飯店，叫賽江南，掌櫃的姓仇，外號叫臭歪嘴，是鎮上的一霸。有一年夏天，外地來了夫婦倆，在鎮上集市街口租了一間房子，開了一家飯館。臭歪嘴知道後，專門想出離奇古怪的菜譜來刁難。他第一次上門，就衝著巧媳婦要了很多菜，什麼猴頭、燕窩、沙魚翅，什麼熊掌、鹿尾、甲魚等等，誰知這一次失敗了。但他不死心，第二次，又點名要了四樣菜：一要洗不淨，二

要煮不爛，三要聽不著，四要看不見。這四種菜到底是什麼？從表面上未必能看得出來。實際上已經設下了一個「謎」，謎底如何，就需要作品中的主人公進行解答。所謂洗不淨，就是「灰菜」。煮不爛，即為「生菜」。那聽不著、看不見，就是木耳和對蝦。為什麼呢？按巧媳婦的說法是，木頭耳朵能聽到聲音嗎？對瞎能看見東西嗎？巧媳婦在這裡用的是狡辯法（關於這種藝術手法，我們另篇詳敘，此處從略），氣得臭歪嘴直瞪眼珠子。氣急敗壞之餘，臭歪嘴又想出一個壞點子，要了一個菜：「生根不落根，長葉不開花，街裡有人賣，園裡不種它。」巧媳婦一聽，轉身端出一盤豆芽菜，臭歪嘴一見，頓時泄氣了。最後，他無法可施了，溜走之前，又設下一謎：「我家住門東，嫉恨是我姓。左有臭哄哄，右有鬧盈盈；前有香噴噴，後有亂蓬蓬。」眾人不知此謎，見臭歪嘴想逃，就要抓他，巧媳婦忙擺手制止了他們，因為她已經解開了臭歪嘴的謎，不愁無處去收錢：「他家住東門，姓仇，右邊有個彈棉花房，前面有個果品鋪，後面有棵大柳樹。」〔註3〕從這個例子裡，我們可以看到謎題的設置是故事的中心骨幹，離開了這中心骨幹，就構不成「這一個」別具特點的民間故事，當然，光有設謎題不行，還得要解謎。這設謎和解謎兩部分就構成了民間故事的創作手法解題法的一種表現形式——猜謎式。

第五種解字題。解字在民間故事中一般表現為因字而引起的矛盾和衝突。本來作為某一個字並不與社會發生關係，然而由於有迷信思想的人碰到某件事而聯想到某字，故請人來解此字之內容。解字題的出現，據我估計，與民間測字活動有關。人民群眾過去大多不識字，故以為字本身就充滿神密的色彩，因此常常將某字與身邊發生的事情聯繫在一起，正因為有這樣一種社會歷史原因，就產生了解題法的一種形式——解字題。解字一般是根據漢字的筆劃組合來進行解釋的。例如《孫子戲解「口中木」》，其中心情節就解一個「困」字。故事說的是郭泰去京師官場周旋，卻未撈到一官半職。在與其友徐孺子飲酒，敘家常的時候說，他之所以未取功名，就是因為家中院子裡有棵老柏樹。徐孺子問為什麼？郭泰說：「我聽人說我家住宅成方形，方形如口，口中有木，不就是『困』字嗎？困者，困難也，無出頭之日，故科仕途一直潦倒。」徐孺子依其之說，引導道：「你家的住宅成方形，方形如口，你住宅內，豈不成為人字。口中有人，乃是『囚』字。請問囚中之人，還有

〔註3〕 見《故事會》1985 年第 1 期第 65 頁。

什麼官好做嗎？」此時，郭泰終於明白了官場的失意與「困」是毫無關係的。〔註4〕由此可見，解字式作爲解題法的一種表現形式在民間故事裡是有其獨特的地位的，是構成故事的基本情節或矛盾衝突的一個依據，既有深厚的思想基礎，又有情節發展的可能。

　　說了解題法的幾種主要表現形式，我們再來分析研究一下它的構成因素（或叫構成條件）。

　　解題法的構成因素有多方面的，如有對立的兩方面的人物，問題的緣起和解決等等，除此之外，還有兩個重要的因素：一個是民間故事中必須有難題的出現。這種難題的出現一般都是有一定用心的，是爲了達到某種目的而故意設下的。如前面所提到的幾種表現形式，大都屬這一種情況。一個是答案的解答是別具一格，出人意料之外的。所謂別具一格，是指每一個故事中的問題解答，一般都是恰到好處的，正確無誤地說明了難題，而且一個故事與另一個故事的難題不一樣，答案也不一樣，同時也非常巧妙。所謂出人意料之外，這裡有兩種情況：一種情況是出乎作品中其他人物的意料。關於這一點，我們可以舉一九八五年第四期《故事會》中的一篇葡萄牙民間故事《令人費解的對話》，故事說的是，古時候有個國王，從不出宮廷一步，王國的事務全部由他的三個謀士辦理。誰知在三個謀士的管理下，每況愈下，民不聊生。到了這時，國王開始懷疑他們的才能，就叫王子去判別他們到底是否聰明。一天，王子和三個謀士來到一家葡萄園，見到一位農民。王子見了就說：「喂，佩德羅伯伯，我們發現許多白雪落在山頂上啦。」農民說：「是的，白雪很久以前就下啦。」三位謀士聽了，莫名其妙。王子又說：「你家房子著了幾次火？」農民說：「已經燒了二次了。」王子又說：「還有幾次像拔火雞那樣拔你？」農民說：「還得三次。」這些對話，三個謀士當然什麼也沒有聽懂，請求農民解釋清楚。農民讓他們脫下他們的斗篷、上衣，就說：「白雪落山頂，是說我年紀大了。問我房子著了幾次火，是說有幾年女兒出嫁。女兒出嫁費了我不少錢，像家裡著了火一樣。王子說的三隻公火雞，就指的是你們。你們脫下了斗篷和上衣，猶如一隻隻拔了毛的火雞。」這一則外國民間故事十分有趣，巧妙地通過對話提出了問題，又解答了問題，這裡難題的提出和答案，作品中的三個主要當事人（謀士）是不清楚的，這就完全證明了將國家

〔註4〕 《豫章十景的傳說》（內部資料）第35～37頁。

弄得民不聊生的三個謀士不是聰明人，至少也是個糊塗蛋。另外一種情況是出乎讀者的意料。當我們在聽或看這一類故事，一般都不知道其結果如何。如果要猜，也未必一定能猜得出來。只有隨著故事的展開，情節的發展，逐漸知曉可能會產生的結果，但一般還只是猜想而已，到了最後，才會發現故事結尾的精彩之處，並還能增加對這一巧妙結尾的回味。這種出乎人們意料的結局，大大地增加了聽或看故事的興趣和趣味。

運用解題法的民間故事，主人公之所以能成功地解答各種奇奇怪怪、形形色色的難題，不是憑空得到啟示而得到問題的答案的，而是主人公本身有著豐富的社會經驗和生產經驗，否則，解題就成了無源之水，無本之木了。

二

談了設題的幾種構成因素，我們現在再來看看幾種解題的方式。

一是巧答。所謂巧答，就是根據題目，巧妙地進行答覆。《聰明的王后》中的國王設置三個難題，第一個是「日出地點和日落地點之間有多遠？」第二個是「天和地之間的距離有多遠？」第三個是「真話和假話之間有多大距離？」當時還是鄉下姑娘的王后的回答是十分巧妙的。對於第一個問題，她以為日出地點和日落地點之間的距離，是一天的距離。對於第二個問題，她以為天和地之間的距離，就是一閉一開工夫之間的距離。對於第三個問題，她以為真話和假話之間的距離，就是兩耳之間的距離。（《朝鮮族民間故事選》）這些答案近乎荒誕，但是有一定道理的。因為她既回答了國王提出的問題，又不拘泥於這些問題的具體的實際的數字，而是用了富有哲理性的語言，表達了自己的思想，故深得國王的青睞而被選為王后。類似這樣的巧答性質的民間故事是很多的，反映了故事創作家們的聰明才智。

二是揭底。所謂揭底，就是將別人所設下的難題披露於眾，前面說到的設謎題的解決辦法就是揭底，當然在其他解題故事中，這一辦法也不是少見的。

三是反詰。所謂反詰，就是用類似別人所設的難題去要別人先做一遍，藉此以難倒別人，使之達不到目的。前面舉到的《聰明的秀姑》，即是較典型的一例。秀姑沒有正面回答走馬皇帝的刁難而卻用其人之道還治其人之身，反問了一個問題。這就是反詰的方法。

解題法在民間故事中出現的形態大致有兩種：

一種是考驗型。為了證實對方是否聰明能幹，就用難題去讓他解答。通過考驗，往往是對方獲勝。被考驗的人，有單個的，也有幾個人的。如巧媳婦型故事裡，巧媳婦一般是三媳婦或四媳婦，也就是說是最小的媳婦，考者一般又是公公，同時對她們出難題。由於才幹和智慧的不同，最小的媳婦往往取勝。

二是刁難型。這種情況一般多數是壞人為了某種目的，故意與好人過不去。刁難的題目往往是一般人難以辦到的，無論在幻想性故事中，還是在現實性故事中，都是如此。所不同的是解題的辦法有所不一樣，幻想性故事中，能幫助解除刁難的是由於神仙異物的幫助；現實性故事中，往往用反詰的辦法來戰勝對方。

三

最後，我們來談談解題法的藝術效果。

解題法的藝術效果，我以為有兩個方面：

一是能製造妙趣橫生的故事氣氛。民間故事是一種具有很強娛樂性的藝術形式，因此，它勢必會在自己作品的本身就具有這種可供娛樂的情節、細節、語言等。解題法作為一種藝術手法的出現，也是順應了故事娛樂特徵的要求。《屠夫揭皇榜》故事說的是，一個屠夫並不會領兵打仗，偶爾之機他擔任統帥，出使北國，與北國文武比試智力。比試開始，北國王子先伸出拇指，屠夫出二指；北國王子又出三指，屠夫出五指；隨後王子又出掌拍胸，屠夫見了，一甩袖子就想溜走。誰知這一手倒把王子震住了，當場宣布：比試失敗。這一段情節用的是解啞題的辦法，其意思如何呢？據屠夫自己解釋道：王子伸出大拇指，是說北國有隻大母豬，我示意給兩吊錢，他要三吊，我還價再添五百文錢，他拍了拍胸脯，說那要連肝肺，我覺得不上算，一甩手我走。他怕中國不買他的母豬，所以趕緊認輸。而王子卻以為啞題應解為：我出大拇指表示「大王爺」，對方雙指為「文武二聖」，我反掌打出「三皇治國」，對方出示「五帝明君」，我拍胸變了個「懷揣日月」，對方甩臂拋出「袖啓乾坤」，大大超過了我的才學。〔註5〕這兩種對啞題的迥然不同的解釋，既貼切，又符合各自的身份和職業特徵，同時又活躍了故事的氣氛，使人讀後，感到妙趣橫生，喜不釋手。

〔註5〕《河北故事報》1985 年 6 月 5 日。

二是能刻劃故事主人公的主要性格側面。在運用解題法的民間故事中，表現主人公性格側面的主要方面在於它刻劃了人物的聰明才智。

故事在表現主人公聰明才智時，往往在別人解答不了問題的時候才出現，然而一旦出現之後，其回答既準確又迅速，毫無吞吞吐吐之感覺。在公公考驗兒媳婦一類故事裡，通常是大媳婦、二媳婦、三媳婦解答不了難題，四媳婦（或已婚或未婚）出來解了難題，因而受到公公的器重。這說明民間故事在表現人物性格時，不是平鋪直敘地描寫的，而是不斷地加以鋪墊，在關鍵的時刻，非其出場不可之時才出場。其一出場，就能答出幾個人都難答出的難題，真是聰明超人，使人難以忘懷。

三是在表現主人公聰明才智時，推動了故事情節有層次的發展。這些層次是由解題的次數形成的。在一個民間故事中，解題的次數有一個，兩個，三個，甚至四個五個，再往上數，一般很少見了。在《聰明的四媳婦》故事中，四媳婦在未嫁之前，已經幫助大媳婦、二媳婦、三媳婦解了三個難題；出嫁後，縣官又出了四個難題，四媳婦冷靜沉著，用智慧戰勝了邪惡的縣官。從這一則民間故事中，表現四媳婦聰明是用了不同的層次來加以描述的，其層次有一層高於一層的意思。如難題，一個比一個難度大；開始僅說的是三個媳婦回家的日期，最後要找一個與四媳婦同父、同母、同年、同月、同日、同時生的，要跟四媳婦同眉、同眼、同耳、同嘴、同手、同腳的姑娘。又如設題的人，開始是未來的公公，後來卻是縣太爺。從平民百姓的心理來說，即使同一問題，一個公公說的話，一個縣官說的話，當然後者更重要一些。即使在這樣一種不幸的時刻，主人公卻憑藉自己的聰明才智戰勝了對方。同時，我們亦應該看到解題次數的增加，層次的不斷提高，人物的主要性格的主導面也就刻劃得越為生動，越有情趣。

暗 示 法

　　在傳說的民間故事中，用暗示的辦法來製造氣氛，設置矛盾，推動情節的發展，我們稱此創作手法爲暗示法。

　　暗示法在民間故事裡的表現形式是相當紛繁多樣的。我們概括了一下，發現至少有八種形式存在於故事中，這多樣的表現形式，充分發揮了它們的藝術作用，促使故事成功地表現了自己所要表達的主題和思想。

一

　　現在，我們就來看看暗示法的八種表現形式。

一、話語暗示

　　這種暗示，就是用話語來進行的；不過，這種話語並不是每個人都能理解的，而是有其特定的內容和需要。只有了解了其中的奧密，才能正確地解釋這種暗示，使懸而未決的問題得到圓滿的解決。有一則《魯班的傳說》說：泰安城有岱廟，廟裡有許多名勝，石碑也很多。大宋時候，有一座大碑，高有十米，下邊是一個大烏龜馱著。據說在修碑時，工匠們都束手無策，因爲太高，掀不下來。爲此，他們十分焦急。一會兒，來了個老道士，指指畫畫，搬這弄那。工匠們見了，都諷刺他：「你弄什麼呀？我們都弄不起來，你能弄起來？」老道說：「我在年輕時，也許能弄起來。現在土都快埋到我脖子啦，當然弄不起來了。」話音未落，老頭兒已不見蹤形，大伙一琢磨，才知道「土埋到脖子了」，意思是要大伙用土堆。於是，大伙就在周圍堆土，堆一堆，把

石碑掀一掀，再填土，再掀。最後終於把這巨大的石碑樹立起來了。〔註1〕在這一則民間故事裡，暗示話語爲土快埋到脖子了，言下之意是告訴工匠的用堆土的辦法來解決樹不起石碑的矛盾。事實上，扮成老道的魯班的這句話，一開始並未引起工匠的注意，只是後來才領悟到其中的奧密，掀起石碑。可見故事中的暗示話語是一個重要的轉折點，離開了這一點，只能成爲另外一種類型的民間故事了。

二、行爲暗示

所謂行爲暗示，顧名思義，就是用自己的行爲去暗示別人。這種行爲的暗示，一般在別人遇到危難，自己又不願暴露的情況下，於是只好用自己的行爲去幫助別人，以解決生計或疑難。《留畫》說的是，有一年趕廟會，一位瘸老頭，五十多歲，身背個葫蘆，像是有病，幾次要在路邊躺下，都被人攢走了。一個賣窗戶紙的人看他很可憐，就說：「老哥哥，你就在我這紙上躺一會吧。」那個瘸老頭也不客氣，倒頭就躺在一大摞紙上。一睡就過去了一個時辰。等瘸老頭起身走了，賣紙的一看，紙上有個人形，細一看，正是剛才那個背葫蘆的瘸老頭。此刻他才明白那瘸老頭是鐵拐李。不少人想買這張畫，賣紙的不肯賣。最後有人願出十兩銀子，賣紙的才決定出手。誰知，揭了一張，底下還是那張鐵拐李，一張張揭開，一張張都是畫。以後，這個人就開了畫店，專印八仙人物賣，解決了生計問題。〔註2〕傳說中的賣紙的原做小本買賣，搞不好，連溫飽都難以解決。只是因爲心腸好，感動了鐵拐李，使之有了發家致富的資本。在這一故事傳說中，暗示明顯屬於行爲方面的，並具有兩方面的內容：一是暗示鐵拐李的身份，二是暗示賣紙人將會發財。

三、實物暗示

實物暗示，是指用實物來表現自己身份、能力、作爲、名字等等。《蘇州的傳說》中的《范作頭造三清殿》就是一個較好的例子。傳說，宋代有個皇帝要在蘇州玄妙觀造一座三清殿。但由於工程浩大，規定時間短，因此無人敢包攬。范作頭爲了顯示自己的本事，一口答應，把這項工程包下來。誰知，工匠的出差錯，把三十六根柱子截成一樣平了。這一下，可闖大禍。范作頭準備帶領全家逃到外地去。在回家路上，范作頭被人一撞，跌倒在地上。於

〔註1〕 見《泰山民間故事大觀》第398頁，文化藝術出版社1984年版。
〔註2〕 見《八仙的傳說》第74～75頁，湖南文藝出版社1985年版。

是那人向他打招呼，表示道歉。隨後，兩人攀談起來。那人一聽三十六根木料截成一樣平了，拍手叫好，認爲這是一種造殿的妙法。經過示範，范作頭懂得了其中的奧妙。因此他立刻返回去，按此辦法，將三清殿造好了，而且造法巧妙，贏得了眾人讚譽。那人是誰呢？范作頭仔細一想，才發現那是魯班師傅。因爲「推刨上刻著一個太陽一條魚」，正好暗示了那人姓魯。

四、自形暗示

自形暗示，就是用自己身體或行爲去暗示別人。在這種情況下，一般用暗示的人，不用言語而是靠身形。例如《八臂哪吒城》說的是，北京城修建時，燕王命劉伯溫和姚廣孝二位軍師設計北京城的圖樣。他們想了三天三夜，也沒有琢磨出應該將北京城畫成什麼樣子。到了期限的最後一天，他們根據一個紅孩子的行走路線，畫成了北京城。那紅孩子未說一句話，但他的模樣已作了暗示：

> 頭上梳著小抓髻，半截腿露著，光著腳丫，穿的還是紅襖、紅褲子。這件紅襖很像一件荷葉邊的披肩，肩膀兩邊有浮鑲著的軟綢子邊，風一吹真像是幾條臂膀似的。〔註3〕

根據這一模樣，他們才發現這紅孩子是八臂哪吒。因此北京城也就叫了八臂哪吒城。因爲整個城形，是按八臂哪吒的身形畫出來的。

五、仙神暗示

這一種暗示比較好理解，根據字面就可以知道，民間故事中用暗示的主人翁，非仙即神，除其莫屬。我在廣西瑤寨採風時，搜集到一則關於白褲瑤服飾的傳說，名叫《白褲上五根絲線條的由來》。故事大意講：瑤族祖先在一次與木家土官的戰鬥中，不幸失敗，向西面深山逃去。逃啊逃啊，一直逃到今天瑤寨這個地方。那時瑤寨十分荒涼，瑤王很悲痛。在夢中，瑤王得到仙人指教，以爲這裡雖較荒涼，但也是個好地方。「有山就有禽獸，可以打獵，有水就可以種莊稼。過不了幾年，這裡就會變成好家園的。」瑤王一聽，這話有理，不覺將滿是血的雙手在膝蓋頭用力一拍，大叫一聲：「好！」醒來一看，才知是夢。瑤王再看看這地方果然不錯，又有仙人指點，就命全寨人住了下來。爲了紀念瑤王，人們就在褲子的膝蓋頭用絲線繡了五根紅條條。從此，這種褲子就成了瑤家別具特色的服飾了。〔註4〕在這個故事中，暗示瑤王

〔註3〕 《北京的傳說》第3頁，上海文藝出版社1982年版。
〔註4〕 《中國民間風俗傳說》第372～373頁，雲南人民出版社1985年版。

的是神仙。這種暗示是通過瑤王的夢來完成的。既能增加故事的神奇色彩，又能使暗示得到一個比較好的場合加以表現出來。

神仙暗示在傳統民間故事中，佔有相當重要的地位。這因傳說故事裡的神奇色彩較為濃烈，而神、仙又是其中的主要人物，能改變人物命運，促使矛盾轉化。有時，他們會親自出馬，戰勝困難和邪惡；有時，他們則通過暗示故事中的主人公，來達到扶弱抑強、勸惡從善等目的。

六、用字暗示

用字暗示，就是故事中的人物因某種原因不便用言語明說，便用字（如姓名等）來暗示所要說明的事物。

這種暗示方法，又可分為多種，其中較為多見的有兩種：一種是拆字來暗示，一種用合字來暗示。

所謂合字暗示，就是將原來的字拆開，重新進行組合成新的字。聰明的人會根據那人所作所為，加以重新拆合為原來字，這樣開始的暗示均得以圓滿的解決。《呂洞賓修岳陽樓》說，重修岳陽樓時，呂洞賓化名回道人前來做大班頭，主管重修大事。岳陽樓落成後，回道人化作一股輕風不見了，天空飄下一張紙來，上面寫著：「龍門呂洞賓，幫修岳陽樓，凡人不識我，稱我回道人。」滕太守恍然大悟：「這『回』字是大口套小口，倘若把小口移到大口上去，不就是『呂』字嗎？」〔註 5〕這裡，我們看到，能開合字的人不是別人，卻原來是呂洞賓本人。這是一種情況，另一種情況是，解開合字的人，不是聲稱者自己，而是一個旁的什麼有識之士。

所謂拆字暗示，就是將欲達到目的某字，不是直接說出，而是含蓄地隱晦地用拆字的辦法，來巧妙地為自己的主觀願望服務。《杭州東坡魚》說的是，蘇東坡在杭州當太守的時候，有一天正準備吃魚，忽然看見佛印和尚來了，就將西湖魚擱在書架上。誰知，佛印一進門就看見了。為此，佛印用拆字來暗示。蘇東坡姓蘇，佛印和尚就問蘇字怎麼寫？蘇東坡說：「『蘇』字，上面一個『草』字頭，下面左邊一個『魚』字，右邊一個『禾』字。」佛印裝糊塗地問：「那是把『魚』放在『草』字頭上面呢？」蘇東坡說：「那可不行啊！」佛印哈哈大笑說：「你說把魚擱在上面不行，那就拿下來吧。」蘇東坡這才恍然大悟，佛印是要吃他那盤西湖魚。〔註 6〕從這一則故事中，我

〔註 5〕 《瀟湘的傳說》第 69～74 頁，上海文藝出版社 1984 年版。
〔註 6〕 見《中國土特產傳說》，上海文藝出版社 1984 年版。

們可以看到，佛印為了達到吃魚的目的，不是通過直接說出，而是借用拆字法來暗示蘇東坡，使之自動取出藏好的那盤魚來。同時，我們亦看到所拆的字與所暗示的物之間，一定有某些聯繫。如果沒有這種聯繫，就難以較好地表現故事的內容，因此也就達不到預期的目的。

　　七、語句暗示

　　用語句來暗示某種思想、物體、這在民間故事中是不少的，特別表現書生、秀才之類人物生活時，用語句來暗示的情節更是屢見不鮮的。

　　我們在這裡所說的語句，亦包括名句、詩詞、對聯在內，因為有時名句、詩詞和對聯幾者比較難以區分，故將它們放在一起。總而言之，用語句暗示，即指這三個方面而言的。

　　名句暗示。一種情形是直接用名句來暗示某種內容或者思想。這種情形較為常見的。另一種情形是將名句的尾字省去，因而起到暗示的作用。舉一例子，從前有個書生，家裡很窮，無錢買禮物祝賀朋友生日，便裝了一罈井水送去。朋友嘗了，笑問道：「這是『醉翁之意不在……』呀？」故意把「酒」字隱去。書生立刻回答：「不，這是『君子之交淡如……』嘛。」也把其中的「水」字隱去了。這樣，朋友就高興地把禮物收下了。這裡，醉翁之意不在酒，君子之交淡如水，原雖屬古文散文句，但已為眾人所熟知，並以當作名句來看待。這樣一來，名句中省去的字，不僅要故事中的人物能夠相互交流思想，理解省去字的名句，而且從接受美學來說，讀者也要能較好地理解故事的思想內容和名句所反映的人物感情。如果離開這兩點，故事將會難以成功。換句話說，故事要取得成功，在名句暗示上，一是名句的知名度要高，二是名句中刪除的字與直接說明的問題相關聯。這兩點正是名句暗示取得成功的關鍵所在。

　　對聯暗示。這可以算是詩暗示的一種表現方法。通常是用對聯的內容來表達故事所要說明問題。

　　其暗示方法又可以分成兩種：一種是諧音，一種是寓意。

　　諧音，是指對聯中用諧音的辦法來暗示某人某物。如有則故事說，唐伯虎到郊外散步，田埂上迎面碰到一位挑河泥的農夫。兩人打賭，誰能對上對聯，就算誰贏。隨後，農夫出上聯：「一擔重泥攔子路。」這裡「重泥」，暗指孔夫子「仲尼」。唐伯虎一時想不出下聯，只好赤腳下田，讓農夫過路。這裡，我們可以看到諧音是這一對聯中的關鍵，也是農夫出奇致勝的地方。

寓意，是指對聯中採用寓意的辦法來暗示某事某物，或者某人。

> 宋哲宗時，蘇東坡爲徐州太守。徐州九嶷山（九里山）霸王廟僧人懷緣，不守清規，人都叫他壞鹽。有天懷緣下山「盜」女人，被當地老百姓痛打一頓。和尚仗腰中有錢，就寫了一張呈狀，言及挨打被屈的事。幾天，未見太守批出，就賄賂差人抄出太守批語。只見抄出的批語是：
>
> 并州剪子，蘇州綵，
>
> 揚州草鞋，蕪湖刀。
>
> 眾皆不解。適秦觀來徐州探蘇東坡。眾知秦觀是名士，拿著批語去請教他。秦觀看罷，哈哈大笑說：「總而言之，打得，好！」
> 〔註7〕

我們知道，并州的剪子，蘇州的綵綢，揚州的草鞋，蕪湖的荣刀，都是名產，而這些名產出來都經過敲打，換句話，也就是說這些產品之所以有名氣，是因爲人工敲打得好。正是如此原因，蘇東坡寫了這樣對聯式的批語，其意是很明顯的，所以秦觀一言就能夠道破，是不難理解的。

八、自然界暗示

所謂自然界暗示，我們主要指民間故事中的主人公誕生前所出現的種種自然祥兆。實際上，通過這些多樣的自然界突然變化，暗示了主人公將是一個了不起的人物，將能改變社會，創造奇蹟。

用自然界來暗示即將誕生的偉大超群的主人公，其表現形式是多種多樣的，但大致可分爲三個方面，也就是說植物、動物、星辰是自然界的主要的暗示形式。

用植物來暗示，這較普遍存在於人物傳說之中。每當一位偉大人物即將降臨世界時，植物也起了變化，表現出高興的情緒來。這在現實生活中，絕對是不可能的。但是在民間故事中，植物暗示的出現卻是很突出的，自然的，它客觀地體現了故事創作者的思想和願望。

例如，《道人轉世》說的是嘉靖皇帝出身的故事，一天中午，興王一覺醒來，猛地聞見一股股奇異的香氣，抬頭一看，只見近的花園、矮的牆頭、高的屋檐，到處長滿了金光燦爛的靈芝草。正在此時，小太監喜滋滋地跑到

〔註7〕 見安徽《鄉音》1985 年第 1 期。

興王面前，連聲說道：「恭喜千歲，剛才蔣娘娘在後宮生下個白白胖胖的世子了。」興王好不高興，難怪滿城遍生靈芝草，原來是有貴人出世呀。〔註8〕在這個傳說故事裡，植物靈芝草本是名貴藥材，民間更有對它的崇信心理，所以故事中就出現了靈芝草突然變得金光燦爛的描述語句。這裡，可貴的是，故事並未到此為止，還向前發展，使靈芝草的突然顯靈，與嘉靖的出生有機地表現在一起。其實，也可以這樣說，靈芝草到處生長，金光燦爛，暗示了嘉靖的誕生。這種植物暗示是以嘉靖的出世作為前提的，離開了大人物的出現，暗示也就沒有意義了。

用動物來暗示大人物的出現，與植物暗示基本差不多。所不同的是，動物暗示除了生前能表現出來外，（如某人降生前，某鳥在屋上盤旋），而且在誕生後，同樣可以示以祥兆。這是與植物暗示相比，有較大的不同。比如，陸羽這位唐朝《茶經》作者，傳說他出生後，在蘆林中啼哭，有一大群大雁圍著蘆林亂飛亂叫。這樣才致使積公和尚發現嬰兒，並抱之回家。誰知，在抱回家的路上，三隻大雁還不放心，依然緊緊地跟著。〔註9〕由此，我們亦可以看到大雁的非常舉動，暗示了陸羽將來會成為有名之人，果然，他一心研究茶葉，寫出《茶經》這一著名之作。

用星辰來暗示傑出或重要人物的出世。據說，明朝著名宰相張居正出生時，他父親躺在床上，眼睛一閉，就好像有無數的星星在眼前晃動。「突然間，天空裡劃出一道彩虹，一輪明晃晃的月亮掉了下來，直落到了他家一口可很大的水缸裡，照得滿缸發出光亮。他睜大眼睛再一看，只見缸裡面浮出一隻雪亮的白龜，趴在水面上東張西望，游來游去。這是怎麼一回事？他正感到驚奇，耳邊忽然響起了哇的一聲嬰兒啼叫。原來，張居正在這個時候出生了。」〔註10〕

我們知道，用星辰日月來暗示重要人物出生，是傳統民間傳說故事的普遍描述方法，幾乎已程式化了，甚至在舊小說中亦有不少類似敘述。人們之所以這樣做，是因為相信偉人一般都來自於天上，只要是天上的日月星辰發生異樣變化，都象徵著地上有偉大人物的出現。這兩者之間，雖然是毫無聯繫的，但是在過去人們一直是崇信不疑的。

〔註8〕 見《湖北民間故事傳說集》（內部資料）之4，第56頁。
〔註9〕 見《湖北民間故事傳說集》（內部資料）之4，第50頁。
〔註10〕《湖北民間故事傳說集》（內部資料）之4，第80～81頁。

二

我們說了以上八種暗示法的表現形式之後，再來看看暗示法的構成因素。只有把掌住了它的基本構成因素，才能清楚地劃分其界線，以及與其他創作手法之間的同異之處。

暗示法的第一個構成因素是，故事中的主要一方開始時並非知道對方的暗示，而是在故事結束時才被抖露，或者在暗示發生不久才被人意識到。這兩種情況在民間故事裡都有，其視故事的需要而決定何時抖露暗示。

故事結束時暗示才被揭穿的例子，我們可以舉《梁山伯和祝英台的故事》。梁山伯和祝英台赴杭州同窗三年，情深意篤，要分手之際，互相依依不捨。祝英台兩次暗示梁山伯均未領會。第一次暗示，祝英台說，鳳凰山上各式花都有，就是缺少鮮花牡丹。第二次暗示，祝英台說，家中有個祝九妹與自己是一對雙胞胎。梁山伯始終未能領會祝英台的暗示。等到梁山伯醒悟過來，可惜時間已晚了。〔註11〕這種到故事結束時才揭露暗示，容易使人產生誤會，錯過良機，推動故事的向前發展。

故事的暗示不是在結束時才被揭示，而是在暗示不久就被發現，這種例子也是相當多的。例如前面我們舉過的大人物誕生時各種自然界、生物界異常變化的暗示，通常在暗示後不久即被現顯出來。因為這是故事情節的需要，一般情況下，這種暗示只充當某一情節，而不是整個故事的懸念。

根據暗示法的第一個構成因素，可以歸納這樣兩個方面：

1、一方暗示，一方卻不知道。

2、暗示的揭穿一般在故事的結尾；暗示不久即被現示，較為少些。前者為整個故事的懸念，後者為故事中的某個情節。

暗示法的第二個構成因素是，暗示的出現一般是在走投無路的情況下，當然也有例外，如暗示某大人物的出身。但是在絕大多數的情況下，總是在故事主人公危難或無計可施時，才可能得到神、仙、能人等的暗示。如劉伯溫、姚廣孝在畫不出北京城圖樣時，才得到哪吒的暗示，終於完成了燕王交待的任務。另外，我們還應看到，能人、神仙的暗示一般是在故事主人公到了某種極限時才出現的。如劉伯溫他們畫北京城到了最後一天，哪吒暗示才出現。梁山伯與祝英台相送到了即將啟程的時候，祝英台才一而再，再而三

〔註11〕見《民間文學》1986年第2期。

地加以暗示。

根據暗示法的第二個構成因素，可以歸納這樣兩個方面：

1、暗示出現在無計可施、走投無路的情況下，人物出身時的自然暗示除外。

2、暗示一般不隨意出現，而在某種極限的最後時刻才會出現。

我們再來看看暗示的揭示辦法。

暗示作為一種創作手法，有其特定的內涵，這種內涵，一般要通過揭示，才能現顯出來。因此了解一下揭示的辦法，也是不無益處的。

暗示揭示的辦法有多種：

諧音式，就是民間故事裡的暗示通過諧音的方式來完成的。《挪鐘》的故事說，燕王朱棣做了皇帝以後，怕人推翻他，就命令收集民間的刀、槍等武器，鑄成了一口大鐘。但鐘太大了，無法搬運到指定地點。工匠們都十分焦急，就圍在一起喝悶酒。一個工匠不小心將酒盅滑倒了，旁邊有個「啞巴」工匠說：「盅兒太滑，推過去就行了。」後來大家才醒悟過來，「盅兒不就是鐘，它不是挺滑嗎？」於是，他們開一條淺河，放上一二尺水，凍上了冰，把鐘從冰上推過去，完成了這鐘任務。〔註12〕很明顯，故事裡的暗示是通過諧音來完成的。沒有這個諧音，故事就難以達到現今這樣的藝術效果。

拆字式，就是民間故事裡的暗示通過拆字的方式來完成的。關於這種方式，我們在前面已有舉例，就不再贅述。

別人看穿式，就是說暗示通過別人的揣測而揭示出來的。這種暗示的揭示一般為三種：一種是揭示用暗示啓迪別人的事情，一種是揭示用暗示啓迪別人的人，一種是不僅揭示了用暗示啓迪別人的事，而且也揭示了用暗示啓迪別人的人。在這三種形式中，均是非用暗示的人所為，揭示的依據是多種的，如從外貌、語言等方面，但主要的還是通過識破暗示的過程中，才能真正認識所暗示的事情和人物。雖然，別人看穿了，但是一般情況下，用暗示的人早已找不著了。

自我拆穿式，就是民間故事裡的暗示通過自我揭示而展現出來。大人物生身時自然界的暗示，就屬於這種形式。另外，在故事中，因種種原因，暗示是由自己加以揭示的，也是屬於這種形式。但一般來說，此種情況不是太多的。

〔註12〕《北京的傳說》第165頁，北京出版社1981年版。

三

　　最後，我們來看看暗示法的藝術效果如何。

　　暗示法所產生的藝術效果有兩個：一個是生動有趣，一個是矛盾解決迅速而又果斷。

　　所謂生動有趣，是指暗示時用的多種辦法多種多樣，不僅如此，而且暗示亦多富於趣味之中。例如，用諧音、拆字、合字等辦法來造成暗示。這樣的辦法本身具有許多喜劇色彩。我們知道，暗示大都在人們碰到困難、正愁無法解決的時候。這時故事的氣氛比較凝重，顯得生動不足，沉悶有餘。然而就在這種時候，運用了暗示法，往往能打破那種沉悶的空氣，清除壓在讀者心中的不快，帶來歡慰和高興。

　　暗示出現後，引起思索的，不光光是作品中的人物，也包括讀者在內，使其根據暗示來揣摩內容。而揣摩是一種心理思維活動，它的快感產生在發現暗示的內容之後。即便是沒有猜出暗示的內容，一旦讀到下文，出現了暗示的答案，也會產生一種欣慰的感覺。

　　由此，可知暗示法所產生的生動有趣的藝術效果，一方面是多種有趣暗示方式造成的，另一方面也是由猜測引起的美感心理活動造成的。

　　所謂矛盾解決迅速而又果斷，是指暗示被抖露之後，矛盾即會得以解決；就是說，矛盾的解決與暗示的抖露聯繫在一起的。

　　在民間故事中，暗示出現前，一般都有大量的敘述，這種敘述都是為暗示的出現鋪墊的，實際上也就是將矛盾的緣起、發展表現出來，只是到了要解決矛盾時，暗示才出現。到這時，故事已近高潮，就看如何解決矛盾。暗示的出現，正是為了解決矛盾而設置的。矛盾的解決意味著故事的結束，因此，一旦暗示被揭示出來，矛盾也就迎刃而解了，整個故事也就敘述完畢了。當然，在人物出生時的多種自然界的暗示，雖屬故事中的一部分情節，但是它在解決矛盾時，同樣十分迅速、果斷。

　　由此可見，暗示法在解決矛盾時迅速而果斷的藝術效果，猶如快刀斬亂麻一般，使人讀後，會有一種文已盡，意未消的感覺，久久回味不已。

欺　騙　法

　　顧名思義，欺騙法是一種用欺騙的辦法來對待行騙（或欺騙）的創作手法。這種創作手法在民間故事中的運用不爲不廣，特別是在機智人物故事裡，被人們冠以「機智」花冠的主人公往往就利用這種手法對待他的對立面，使其企圖得到可恥的下場。

　　在原始社會裡，人與人之間是平等的，互助的，因爲當時生產力十分低下，離開平等、互助的集體精神，是難以生存下去的。到了階級社會，私有財產出現了，人們有了強烈的私慾，在這個時候，欺騙不僅作爲一種思想，而且也作爲一種行爲出現在人們的日常生活之中。正由於如此，在民間文學作品中也就不可避免地反映了這種行騙和反行騙的矛盾和鬥爭。這是實際生活中的行騙行徑在民間文學創作中的表現，但是民間文學既然作爲一種人民群眾的藝術創造，就不可能不帶有文學一般規律和賦予人民群眾的美學理想和審美趣味。因此，民間故事中的行騙內容、形式都起了質的變化，反映的不止零碎的、片面、某一局限的內容，而是經過了創作者的提煉、取捨而重新加以表現出來的。在實際生活中，肯定是不可能的事情，在民間故事中，卻變得是可能的，可信的。例如，行騙的人在現實生活中，不是那麼整齊地一刀切的，都是貪贓枉法的地主、財主、官僚、地痞等等，然而他們都是代表沒落階級的，行騙手段又與他們的身份和心理相吻合。因此，民間故事常常將他們和行騙之劣跡公布於大庭廣眾之下，是有深刻含義和一定道理的。

一

　　欺騙法一般又可以分爲兩種：

一種是反騙，此是被動的，是在被人欺騙時，才用欺騙的辦法去懲治對方，使他得到應有下場。

一種是行騙，此是主動的，是在沒被人欺騙的情況下而主動出擊的。這種情況大都發生在機智人物爲了教訓地主、官僚而採取的主動攻勢。

這兩種形式，在民間故事中都有較多的反映。這種反映，表現勞動人民群眾的美學理想。在現實生活中，他們是被壓迫被奴役的形象，然而在他們的文學創作中卻很少直接表現那種低三下四，直不起腰來的被扭曲了的形象。欺騙法的出現正是適應了這種美學理想，試圖將現實生活中的某些現象推翻，變成像作品中表現的那樣。

在民間故事中，欺騙法的表現形式可分成以下七種主要的方式：

一是順話式

順話式，就是反騙者順著激騙者的意思，裝出對欺騙對方無能爲力的樣子，其實暗地裡早已設好圈套。待激騙者不知不覺疏忽之時，反騙者語鋒一轉，自然說出似乎是題外話，又恰與激騙者十分相關的話題，所言之物實際上完全是子虛烏有，而激騙者卻信以爲眞，因而上當受騙。

白族的六八是個反騙能手。他在反騙過程中，就常常利用順話式來達到自己的目的。《土官受騙》就是順話式反騙的一個較能說明問題的例子。故事說：土官經常受六八的騙，心中很不服氣。這一天，是農曆八月十二，是他四十六歲的生日。吃過早飯，他把六八叫到跟前，說：「六八，不要以爲你會哄人。今天你哄我一台試試。」六八說：「司爺，今天是你的壽日，老天爺特別照顧你天上出了三個太陽我都看不贏，哪裡還有時間來哄你。現在人家在平水塘撈魚，我還要趕去拿魚呢。」土官是個有名的貪財鬼，聽六八這麼一說，趕快喚馬伏拉馬備鞍，拿上裝魚的大桶，騎馬趕到平水塘去。土官趕到那裡一看，塘邊沒有一個人，又氣喘吁吁地趕回來，大罵六八：「平水塘沒有一個人，你爲什麼說有人在撈魚呢。」六八這時才狡猾地慢慢地說：「司爺，你不是叫我哄你一台試試嗎？」這時土官才明白，又上了六八的當。

從這則故事中，我們可以看到順話式的幾個基本特徵：1、激騙者欲使反騙者來欺騙自己。2、反騙者並不正面回答激騙者的問題，而是順其話題，表示無暇顧及。3、隨著，反騙者說明無暇顧及的原因。這個原因要能牽動激騙者的某一重要神經的。否則再次欺騙則難以奏效。4、激騙者通過自己的往返徒勞，才發覺上當受騙了。這幾個基本特徵在《土官受騙》故事都有表現。

故事中的激騙者是土官，反騙者是六八。通過他們二人的爭鬥，反映了勞動者的聰明機智，官僚的貪婪嘴臉。

二是遺忘式

藉口因為忘了帶某某東西而騙不成對方，然後巧妙地使對方在不自覺之中充當了可笑的角色，進而使之受騙。這種創作手法，就是反騙法表現形式之一遺忘式。

巴拉根倉故事裡，有一《智慧囊》說的是，王爺想和巴拉根倉比智慧。一天，他騎馬找到了正倚在一棵斜長的爬爬樹上吸煙的巴拉根倉說：「聽說你最能撒謊騙人。今天我要和你比比智慧，你要當著我的面騙我一次，我算輸給你；要騙不了我，我要用馬刀宰下你的頭。」巴拉根倉故意驚慌地說：「我的『智慧囊』放在家裡沒有帶著。要是它在我身邊，別說你是王爺，就是皇帝我也能當面騙他。」王爺一聽，冒了火，要他回去取智慧囊。巴拉根倉開始不肯答應，後來勉強答應，說：「這棵爬爬樹眼看就要倒了，我用身子頂著它，怎麼走得開呢？」王爺沒有辦法，只好站在樹下用力頂起來。巴拉根倉騎上王爺的馬走了，再也沒有回來。〔註1〕這樣王爺又自覺又不自覺地挨了巴拉根倉的騙。

從這則故事裡，我們可以看到構成故事的最主要的因素是「遺忘」，沒有「遺忘」也就難以形成如此故事來。有些被遺忘的東西，在一般人看來是相當荒謬的，甚至不可能的，然而在激騙者看來，卻是甚為篤信不疑的。因此也就增加了故事的趣味性和幽默感。

這種類型的故事，最早出現在動物故事之中，非洲童話《鱷魚和猴子》是為人們熟知的，其中用的就是遺忘式。故事大概如此：小猴子和小鱷魚成了好朋友，它們天天在一起玩耍。有一次，鱷魚把小猴子載浮到水中間時說，媽媽生了病，要吃猴心才能治癒。猴子一聽，知道事情不妙，就故意對鱷魚說，臨行前匆匆，把心遺忘在家中未能帶來，我回去拿了心再去你家。鱷魚相信了猴子的話，就又重新將猴子載到岸邊。猴子跳上岸，狠狠地教訓了一下鱷魚，就逃進樹林裡去了。由此我們可以看到，遺忘式是民間故事常用的手法，機智人物故事中的遺忘式很可能轉借動物故事中的遺忘式而來的。這兩者之間有一定的聯繫，但前者比後者又有新的發展。如動物故事中的反騙

〔註1〕 見《少數民族機智人物故事選》，上海文藝出版社 1978 年版。

者一般只停留在反騙上，而沒有使對方得到欺騙的應有惡果。關於這一點，機智人物故事則前述了許多，不僅不使欺騙者或激騙者陰謀得逞，而且還狠狠地教訓了對方，使之得到懲罰。

三是故意式

故意式，就是在雙方都知曉眞相的情況下，進行說謊或行騙。

這種故意式又可以分成單方說謊行騙和雙方說謊行騙。

單方說謊行騙，是指一方說，一方聽。例如《說謊》，說的是巴拉根倉遇到一群幹活的農民正在田頭休息。人們都喜歡巴拉根倉，親熱地向他打招呼：「你好啊，巴拉根倉，好久不見啦，有什麼新聞嗎？」巴拉根倉說：「唉，提起來話可長了。這一年是從天上到地下，日子過得有意思極了。」於是在人們的要求下，巴拉根倉講了一個荒唐的可笑的又彷彿是一本正經的故事。〔註2〕由此，我們可以看到巴拉根倉講可笑的謊話，是人們都知道的，現實中不可能的事。之所以巴拉根倉這樣說，是爲了使大家樂一樂，在繁重的體力勞動之餘，能使精神上的負擔鬆弛一下。當然，巴拉根倉的謊話是很高明的，是以自己的「親身經歷」爲故事的發展線索，同時又以「新聞」的面目出現，因此使人覺得謊話可親，不像人們對待生活中的謊活那樣憎惡，那樣嫌棄。

雙方說謊行騙，是指雙方爲了自己的需要，故意誇大事實，製造謊言。例如《牛皮》：

甲說：「我家有一只鼓，敲打起來，百里以外也可以聽見。」

乙聽了，接口說：「我家有一隻牛，在江南吃水，牛頭已經靠到江北了。」

甲搖搖頭說：「哪有這種牛？」乙說：「沒有那種牛，哪有如此大的牛皮蒙你的那個鼓。」〔註3〕

很顯然，故事中的甲和乙都是說謊能手，只不過乙比甲有過之而無不及。說謊揭穿的辦法有兩種：一種是局外人對謊話的揭穿，一種是說謊者自我加以揭穿。《牛皮》故事則居於後一種。

四是裝騙式

裝騙式，是欺騙者故意裝扮成另外一個人進行鬥爭和報復。裝扮成另外

〔註2〕 見《少數民族機智人物故事選》，上海文藝出版社 1978 年版。
〔註3〕 見《民間笑話三百則》，上海文藝出版社 1985 年版。

一個人的辦法有多種：一種是扮裝成某某大人物，一種是裝瘋裝傻裝佛，一種是裝成人神或人鬼的使臣。這三種形式的出現，均因不同場合、不同對象的需要而加以設置的；一般來說，民間故事中的裝騙式只能在一篇作品中出現一種形式。

裝瘋的條件一般要在別人尚未識破的情況下，除此是不可能的。例如《霸王追韓信》：霸王的軍師范增對楚霸王說，韓信這個人，要麼重用，要麼就殺掉，可不能讓他跑到劉邦那裡去。霸王眼裡沒有韓信，哪會重用。因此韓信就偷偷去投奔劉邦。范增聽說了，就勸霸王去追。韓信跑著跑著，看見楚霸王已追到跟前，就停下來，頂著上風撒尿，大風一吹，撒的尿全散在自己的臉上、身上，楚霸王見了，以爲韓信瘋了，就沒殺他，轉身回營。范增知道了，又勸霸王再追殺韓信。霸王再次追到韓信時，只見韓信睡在一座墳頭上，頭朝下，腳朝上，披頭散髮，口裡直翻白沫。霸王又以爲韓信是羊癲瘋，沒有加害。經過幾次來回，韓信終於裝瘋騙過了項羽，到了劉邦營中。〔註4〕這則故事，韓信逃脫項羽的殺害，靠的是裝瘋。裝瘋之所以能夠成功，是因爲項羽還未真正認識韓信對他隱藏著巨大的危險，也就是說項羽還未能認識韓信的真正價值。

這是一種裝瘋逃脫殺身之禍的情況，另外還有一種裝瘋是用以攻擊別人的情況。濟公的故事是民間流傳較廣的，其中濟公用裝瘋的辦法來懲治惡魔、官府、富商是屢見不鮮，可以說是裝瘋攻擊壞人的典型作品。

裝瘋成人神的使臣或大人物，在民間故事亦常常見之，當然需要一定的條件，一般要在對方不明真相，而又急於借勢無心無時辦的情況下方能裝扮成功。

《老佛迷拜師傅》是巴拉根倉用裝成神的使者的辦法，使老佛迷上當。故事說，巴拉根倉到了一個新地方，得知滾勤白音（財主）是長年誦經的佛迷，因此想捉弄他一番。一次，巴拉根倉故意喝得醉醺醺的，臉上塗了些黑灰，來到滾勤白音家門口，自稱是念佛人。滾勤一時搞不清楚，就問：「你從什麼地方來？」巴拉根倉說：「從神州天國而來。」一聽此語，滾勤白音已嚇癱了，再加上一記巴掌，一頓喝叱，他確認巴拉根倉是神仙的使者，毫不疑心，第三天，還給巴拉根倉送來了新蒙古包、衣食銀兩，以表敬意。〔註5〕由

〔註4〕　見《江蘇民間文學》（內部資料）1981年第1期。
〔註5〕　見《少數民族機智人物故事選》，上海文藝出版社1978年版。

此則故事，我們可以注意到，裝扮神仙使者的人一定要掌握對方急欲成仙成佛的心情，這樣才有可能使自己達到預期的效果。

五是反詰式

反詰式，就是故事中的主人公用反問的方式來欺騙對方，藉以達到某種目的。

舉景頗族機智人物仉片的故事《男人生娃娃》為例：

> 有一年，仉片家斷了炊糧，無奈向山官家借了五籮穀子。
>
> 山官對仉片說：「等秋後，你要還我十籮穀子才行。」
>
> 一天，山官叫仉片去出官工。仉片說：「這幾天，我在生娃娃，不能動。」
>
> 山官問：「哪有男人生娃娃的？女人才生娃娃嘛。」
>
> 仉片反問山官：「我借你的一籮穀子，到秋後要我還十籮，那不是穀子生了娃娃了？穀子都能生娃娃，男人怎麼不能生娃娃呢！」
>
> 〔註6〕

例如《甘羅十二為丞相》，這個故事說，國王要甘羅的父親找一個公雞生的雞蛋。甘羅知道此事，自告奮勇地上朝申辯。國王問：「你父親怎麼沒來？」甘羅說：「父親在家生孩子。」國王說：「男人怎麼會生孩子呢。」甘羅抓住機會，接著反問道：「既然男人不能生孩子，哪裡又有什麼公雞下的蛋呢。」國王被說得啞口無言。因為甘羅能說善辯，十二歲就當上了丞相。可以這樣說，反詰式主要靠嚴密的邏輯推理，以反詰（反問）作為故事的根本要素。所以說，反詰構成故事基本屬性的不可缺少的部分。

六是引出式

> 有一天，財主陰倒〔註7〕蒸糯米飯吃，被甲金看見了。甲金跑到穀倉下面，用肩去支住倉柱，大喊：「倉要倒了！倉要倒了！」財主慌了，急忙出去幫著撐住。甲金說：「你支住，我去找根棒子來撐。」他就跑到灶房裡，把甑上的糯米飯吃光，把爛棉絮塞進去，完了，拿根棒子去撐穀倉。財主趕忙回去，打開甑子一看，呀，怎麼都是爛棉絮？甲金跟進來說：「大家常說，過時就成爛棉絮，你

〔註6〕 見《雲南少數民族機智人物故事選》，中國民間文藝出版社 1981 年版。
〔註7〕 陰倒：西南方言，有意避過人的意思。

的飯蒸過時了。」財主嘆道：「可惜過時了。」〔註8〕

　　從這一則例子中，我們可以看到了引出式的基本特徵，就在於主人公用欺騙的手段將對手引出原在的地方，使自己的目的得以圓滿的實現。故事裡的甲金，是布依族口頭創作中的機智人物，他就是利用引出式，懲治了財主，吃到糯米飯。

　　引出式之所以能夠構成，需要有兩個條件。一個是能引出別人的內在因素，例如利用對方心理上的某種特點，愛財、貪色等則可以作為牽動財主、縣官之類的剝削者的內在因素。一個是能贏得應有的時間，因為在這段時間裡，主人公往往要利用它辦成某件事。沒有這樣的時間，引出對方則將毫無意義。因此，我們可以知道，民間故事中凡是運用引出式進行欺騙行為的，必然會具有上述兩種條件，否則就不成其為這種創作手法。

七是報復式

　　民間故事裡的報復式，就是主人公為了回敬對手而採取欺騙術進行報復的行為。

　　納西族阿一旦故事裡就有許多這樣的例子，如《換衣》、《「沒有我暖和」》、《羊子升仙》等，均屬這一類故事。現在我們舉《三頭瘋豬》作為例證，進行一下解剖。

　　這故事說，大年三十，木老爺家殺了幾頭豬，準備過年，還剩下三頭。阿一旦買來半斤花椒和在飯團裡，丟給那三頭豬吃。不一會，那豬口吐白沫，滿眼血絲。木老爺一見，以為肥豬瘋了，就命阿一旦殺了，拿到街上賣。阿一旦和幾個僕人便把豬殺了背到街上去賣，邊走邊喊：「賣瘋豬肉，賣瘋豬肉！」別人一聽說是瘋豬肉，一個也不敢買。老爺見豬肉一點沒賣掉，就怒罵他們，還教訓說：「不要說是瘋豬肉。」第二天，阿一旦他們又去街上賣肉，邊走也喊：「快來買不瘋的豬肉！」別人看見他們昨天喊「賣瘋豬肉」，今天又喊「賣不瘋的豬肉」，更是沒人敢買。這樣，木老爺沒有辦法，才允許將肉拿去埋掉，於是阿一旦他們把肉分了，讓大家過年時吃到了豬肉。〔註9〕

　　很顯然，阿一旦他們的報復行為是正義的，是符合大多數人的意志和願望的。因此可以看到，民間故事中的報復行為一般都是站在正義的立場上，

〔註8〕　《過時了》，見《少數民族機智人物故事選》，上海文藝出版社1978年版。
〔註9〕　見《納西族民間故事選》，上海文藝出版社1984年版。

由人民群眾的代表人物向對立階級的代表人物進行報復。其次，報復要造就適當的時機。如果沒有這樣的機會，則可以創造這樣的機會，以俟報復的成功。再次，報復的結果，總是以欺騙者勝利，被騙者失敗作爲故事的尾聲。當然，報復的方式亦是巧妙得很，不易爲被騙者看出；即使被欺騙者發現問題，報復也已經成功了。

　　根據以上大量的欺騙法的例釋，我們亦可以找出其中在構成因素方面帶有規律性的東西來。這種規律性的東西，我們在分述種種表現方式時已略有具體敘述，主要是針對某一方式而言的。現在我們所要尋找的規律性，是要反映整個欺騙法的，因此有必要作進一步探討。

二

　　欺騙法的構成因素，有這樣幾個方面：

　　一、在民間故事中，欺騙者和被欺騙者大都爲兩個人，反映的是兩種不同的階級、階層、身份、慾望、要求等等。兩人之間一般沒有共通之處。一方代表的是有錢階級的利益，而另一方則代表是無錢階級的利益。他們這兩種對立的利害衝突，在日常生活中，往往會表現在欺騙和反欺騙的相互爭鬥。從根本上來說，雙方都是爲了維護本階級的利益而展開的。當然，也有一種表現爲開玩笑性的欺騙和反欺騙的民間故事。例如《蘇小妹開門閉問》說的是，蘇小妹在屋內讀書，忽然聽到大門外有人吵架，就想出去看看熱鬧。可是蘇東坡卻不同意。於是蘇小妹心生一計，與蘇東坡對對聯。由於上聯出得太奇巧，蘇東坡一時想不出來，蘇小妹乘機看人吵架。等蘇東坡想出來時，蘇小妹已經看夠了吵架。〔註 10〕但是，民間故事裡運用欺騙法的，絕大多數表現爲對立的雙方運用這種欺騙和反欺騙的方法。

　　二、欺騙者和被欺騙者，總是由一方先挑起，然後故事才能展開下去。有時是欺騙一方主動進行欺騙，有時被欺騙者一開始希望別人騙他，最後他反而受騙。當然，希望別人騙他，是因爲他確信自己不會被騙，離開這個基礎，故事就很難使人相信了。民間故事中，一般來說，在運用欺騙法方面，欺騙者往往是代表人民群眾意願的一方，被欺騙者往往是代表地主、官僚利益的一方。

　　欺騙者之所以欺騙成功，是因爲利用了對方的缺點或缺陷。例如，很多

〔註10〕見《河南民間文學》（內部資料）第七集，中國民間文學研究會河南分會編。

故事裡的那些官老爺、地主、富翁往往過於自信，尋找刺激，要別人騙他們。這是一種情況。此外，他們缺少生活、生產方面的基本知識，也往往造成他們上當受騙的原因。例如，前面我們談及的阿一旦賣瘋豬的事。明明豬是被阿一旦用花椒弄壞的，木老爺卻看不出來，以致白白地奉送了三頭大肥豬。

三、欺騙法的民間故事一般只通過單純的一件事進行的。關於這一點，我們在前面許多例子中都可以看到，故事之所以形成這樣一種規定，是因為它符合生活的規律。按常規，一個人一生中受騙上當雖有多次，但同一內容和形式的反覆上當受騙卻是不多見的。正是這樣一種生活基礎，也就造成了欺騙大都是通過一件事而進行的格局。

一般而言，這一件事是對欺騙者來說有一定益處的。如甲金騙得了吃糯米飯的資格，巴拉根倉為窮鄉親贏得了財物，他們均主動地去辦那事情。當然有些事情對欺騙者來說，不是直接有利的，但也間接有利的。如王爺、財主要機智人物騙他們，騙不成則有殺頭受辱的危險，因此機智人物只好進行行騙。此事對機智人物雖無直接利益可得，但懲治了對方，免除了殺身受辱之險，實際上也就得到了好處。

三

最後，我們來談談欺騙法在民間故事中所產生的藝術效果如何。

欺騙法在民間故事中，可以產生而兩種比較明顯的藝術效果，一是使故事滑稽有趣，一是使故事節奏明快。

關於第一種藝術效果，欺騙法能使故事滑稽有趣，我們可以再舉一個例子即可得以證明。《「天亮了」》說的是，達太來到了傣族地區，寄宿在緬寺裡。有一天睡覺時，佛爺對他說：「明早早點喊我，我要去收租。」半夜裡，月亮白生生照進屋裡，達太故意叫醒了佛爺。臨走時，佛爺說：「我走後，要有人來喊門，你不要給他開。」達太答應了。佛爺到了寨子裡，才知道天還未亮，趕忙回去。達太聽到叫門，又故意說：「佛爺說了，任何人來都不准開門。」沒有辦法，佛爺只好在寺外過了一夜。〔註11〕這一個故事近似漢族的笑話，顯得多麼可笑。可笑之處，首先表現在於佛爺的愚笨，明明天未亮，卻把月亮當作太陽。其次表現在於達太的故作正經。達太心裡很清楚，是佛爺在敲門，可是他卻藉佛爺的話來搪塞佛爺，使自己的行為無暇可擊。

〔註11〕見《少數民族機智人物故事選》，上海文藝出版社 1978 年版。

這些正是故事的滑稽可笑的地方，讀後使人會心地笑個不已。

關於第二種藝術效果，欺騙法能夠使故事節奏明快，在民間故事亦有同樣的表現。

我們知道，欺騙是不會長久的，是經不起時間的考驗的。正因為這是一個絕對的真理，所以人們在藝術創作中也竭力地遵守這種生活的真實，不致使故事顯得不合人情，而導致失真。正因為這樣，民間故事裡的欺騙法進行時，一般分為三步曲，一開始交代為什麼行騙，或因為妒嫉，或因為想愚弄別人等等；隨後，欺騙者和被欺騙者雙方進行較量；最後，被欺騙者才發現上當受騙，但已為時晚矣。更值得重視的是，這類故事一般都不太長，有時僅在二、三百個字中就將一則故事敘述得很完整了。故事的節奏明快，也反映了故事主人公思想敏捷，善於觀察，能夠立刻對眼前突然出現的事物進行分辯。所有這一切均出現在一個短篇故事裡，沒有明快的節奏，顯然是不行的。

附 會 法

　　民間故事中的附會現象是很多的，但是，我們這裡所指的附會法有其特
定限制，是指動物植物傳說故事中的附會。再進一步明確地說，是那些將動
物植物來歷附會於某種事物或某種現象的創作手法，我們稱其爲附會法。其
實，這些動植物與那些事物、現象可以說沒有任何直接的關係，只是創作者
根據自己的體驗和觀察，將這兩者聯繫在一起，從而編創出動人精彩的故事
來。

一

　　動植物故事中的附會法有多種表現形式，正是這多種表現形式，使動植
物故事顯得絢麗豐富，反映出不同的世態炎涼和社會現象，從中，我們亦可
以了解到有關動植物的習性、特徵、嗜好、作用等等。

一、歷史附會

　　歷史附會，是動植物附會法中的一種表現形式。它是借用歷史上的人物、
事件來附會於某一動物或植物，以說明其來歷、特徵、性能等。歷史附會的
特點，一般來說，故事中的人物和發生的事都有一定的歷史依據；有些雖然
沒有眞實的事情，但故事卻沒有違背歷史的眞實性，反映了歷史發展的必然
趨勢。

　　歷史附會又可細分成以下幾種：

　　歷史人物附會。此種附會的一特點，是選擇歷史上的著名人物，爲大家
所熟知的，如江南四大才子——唐伯虎、祝枝山、文徵明、周文斌，江南一
帶家喻戶曉，因此他們的故事也就不可勝數。光唐伯虎一人的傳說故事，就

何止一二百則，而其中附會的故事就更多了。動植物故事中這種附會於歷史人物的現象，也是很多的。其目的就在於，用歷史上知名度較高的人物作爲附會對象，可以更加襯托出故事的本身價值，使動植物故事更易散播流傳。

關於這一點，我們可以舉一個例子。

《車前草》說的是，漢朝有一名將，叫馬武。有一年六有，天旱無雨，田野光禿禿的，什麼莊稼也活不了。可巧，馬武打了敗仗，他的人馬一下子潰退到不見人煙的荒野。士兵們找不到糧食，連喝水也十分困難。人和戰馬餓死、渴死了許多。剩下的人馬，也因爲缺水，大多得了膀胱「熱濕症」，一個個小肚子發脹，不光人尿血，甚至連馬也尿血。馬武將軍有個馬夫，分管三匹馬和一輛車，整天跟車馬打交道。這時，他和那三匹馬全得了「尿血症」。一天，馬夫忽然發現三匹馬不尿血了，也顯得精神多了。馬夫很奇怪，就圍著馬轉來轉去，忽然發現停放大車的附近地面上，長著一種豬耳形的野草，幾天來，三匹馬一直吃著這個東西。於是，馬夫拔了許多豬耳形的野草，煎湯吃了，一連吃了幾天，小便果然也正常起來。馬夫急忙把這件事稟告馬武，馬武聽說，立刻傳令全營拔草煎湯，供人喝，供馬飲。幾天過去後，全營人馬的「尿血症」都治了。從此以後，車前草這一名草就傳開了。〔註1〕

車前草作爲一種中藥材，顧名思義，是長在停放大車四周的一種草。此草藥是否爲馬武等人的發現，其實並非一定如此，更大可能是故事借用馬武這一名將的大名，而敷陳衍化爲一則民間故事的。據《辭海》記載：

> 馬武（？～61）東漢初南陽湖陽（今河南唐河南）人，字子張。
> 新莽末，參加綠林起義軍，後歸劉秀，參與鎮壓河北尤來、五幡等
> 農民軍。劉秀即位後，他任侍中、騎都尉，與虎牙將軍蓋延等擊敗
> 劉丞、龐廞等地方割據勢力。後封楊盧候。曾率軍鎮壓武陵蠻和羌
> 人。

從這些文字中，我們可以清楚地看到，馬武一生戎馬，南征北戰，雖因戰功屢屢受勳進爵，但畢竟也有失敗的時候。故事《車前草》正是選擇了這樣一個時機，藉以說明發現車前草的環境十分危急。正是這種危難關鍵的時刻與環境，促使了車前草這一中草藥的出現，並以此解決了馬武他們所處的不利處境。

歷史人物附會裡，除了有將軍之外，還有醫生、命官、詩人、畫家等等，

〔註1〕 《中草藥的故事》第 73～75 頁，中國民間文學出版社 1981 年版。

其基本特點均與將軍人物附會相同，故不再例舉。

戰爭附會，也是歷史附會中的一種表現方式。它是通過某一戰事的描述，反映了動植物的來歷；也就是說動植物的發現在於戰爭之中。這種戰爭有時籠而統之地稱某一方和另一方之間的爭鬥；有時又附會於歷史的某次眞實的戰爭，但均不描述戰爭的過程和場面，而是選擇某一特定時機，以利說明動植物發現的必然性。

山藥的發現，據說有這樣一個故事：古時候，列國混戰。有個強國把一個弱國打敗了，弱國只剩下幾千人馬，逃進一座大山。強國的軍隊把山包圍住，想把對方困死。弱國的人馬困在山裡，外面無人供糧，裡面又不能派人出來籌糧。強國以爲，他們遲早會出山投降的。誰知這樣過了一年，山裡連一點動靜也沒有。強國官兵都以爲山裡的人馬準餓死了。忽然在一天夜裡，弱國人馬從山中殺出，直向強國的大營衝去，一下子就將毫無準備的強國軍隊打得落荒而逃。強國失敗後，很奇怪，便派人四處探聽弱國軍隊在山裡拿什麼當糧食的。後來得知，原來山中到處長著一種夏天開白花的東西，它的根莖很粗。弱國士兵餓極了，就挖這種根吃，一吃味兒挺甜。從此，人吃根莖，馬吃藤葉。幾千人馬靠這東西生活了一年。弱國士兵將它起名叫「山遇」。意思是說，正發愁缺糧的時候，碰巧在山裡遇上了它。以後，人們用它做藥，就把「山遇」改成了「山藥」。〔註2〕

從這個山藥的故事來看，中間所說的戰爭不是實指，而是藉戰爭這一特定的場景來表現植物發現的過程。這裡虛指的戰爭，一種可能故事一出現時就是如此，一種可能在講述過程中將具體的年代變爲如此現象。因爲這樣做並不妨礙故事的眞實性。人們不會去考察那個戰爭到底發生在哪朝哪代，恰恰相反，更多關心的是動植物發現的過程。這一過程，表現得生動、鮮明，有力地再現了故事中的特定典型環境，就會使人感到故事具有眞實性，從而也就彌補了虛指戰爭的不足。當然，民間故事中的某一動植物的發現，屬於確指的戰爭之中的，數量也不在少量。但它們都有一個共同的特點，那就是動植物發見的過程相當仔細，特定環境構劃得典型；否則，這一類民間故事是不可能吸引廣大聽眾的。

二、神仙附會

神仙附會，是一種和歷史附會屬於同一水平線上的概念。它是動物植物

〔註2〕 《中草藥的故事》第124～125頁，中國民間文學出版社1981年版。

發現故事裡的一個較為普遍的現象。神仙附會的原意，在於充分體現動植物出現的真實性；正因為如此，動植物故事有層出不窮的神仙附會的現象。

關於神仙附會，可舉《無錫水蜜桃》為例子：

據說，孫悟空大鬧天宮時，偷吃了王母娘娘的長生不老仙桃，在返回花果山時，一路飛，一路吃，兩粒桃核掉落在太湖無錫地區，長出了桃樹。不久，桃樹在這裡開花、結果了。另一說一位駝背阿毛打柴時跌下山坡，明月當空才甦醒過來。只見兩位仙姑從天而降，一個騎白花鳥，一個坐白鳳凰，手提竹籃，在摘桃子。駝背阿毛好奇地問：「你們從哪裡來？摘的是什麼果子？」兩位仙姑說：「我們從天宮而來，是王母娘娘要我們來摘水蜜桃的。」臨走前，還讓駝背阿毛嘗了仙桃。誰知，他吃了仙桃，頓時全身都不疼了，腰也直了，眼也亮了，頭髮烏黑，紅光滿面。財主知道此事，立刻要駝背阿毛把兩棵桃樹搬到自己果園裡。可是好景不長，水蜜桃一移到財主家的果園，很快就枯萎了。老財主很惱火，把駝背阿毛趕出來了。駝背阿毛來到太湖邊的山腳下，把兩粒仙桃核種下去，很快就發芽了，而且越長越茂盛。從此，水蜜桃在無錫地區繁衍開來，其中一種早熟，一種遲熟，早熟的就是白鳳桃，遲熟的就是白花桃。〔註3〕

這裡，我們可以看到無錫地區的水蜜桃被說成是神仙所賜桃核而種植成功，實當是一種附會。其實，水蜜桃與神仙之間是毫無關聯的。但是，由於水蜜桃確實是好特產，汁多味香深受群眾的歡迎。於是乎，一些好事者便編織了關於水蜜桃的神話故事，嚴格說來，這則故事是一個具有神仙色彩的故事傳說。它的歷史不會太早，至多與水蜜桃的種植史相同，不會早於那個時期。

三、本領附會

本領附會，是又一種附會法的表現形式。其基本特徵，就是藉動物現行的各種機能，附會本領來源的種種說法。

老虎向貓學本領的民間故事，在我國流傳相當廣泛，有一則流傳於福建的《貓和老虎、老鼠》，是較為典型的虎向貓學本領的故事，其動物間的關係和情節又有新的發展和補充。故事說：老虎在野獸中沒有稱王稱霸前，比麑還馴，比牛還笨，比豬還憨，常常受猴子、狐狸欺侮。他的皮原來也是純黃

〔註3〕 見《中國土特產傳說》，上海文藝出版社1982年版。

的，沒有一條條的黑斑，因為被猴子、狐狸抓傷咬傷，才多出那些黑痕來。（請注意，老虎皮花絞的來歷，這裡已經很自然妥貼地附會上去了。）因此，老虎就找貓學本事。那時候，貓是百獸教師，他教猴學抓，教狼學咬，教狗學嗅，教牛學舔……但就是不肯教老虎。因為狼、猴、狗、牛出師以後，一個個都翻臉不認人。老虎沒有辦法，只好掃興而歸。路上，遇到了老鼠。老鼠叫老虎每天每夜躲在他家裡，偷看貓教兒子學本領。不久，老虎學會了貓的本領：撲、掀、剪。貓看老虎肯這樣花功夫學本領，便收它作徒弟，並教它最了不起的本事——威。後來，老虎聽信了老鼠的讒言，把貓摔倒在地，並把貓抓得皮破血流，差一點送命。幸好，貓還留有一手本事——爬樹——才得以倖免。從此，貓和老虎、老鼠結成了冤家；直到現在，老虎還不會爬樹。〔註4〕

　　從這一則故事裡，我們知道，老虎、老鼠、貓結冤的原因，就在於學習本領上。當然，老虎、貓的本領完全是一種本能，是在自然界生存競爭中形成的各自特殊的手段，與故事裡的事並不相干。為什麼人們看了故事不會以為這是假的，完全不予相信呢？這是因為在創作手法上運用了附會的手法，將老虎的本領和貓的本領有一定的相似，說成有師承關係，並附會出一個老虎向貓學本領的故事來。另外，在人們現實生活中，也的的確確存在師徒傳授，技藝相襲的情況。更何況在舊時代師傅往往會留有一手，不將技藝全部教給徒弟，以免超過自己而無飯吃。正因為有這樣一種現實基礎，老虎向貓學本領的故事裡的大多情節，都與此相關聯的，並將人的思想、技藝、師徒傳承關係都附會於動物身上去了。

四、名字附會

　　名字附會，即說明動植物名字來歷的故事，換言之，就是將現行的動植物的名字附會於某種故事之中。這種名字附會故事，多次出現在植物故事裡，但動物故事也有，只是相對植物故事的情形較少而已。

　　1、人姓附會。這種附會故事，是將人的姓附會於某一動植物上。

　　柴胡、葛根都是中草藥，據傳說其名稱東源均與人的姓有關。關於柴胡的故事是這樣的：胡進士家有個長工叫二慢。二慢在一年秋天，得了瘟病，忽冷忽熱。胡進士看二慢不能幹活了，就把二慢趕出家。二慢無家可歸躺在

〔註4〕《中國動物故事集》，上海文藝出版社1982年版。

草叢裡，就挖草根吃，誰知，過了七天，二慢能站起來了，身上有勁了。胡進士見了，忙問怎麼回事。二慢老實地說。這時正好胡進士的少爺也得了這種病，胡進士忙叫二慢拔了幾棵草根，叫人煎湯給少爺吃。果然，少爺喝了這藥，病就好了。因為胡進士姓胡，這種草原來是當柴燒的，故將它叫做「柴胡」了。關於葛根的傳說是這樣的：一個姓葛的人家被奸臣誣告，因此全家遭劫。危急之中，葛家一子逃到山中，遇到挖藥老人，方得以幸免，留了一條性命。從此葛家之子埋姓隱名，跟老人每天上山採藥。這位老人常常採尋一種草，那種草的塊根主治發熱口渴，泄瀉等病。老人死後，這草無名，因此葛家之子將它稱做「葛根」，意思說葛家滿門抄斬，只留下一條根了。〔註5〕

從這兩則例子中，我們可以清楚地看到，人的姓往往附會於植物的名稱。出現這種現象，就在於現實生活中有此姓，而植物名稱的某一個字又與此相同，因此，人們根據這種特徵，加以附會，從而演化出種種故事來。即使是這樣的故事，其內容不盡相同，可以是多種多樣的。正如前面所舉的葛根和柴胡的故事，後者說的是落難公子出逃的故事，前者說的是地主和長工的故事。兩者各有自己的風格、內容，也就是有了自己存在的條件，否則，雷同的故事是很難吸引一般讀者的。

2、變異附會，是一種由原名轉變成另外一種名稱的附會。

紹興蕺菜，是一味著名的草藥，也能吃。相傳越王勾踐被吳王夫差釋放回國，正值碰到大災荒。勾踐帶頭上山挖野菜，嘗草根。有一次，勾踐爬上王駕山去挑野菜，發現漫山遍野都長著綠茵茵的小草，草裡生出許多許多小花朵朵。勾踐拔根嘗嘗，有些魚腥氣，煮煮吃，也不澀口。於是他就領著人們來收割。這種草很怪，復割復長。人們靠它度過了飢荒。因為這草有些魚腥味，人們就稱它為「魚腥草」。又因為它幫助人們度過了飢荒，大家又叫它為「飢草」，後來人叫白了口，就稱為「蕺草」，又叫做「蕺菜」了。〔註6〕

很顯然，這是一種變異附會。不過，其附會的順序應該是倒過來的，也就是先有蕺菜的名，因蕺與飢同音，故又由飢聯繫到災荒，再將知名度較高的勾踐復國故事附會於此。這樣就構成了蕺菜來歷的傳說故事。

3、聲音附會，一般出現在動物故事中，用動物或禽鳥的叫聲附會於一定的社會內容。

〔註5〕 上述兩例均見《中草藥的故事》，中國民間文學出版社1981年版。
〔註6〕 見《民間文學》1979年第9期第9頁。

納西族有一則故事《阿喂鳥》，說的是從前有個巧媳婦，非常聰明能幹，可是她的婆婆卻非常惡，九山十八寨都出了名的。媳婦洗碗時，鍋碗稍微碰出點聲音，婆婆就罵：「敗家貨，你想把屋裡的鍋碗都砸爛嗎？」媳婦涮洗鐵鍋時，有一星水珠濺落在婆婆身上。老惡婆就要跳起來：「狠心種，你想拿滾燙的開水潑瞎我的眼睛？」巧媳婦一舉一動都不順惡婆婆的心，弄得巧媳婦整天以淚洗面，度日如年。有一次，到了種大麻的季節，惡婆婆悄悄地把麻籽炒熟後再讓媳婦去種。麻種撒下一個多月也長不出一棵苗來。老惡婆跑到地裡，揀回一小撮麻籽，硬說巧媳婦把麻籽炒熟了撒，想餓死婆婆。巧媳婦有口難辯。老惡婆不容分說，拉著巧媳婦的手，硬把她的手指剁掉了。巧媳婦痛呼一聲「阿喂」，口吐鮮血，昏死過去。忽然，「噗啦」一聲，巧媳婦變成一隻鳥，飛進深山老林，日夜不停地叫著：「阿喂！阿喂！」現在阿喂鳥的腳趾是缺著的，據說那是老惡婆剁掉了。〔註7〕

這一民間故事中的內容情節，是附會於現實中的阿喂鳥的叫聲的，也就是人們根據阿喂鳥的叫聲創作了這個悲慘動情的故事。我們也可以看到聲音附會的故事均與聲音相關，人們依據自己的聽覺意識，將自然界中的各種聲音加以主觀意識化，並且將社會生活附麗於其中，從而使故事帶有強烈的思想意識和感情色彩，以及深沉的社會內容。

五、外形附會

外形附會的動植物故事相當多，如兔子為什麼會短尾巴，老虎為什麼會有花紋，猴子的屁股為什麼是紅的，烏鴉全身為什麼是黑的，馬櫻花為什麼一開花，花蕊就腐朽了，香椿為什麼是木中之王，麥子為什麼只長一個穗，冬筍是怎麼來的，向日葵為什麼要向著太陽，如此等等，這裡面都有動人的故事，而且都是從動植物的外形加以附會，加以衍化的。

這些外形附會故事，有一個共同的特點，那就是依據動植物的外形表現了與之相聯繫的社會內容。有些外形附會故事，反映的社會內容是用人來加以表現，有的則通過動植物本身來加以表現，即使這樣，其表現的互相關係、思想意識等等，這都是社會生活的反映。

外形附會的表現形式也有多種：

1、因自己的錯誤而造成的外形。這一類故事也較多，無論動物故事或植

〔註7〕 見《納西族民間故事選》，上海文藝出版社 1984 年版。

物故事裡均可見到。例如《鳥王做壽》裡的五靈子，本來是一根毛也沒有的，因為鳥王可憐它，命眾鳥都給它一根毛。這樣一來，五靈子得到大家的幫助，穿上了花花綠綠的羽衣，成了一隻美麗的小鳥。它看不起別人，還說：「除了鳳凰就是我！」鳥王聽了，又命眾鳥將羽毛收回。這樣，五靈子又成了光棍，身上一根毛也沒有了。〔註8〕

這是一則較有代表性的漢族故事，在少數民族動物故事中也可以見到這類因自己的錯誤而造成醜惡外形的故事。又如納西族的《驕傲的馬櫻花》說的是，馬櫻花的驕傲自大，目空一切，最後被玉龍花神關在門外。此時，雖然它已經明白，但是為時遲了。「它獨自站在籬牆外，感到非常孤獨、空虛。久而久之，馬櫻花的樹心變空了，一開花，花蕊就腐朽了。」〔註9〕

2、由於別人的過失而造成的外形。這一類故事較之第一種因自己的錯誤而造成的外形故事少得多，這是因為民間故事創作者有一種美德，那就是喜歡自我責備而不喜歡遷怒於別人，正因如此，故事中的第二種情況相對來說要少得多，也就不難理解了。例如回族民間故事《借糧種的故事》，其中說到燕子肚下紅線是怎麼來的，就是這樣的。

在很早以前，堯王聽說西夏糧國有一種人能吃的東西，就派燕子借點種子來。燕子好不容易從糧國借來了一粒金黃飽滿的糧種，誰知在飛越一條大河時，將糧種跌落在岸邊石縫裡了。燕子無奈，只好空著手回家。堯王知道後，不相信，叫人把燕子的肚子割開，看看它到底吃了沒有。割開後，發現裡面真的沒有糧種。堯王很慚愧，說：「你是世上最誠實的鳥兒，以後不管誰家的房子，你都可以任意在那兒壘窩孵雛。」所以現在大家可以經常看到燕子在房檐下壘窩孵雛。它肚子底下的那一道紅線，就是那一刀留下來的。〔註10〕

現實中的燕子肚子有一紅線，與此故事毫無聯繫。這個故事卻將此附會於堯王借糧之中，並說是因堯王憑藉主觀臆測而造成的燕子外形，無疑是一種大膽的想像和創造。

3、由於無意而造成的外形。這一類故事裡的無意者一般都是仙人、神人或有道術的人，也有少數的凡人。由於他們無意，卻給動植物留下了至今猶

〔註8〕 見《中國動物故事集》，上海文藝出版社1978年版。
〔註9〕 見《納西族民間故事選》，上海文藝出版社1984年版。
〔註10〕 見《回族民間故事選》第9～10頁，上海文藝出版社1985年版。

存的外形。關於這一點，是凡屬這類故事的共同之處。

如林蘭編選的《相思樹》裡有這樣一則民間傳說《掛綠》，說的是何仙姑和她的友人們從南海回來，各人肚子裡都裝滿了仙桃美酒，個個都帶有些微醉意，海風一吹，更是腳步踉蹌。何仙姑更站不穩，還是藍采和扶她走了許多路程。後來他們好容易碰著了一個荔枝林子，大家都在那裡休息了。何仙姑小足伶仃，走那麼多路，自然痛得很厲害。她一個人偷偷地走到林子深處，脫去鞋襪，鬆鬆腳。偏偏一班朋友又來找她，何仙姑當時急匆匆地穿上鞋襪。但還有一根腳帶掛在樹枝上，沒來得及拿下來，就被朋友們擁出去了。後來，這棵樹上結的荔枝，都有一條綠痕，這就是何仙姑掛了腳帶的緣故。〔註11〕

事實上，掛綠是荔枝中的一種，因荔枝上有一條深而闊的綠痕而得名。產於增城，質量最佳，清朝時皇家的貢品，誰也不能嘗。正因為是這三個條件：一是外形上有深闊的綠痕，二是質量最佳，三是貢品，誰也不能嘗，因此就增加了掛綠的神秘色彩。人們就依據其外形，創作出這一故事來。雖然裹腳布不甚雅觀，然而故事並不低下齷齪，相反的還另有一番情趣，能增加對掛綠的食慾之情，這是為什麼呢？主要在於仙人留下的東西，總不免有仙氣，吃了有仙氣的食物或食品，能增年益壽。這是中國人傳統的思想觀念，即使是裹腳布也不覺為醜了，因為抽象的仙人之物早已將具體的東西遮掩起來。何仙姑留下裹腳布，並非要在荔枝上留下痕跡，而是無意外加的。當然何仙姑是無意，然而創作者卻是有意，因此使荔枝和裹腳布有機地融為一體了。

4、由於樂極生悲而造成的外形。關於這一點，較有代表性的是漢族故事《狐狸、猴子、兔子和馬》。故事說：狐狸在樹林裡頂不得人心，常常捉弄人當消遣。街坊四鄰沒有一個不恨他，可是想不出辦法來懲罰他一下。有一隻猴子想出了一個辦法。他對狐狸說：「你知道世界上什麼東西最好吃？」狐狸說不知道。猴子又說：「馬屁股最好吃。要吃馬屁股，必須先把自己的尾巴和馬的尾巴牢牢地繫在一起。」狐狸聽說能吃到最好吃的馬屁股，就答應這麼做了。於是，狐狸找到了一匹馬，悄悄地把自己的尾巴和馬尾巴結在一起，然後對準馬屁股狠狠地咬了一口。馬一下子驚醒過來，撒腿就跑，把狐狸拖在地上滾。猴子一見，高興得拍手打掌，兩腳直跳，一不小心，從樹上摔下來，把屁股跌得通紅通紅。兔子看見了狐狸拚命掙扎，猴子摔跤，哈哈一笑，

〔註11〕 見《中國植物傳說故事集》，湖南人民出版社 1982 年版。

把嘴笑豁了。所以，直到現在，猴子的屁股是紅紅的，兔子的嘴還是豁開的。
〔註12〕

這是一則寓言故事，它利用動物的外形，編創了猴、狐、馬的矛盾和衝突，提煉出勝利者不要太高興，以防樂極生悲的主題思想，是較爲成功的動物故事，多少年來一直流傳在民間，成爲教育的有力武器。

二

我們看了上述種種附會法的表現形式，再來分析一下構成附會法的幾個基本因素。

一、附會的內容和附會的對象一定有某種聯繫。這種聯繫，有的表現在相似，有的表現在相關。如果沒有這種相關、相似的紐帶，附會法就難以存在了。

二、附會法的故事，除了有外在的表象附會外，還有內在的深層的人的多種思想意識的附會。這兩者之間，不是分隔的，絕對的，而是交融在一起的。一般來說，外在的形式附會和內在的內容附會，總是相輔相成的；也就是說內在的內容附會總會試圖來找最能適合於外在的形式附會，形式附會也會尋找到最能與自己相適應的內容附會。在民間流傳的動植物故事中，都較好地將這兩者統一起來了，否則的話，我們就很難理解爲什麼這些動植物故事千百年來一直活躍於人們的口頭流傳之中了。

舉一例子，可以加以說明。河南省盧氏縣流傳《「猴頭」的來歷》：據說很早以前，一年秋天，眼看豐收在望，忽然狂風四起，大雨傾盆。風雨過後，滿山遍野都是猴子。它們啃果子，毀莊稼，鬧得人們不得安生。就在這時，從山上玻璃廟下來了兩個和尚，手執寶劍，驅趕頑猴。眾猴嚇得魂不附體，四處逃竄。那和尚爲了殺一儆百，就砍了兩顆猴頭，掛在樺櫟樹權上。從此，猴子再也不敢來鬧騰了。以後，每當秋雨連綿季節，樺櫟樹的枯枝上就長出一種逗人喜愛的東西，就是「猴頭」。〔註13〕

在這裡，附會的形式是「猴頭」，而附會的內容是從猴子變成「猴頭」的過程。由於「猴頭」極似猴子的頭，故事附會才有了對象，正是這樣的對象，使人們展開想像的翅膀，編創出和尚殺猴頭的故事。從而使這兩者有機地混

〔註12〕 見《中國動物故事集》，上海文藝出版社 1982 年版。
〔註13〕 見洛陽地區群眾藝術館編《豫西民間文學》（內部資料）第 2 期。

合爲一個故事，既吻合了附會的形式，又表現了附會的內容。

三

附會法所產生的藝術效果，有兩個方面：一個能使人從故事中得到深刻的社會教義，一個能使故事產生濃鬱動人的人情味。

能使人從故事中得深刻的社會教義，這是附會法運用於動植物故事中的目的之一，正因爲有了如此的目的，因此也產生了相應的藝術效果。當然，這種藝術效果不是外加的，而是通過具體的動植物的形象，以及它們之間所發生的種種關係造成的。人們通過故事，可以看到人民群眾的通往品尚和思想面貌，並且通過故事，反映人民群眾的愛憎、美醜涇渭分明的情操，批判了各種自私、貪婪、卑鄙、邪惡等等惡行和心理。人們在故事中，也可以得到勞動階級的勤勞、善良、勇敢、誠實的道德觀念的教育，並使之得以不斷傳承下去。

能使故事產生濃鬱動人的人情味，這是附會法產生的又一藝術效果。這種藝術效果的產生，有一個很重要基礎，那就是動植物故事中所有的一切主人公，均有人類的行爲、舉止和思想感情，故事中所發生的一切事件，均爲人類社會中所有過的。因此，故事就不能不帶有人情味。特別是當有些故事反映了人類最敏感、最動情的事，那麼所表現出來的人情味就格外濃鬱，格外感人。

從讀者來看，人們往往不再以爲故事中出現的動植物僅只是自然界裡的生物，而是一個個活生生富有人的思想情感的動植物，有時還會覺得它們就和人一樣，它們的喜怒哀樂、悲歡離合，和人沒有二致。這樣，從審美心理上，也就產生了與讀者相吻合的人情味。達到此種藝術境地，也正是擬人化創作手法成功運用所致。

例如《熊的尾巴哪裡去了》，說的是熊上了狐狸的當，想吃魚，用尾巴釣魚，結果讓冰凍去了半條尾巴。〔註 14〕在這個故事中，既有熊的笨拙愚蠢的心理和思想，這種心理和思想是人的心理和思想的寫照，同時又反映了熊的外形體態，讀後，使人覺得詼諧有趣，富有人情味。

〔註14〕見《中國動物故事集》，上海文藝出版社 1982 年版。

跋

　　我的中國民間故事研究，始於 20 世紀 80 年代的《白蛇傳》研究，從此發現民間故事是一個巨大無比的礦藏，而其中可以加以提煉成爲金子的東西更是驚人。這種提煉，就是通過研究來發現民間故事所蘊含的社會心理、人文背景及歷史元素等等。

　　民間故事是一個寬泛的概念，特別是老百姓的心目中，有頭有尾有情節就是故事。但從民間文學學科的角度來說，就會知道民間故事有嚴格的觀念、定義，這種觀念、定義，在不同的專業教科書裡雖有不同的解釋，但都將民間故事作爲民間文學中的重要門類之一，都認爲這是普通民眾的口頭創作，有虛構內容的散文形式的作品。

　　20 世紀 90 年代，上海民間文學工作者首先發現，民間故事可以細分出：仙話、鬼話、佛話、怪話等，並且加以逐步論證，試圖建立民間故事的分類科目；還有人將精怪作爲民間故事的一個小類進行選編、研究。這些分類，如今有的已經被認可，有的則沒有；有的研究有了一定的深度，並且取得了不少的學術成果，而有的則停留在分類的表面；如今妖、怪、精各自單獨分列，成爲民間故事新的分類，亦被研究，是值得慶賀的事。但是不管怎樣，這種努力是對中國民間故事研究的一種深入和發展。

　　任何一個學科的發展，沒有新的研究領域的發掘，沒有新的理論建構，要想有新的突破，是不可能的。民間故事的研究同樣如此。

　　我的民間故事的研究，主要是從民間文化的切入，結合民俗學、人類學等學科進行綜合研究，而不是純粹的文學研究，這樣就可以發現一些別人不爲關注的問題，也有了一些新的觀念和結論，因此就有了與以往的研究方法

和學術視野不同的文章。

　　另外，入選書中「技巧篇」文章，介紹的是民間故事中各種創作技巧，原爲上世紀 80 年代《故事會》函授班而寫作的內容，企圖爲新故事創作人員帶來一些傳統民間故事的創作方法。

　　總之，我的研究只能屬於冰山一角，如果從中看到中國民間故事的博大精深，也算是盡到我的一份努力。

　　最後，要感謝花木蘭文化出版社的支持。他們的慧眼，使得這本書得以順利出版。

2014 年 6 月 9 日

上海紹興路 7 號